徳間文庫

坂の上の赤い屋根

真梨幸子

徳間書店

坂の上の赤い屋根

目次

「谷底の街」は事実「太陽のない街」であった。

千川どぶは、すっかり旧態を失って、無数の地べたにへばりついた様なトンネル長屋の突出に、押し歪(ゆが)められて、台所の下を潜(くぐ)り、便所を繞(めぐ)り、塵埃(じんあい)と、コークスのカラと、空瓶や、襤褸(ぼろ)や、紙屑で川幅を失い、洪水に依(よ)って、やっとその存在を示しているに過ぎなかった。

その千川どぶが、この「谷底の街」の中心であるように、それから距(へだ)たり、丘陵に沿うて上るほど二階建てもあり、やや裕福な町民が住んでいた。それは、洪水を避け、太陽に近づくことであり、生活の高級さを示すバロメータアのようなものであった。

(『太陽のない街』著 徳永直(とくながすなお)より)

一部

○章　早すぎた自叙伝

その坂の上に、赤い屋根が見えた。

それを見つけたのは、ちょっとした偶然だった。

その日、私は学校を早退した。頭痛がひどいと担任に訴えて、一時間目の途中で学校を抜け出したのだ。仮病だ。たぶん、担任もそれに気がついていたのだろう。が、担任は特に咎めることなく「早く帰りなさい」と、私に退室を促した。担任にしてみれば、体のいい厄介払いだ。私がどんな仮病を言い出すか、それを待っていたふしすらある。

そう、当時、私は厄介な転校生だった。はじめのうちはあれこれと世話を焼き気を遣っていた担任も、一ヶ月も経つと匙を投げ、目を合わせるのも億劫というような雰囲気で、私をぞんざいに扱った。

というのも、当時の私はいわゆる典型的な「落ちこぼれ」で、授業中は寝ているか、漫画を読んでいるか、ときには両隣のクラスメイトにちょっかいをだして楽しんでいた。だって、仕方ない。授業に全然ついていけなかったのだ。

それまで私は、どちらかというと優等生だった。そう、勉強ができていたのだ。テストだって、八十点を下回ることはほとんどなかった。だから、私は固く信じていた。自分は大した人物で、だからきっと、なにかを成し遂げる立派な大人になるに違いないと。

が、それが愚かな自惚れだと教えてくれたのは、新しい学校だった。

私は、両親の間に起きたあるトラブルのせいで、それまで住んでいた相模原の家を出て、父方の祖母がいる東京都文京区に移り住むことになる。それはすなわち、転校を意味した。

当時私は小学五年生で、その年頃の子供にとっては、転校ほど大きなストレスはない。

が、私は楽観していたのだ。新しい学校だって、自分はうまくやっていけると。相模原の学校でそうだったように、すぐにクラスの人気者となり、担任からも一目置かれ、隣のクラスまでその評判が知れ渡り、友達にしてくださいとあちこちから人が寄ってくる……そんな学校生活が送れるものだと。

だから、その一日目、私はとっておきのシャツとジーパンで身を飾り、颯爽と教壇に登った。その瞬間まで私は信じて疑っていなかったのだ。「この転校生は、ただものじゃない」と、クラス中の羨望が注がれることを。

が、羨望の眼差しなどひとつも飛んでこなかった。それどころか、どこか同情めいた、生温かい視線をあちこちから感じた。それはあからさまな「憐れみ」の眼差しだった。カラスに追われた子猫を見て注ぐ、あの眼差しだ。

それは、一日目だけではなかった。二日目、三日目……そして一ヶ月と続いた。

その頃になると、私はすっかり自信をなくしていた。

だって、勉強にまったくついていけない。

相模原の学校ではすらすら頭に入っていたことが、その学校ではぼろぼろと耳からこぼれ落ちてしまう。

同じ公立なのに、なぜだろう？　教科書が違うせいだろうか？

当時の私は知らなかったのだ。公立であっても、地域によっては有名私立並みの学力を強いることがあることを。そう、私の転校先はまさに、有名私立並みの公立小学校で、その授業の質もスピードも、そしてテストの内容も、相模原の小学校とは比べものにならないほどのレベルだったのだ。

「平等」とか「公平」とか、そんな言葉がまやかしであることを、私はこの転校先で知ることになる。世の中は、住んでいる地域によって、歴然たる「格差」が生じている。その最たるものが「教育」だ。文京区はその教育に関しては、国内トップを誇っている。そんな文京区で生まれ育った子供たちと、東京近郊とはいえ相模原という地方で育った私とでは、地頭（じあたま）がそもそも違ったのだ。だから、彼らの何倍も努力しないことには彼らに追いつくことはできない。

ここで、私がとるべき道はふたつだった。

自身の凡庸（ぼんよう）さを自覚して、努力に努力を重ねて彼らと肩を並べるか、それともおバカキャラとして彼らのピエロとなるか。

が、私はどちらの道も選ばなかった。そして、三番目の道を選択したのだった。それは、「反抗」だ。

私は、考えられるだけの反抗を試みた。が、クラスメイトはそんな私を咎めようとはしなかった。

きっと、彼らは担任からとくと叩（たた）き込まれていたに違いない。

「あの子は可哀想（かわいそう）な境遇なの。だから、みんな、仲良くしてやってね」と。

事実、私は見てしまった。

「あの子は、可哀想なの。だから、許してやってね。優しくしてやってね」

と、担任がとある女子に言い聞かせているところを。その女子……Xの筆箱を取り上げて、散々に破壊してやったときのことだ。

「はい、分かりました。優しくします」

Xは言った。彼女が「納得できません」と怒りをあらわにしていれば、私の対応も少しは変わっていたかもしれなかったのに。

が、彼女は、素直に、頷(うなず)いたのだ。

「……優しくします。仲良くします。……友情を育(はぐく)みます」と。

彼女はその言葉を忠実に実行した。

なんだかんだと私を気にかけ、声をかけてきた。「友情」の印として。

でも、私には分かっていた。彼女の優しさは、上から下に与える〝施(ほどこ)し〟に過ぎなかったことを。つまり、彼女はいつだって私の上にいることが前提で、私の隣にくることなどなかった。

なのに、彼女はそれを「友情」だと疑わなかった。その証拠とばかりに、彼女はなにをされても、私を許した。体操着を隠したときも、折りたたみ傘の骨をぼきぼきに折ったときも、座ろうとしたタイミングで椅子(いす)を引き転倒させたときも。……このとき、打ち所が悪くて、彼女は腰の骨を折るという重傷を負った。それでも、彼女は私を責めることはなかった。

つまりそれは、私には責めるほどの価値はなく、もっといえば、責任能力も問えないほどの無能で下等な人間だということを示していた。

そうなのだ。その学校では、私は、まったくの無能者だった。だから、誰もが私を手放しで許してくれて、叱ることもせず、まるで手に負えない野良猫を見守るかのように、私を甘やかした。

だったら、とことんその状況を楽しむしかない。みんなの期待に沿うような無能者になるしかない。

ありとあらゆる悪さをした。特に、例のXに対しては、暴虐の限りを尽くした。でも、それを楽しんでいたわけではない。私は待っていたのだ。彼女の怒りを、抗議を。それが見たくて、エスカレートしていったのだ。

だから、私だけが悪いのではない。

彼女もまた、悪いのだ。

バカな女だ。「優しさ」と「許し」があれば、すべてうまくいくと思っていた。きっと、大人からそう教え込まれたのだろう。「愛がすべてを救うのよ。だから、愛しなさい、どんな人でも」そんな戯言、己はひとつも信じていないくせに、大人は子供に教え込むのだ。

愛、愛、愛、愛……。

くそったれ！

私は、ただ、彼女に抵抗してほしかったのだ。「こんなことはやめて」と叱ってほしかった。そしたら、私はすぐにでもやめただろう。私が求めていたのは、優しさでも許しでもなかったのだから。

傷ついた猫ではないんだから。捨てられた犬ではないんだから。

人間なのだから！

人間として、扱ってほしかったのだ。悪いことをしたら罰せられるという、当たり前のことを。

なのに、あの連中は、最後まで、私をそう扱うことはなかった。

あいつらにとっては、私は、最後まで「可哀想な転校生」「哀れなよそ者」だった。

学校だけじゃない。

地域も、私を「憐れみ」の対象として扱った。

「あの子がこんな乱暴なことをするのは、環境のせいだ」

「そうだ。環境がいけないのだ。だから、我々で温かく慈しんでやろう」

そう言っては、例の、愛だの許しだのを持ち出す。

違う！　違う！　そんなのが欲しいんじゃない！

みんな、間違っている！

馬鹿野郎（ばかやろう）！

その日、私の中の何かが爆発した。身体（からだ）中の血の気が引き、訳のわからない感情がとぐろを巻いた。

引き金は、担任の言葉だった。

「長らく入院していたXさんが、亡くなりました」

Xさんとは、例の彼女だ。私によって散々痛めつけられ、ついには腰を骨折して入院した彼女。私は、彼女に詰（なじ）ってほしくて、罵（ののし）ってほしくて、その前日、見舞いに行った。が、彼女は相変わらず優しかった。それが憎たらしくて、私は彼女の口の中に、腐った蒸しパンを押し込んできた。

彼女の容態が急変したのは、それが原因だろう。なのに、彼女は蒸しパンのことは誰にも言わずに死んでしまった。

つくづく、バカな女だ。

ああ、そして、なんて罪深い女なんだ！

あのバカのせいで、私の中に、「殺人者」と刻まれた杭（くい）が打ち込まれてしまった。

あのバカのせいで、私は、たった十一歳で、人殺しになってしまったのだ！

人殺し、人殺し、人殺し。

ああ、こんな街にこなければ。私は「人殺し」なんて、この世で最も忌まわしい犯罪者にならずに済んだものを。

なんで、こんな街に。

なんで、なんで、なんで！

気がつけば、私は、交差点に立っていた。

どこをどう歩いてきたのか。初めて見る風景だった。

見上げると、信号機には『Ｍ坂下』と刻まれたプレートがぶら下がっている。さらに視線を巡らせると、町内会の掲示板が見えた。そこには、『御殿町』という文字が見える。

御殿町。

隣の町じゃないか。

ここで、説明をしておく。文京区に限らず、東京二十三区では、一九六二年に施行された住居表示に関する法律以前は、今よりもっと細かく町が分類されていた。住居表示実施によりいくつかの町が合併し、新しい名前となる。たとえば、東京都新宿区西新宿などといった住所だ。西新宿は、もともとは角筈、十二社、淀橋などといった町に分かれており、今もその名残が町のいたるところにあり、そのひとつが公立小学校の学区であり、そして、町内会だ。旧町の区分がそのまま町内会の区分となっており、そのため旧町名がいまだに使われているのだ。中には、現在の住居表示を無視して、昔のままの町名を表札に掲げている家すらある。まるで、「あの町と一緒にしないでほしい。ここは〇〇町なのだ」と主張しているように。つまり、旧町名は、本来のその地域の姿を伝えているのだ。

御殿町。

その名前を見て、私は、身を竦めた。所詮は、小学生。学区内が世界のすべてのようなところがあり、そこから少しでも外れると、とてつもない不安に駆られる。

たぶん、本来曲がるべき角を間違えてしまったんだろう。……でも、どこで？　どこで間違えたのだろう？　そして、どう修正すれば、本来の場所に戻れるのだろう？　誰か、教えて！

しかし、人影はなかった。すぐそこにある蕎麦屋も、頑なにドアを閉ざしている。

一時間目の途中で早退したから、通勤や通学で賑わう時間はとっくに過ぎていた。昼食までにはまだ時間があり、きっと主婦たちは家の中だろう。

それにしたって、静かだった。

車だって、ほとんど走っていない。

不安が沸点に達し、私の目からじんわりと涙が溢れ出てくる。

その涙を袖で押さえつけていると、信号が青になった。

青になったら前に進むしかない。小さい頃からそう教え込まれている。だから、私は横断歩道を渡るしかなかった。それが正しいのか間違っているのかは、また別の問題だ。青になったら進め。そのときの私には、それこそが命題だったように思う。

横断歩道を渡ると、そこは坂の下だった。目の前には、急で長い坂。急すぎて、その先がどうなっているのかは、ここからは見えない。

ただ、青い空が広がっていた。

一歩、二歩、坂に近づいてみる。

赤いなにかが、見える。空を下から突き刺すような。まるで血まみれのナイフのような。

目を凝らしてみる。

屋根だ。

赤い、屋根。

強い風がひとつ吹いた。

それは、「来るな」という警告のようにも思えた。

そのとき私は初めて実感した。今、自分がいる場所は「谷」だということを。

そのときの経験は、ある意味、私の人生の分岐点だったように思う。

あのとき私は踵を返し、来た道を必死で遡った。気がつけば、自宅近くの公園。ふと立ち止まり見上げてみたが、小さな空しか見えなかった。風も感じない。これが当たり前だと思っていた。

でも、私は知ってしまった。

空がもっともっと大きく見えて、そして風が通る。そんな場所が、隣り合わせの町には存在していることを。

そう、あの坂の上に。

思えば、私はずっと谷に住んできた。前に住んでいた場所も谷だったし、引っ越し先も谷だった。

井の中の蛙とはよく言ったもので、谷の中で暮らしていると、そのことには気がつかない。空の広さにも、透き通る風の気持ちよさにも。

谷に住む私たちは、小さく歪んだ空を本物だと思い、臭く濁った空気をありがたく思いながら暮らすしかない。……だって、所詮、こんなものなんだろう、世界なんて。どこに行ったって、同じだ。ここととはそう変わらない。……そう、諦めてもきたし、思い込まされてもきた。

が、違う。

一本道を間違えただけで、ほんの数分遠出をしただけで、空はあんなに広く、そしていい香りの風を体験できる。

高層マンションに喩えると分かりやすいだろうか。

四方を他の建物に遮られた低層階は、四六時中暗くて、ジメジメしていて、いうまでもなく空など見えない。が、高層階に行くと、まるで別世界。遮るものがなにもないその窓からは燦々と太陽が降り注ぎ、清々しい風も通り抜ける。

つまり、低層階が〝谷〟で、高層階が〝高台〟というわけだ。

いうまでもなく、低層階と高層階ではその価格もかなりの開きがある。当然、住人の収入にも差が出てくる。つまり、同じマンションでありながら、住んでいる高さによって、ライフスタイルは違ってくる。

この差は、なにもマンションに限った話ではない。同じ町でも、その標高によって微妙な「違い」がある。同じ町、同じ丁目であっても土地の値段が違ってくるのはそのせいだ。

私が当時住んでいた文京区は、起伏の激しい地区だった。坂がいたるところに存在し、その坂が、谷と高台をつないでいた。が、一度住めば分かると思うが、谷にいると、大概の用事は谷の中で済ませてしまう。高台の住民もそうだろう。だから、坂は「つなぎ」というよりも、結界といったほうがいいかもしれない。

そして、私はもちろんのこと、あの学校の生徒はほとんどが谷の住人だった。あの、Xも。しかも、学校があった場所はもともと「どぶ」だった。谷は谷でも谷底だ。そう、あそこは「谷底の街」なのだ。

なのに、あいつらは、散々、私を見下してきたのだ。まるで自分たちが高級な人間であるかのように振る舞い、偽善たっぷりによそ者にも親切にし、Xに至っては、そのせいで無駄死にした。

バカか！　目くそ鼻くそなんだよ！　高台の住民から見たら！

なのに、あいつらは、住所がほぼ同じなのをいいことに、高台の住人たちのように振る舞っていた。しかも、よそ者を上からの目線で哀れんだ。私から言わせれば、そんなおまえらのほうがよっぽど哀れだ、惨めだ、気の毒だ！

……そう思ったとたん、私の苛立ち（いらだ）は急激に萎（な）えた。

苛立ちが取り除かれた私は、ただのシャイな小学生だった。まるで人が変わったように、学校へも真面目（まじめ）に通い、授業もおとなしく受けた。そして、クラスメイトにも穏やかに向き合えるようになった。

大人は言った。

「環境だよ。ここの環境が、あの子を変えたんだ」

なにを言ってやがる。笑わせてくれるよ！

私は変わったわけではない。ただ、目標ができただけだ。

この谷底から這い出し、そして、あの坂の上からお前らを見下ろしてやる。

……そんな目標が。

大渕秀行著『早すぎた自叙伝』より

一章　ある企み（２０１８／９／某日）

わたしは、今、ずっと温めてきたある計画を実行しようと、思考を巡らせている。さて、まずはどこから手をつけよう？

そうだ。計画を実行するには、関係者たちの証言が必要だ。

大渕秀行は、なぜ、あのような犯行に走ったのか。そして、その共犯者であるあの女は、今、なにを思うのか。

そして、わたしが、最初の証言者として選んだのは、「法廷画家」だった。

ニュースや新聞などで見たことがあるだろう。裁判の様子が描かれたイラストを。

「誰もが手軽に画像を撮ることができるこの時代、なぜ、イラストなんだろう？」と思った人も多いのではないだろうか。

「アメリカの裁判じゃ、画像どころか動画で紹介されているというのに。なぜ、日本は、イラスト？」

それには理由がある。

日本では、刑事訴訟規則第215条及び民事訴訟規則第77条により、裁判中に法廷内の写真の撮影、録音または放送などは、裁判所の許可を得なければできないとされているからだ。「あたまどり」と呼ばれる報道機関向けの撮影は許されているが、これとて裁判がはじまる前、通常で二分、最高裁判所で三分という短い時間だ。しかも、被写体は裁判官と検察官と弁護士のみ。

それでも、裁判の様子を視覚的に伝えたい……ということで生まれたのが「法廷画家」という職業だ。

わたしが「法廷画家」らしき人物を初めて見たのは一九九九年頃だろうか。……そう、まだ高校生の頃だった。社会勉強にと、東京地裁のとある法廷に入ったときだった。

その傍聴席には、暇を持て余した野次馬たちが数人。

わたしのすぐ近くにいた傍聴人二人などは、くすくすと笑いながら囁き合っていた。

……どうやらこの二人は、ある有名事件の裁判を傍聴しようとわざわざやってきたらしい。が、傍聴券を手に入れることができず、せっかくだからなにか傍聴していこう……などと、まるで、目当ての映画館が満員で入れなかったから隣の名画座に立ち寄ってみた……というような気楽さでふらりと入廷したようだった。そして、「つまんないな、この裁判」と、途中で法廷をあとにした。

なんていうやつらだ。気分が悪い。

憮然(ぶぜん)としながら視線を巡らせると、傍聴席の端で、息を潜めてひたすら法廷の様子をスケッチしていく一人の女性を見つけた。

そのひたむきさに、わたしはなにやら、心を打たれた。

そうなのだ。傍聴券を求めて長蛇の列ができるような裁判も、傍聴席に数人しかいないような裁判でも、被告人にとっては人生が決まる重大な場なのだ。傍聴人は、その目撃者ともいえる。暇つぶしに映画を見るような気楽さで臨んではならないのだ。かの女性は、そんなことを教えるように、スケッチブックにペンを走らせていく――

＋

「その女性は、もしかしたらあなただったかもしれません」

わたしがそう言うと、鈴木礼子(すずきれいこ)の唇が、ようやく緩んだ。

「さあ、どうでしょう。仮にそれが私だったとしても、一九九九年頃ですよね？　……でしたら、私、まだ修業中で」

修業中?

「はい。その頃は、まだ『法廷画家』ではありませんでした。学校を卒業したばかりの就職浪人。なにしろ、就職氷河期といわれていた時代ですからね。なかなか就職できなくて。……で、学校の先輩のおこぼれ仕事をして、なんとか食いつないでいた頃です。一点千円とか、八百円とかで、イラストを描いていた頃です」

一点八百円! それは、ずいぶんと安い。

「商店街のチラシとか個人商店のホームページに載せる小さなイラストですから、そんなものです」

それにしたって。……暮らしは?

「……実家に住んでいましたから、暮らしてはいけましたが。……でも、頼ってばかりはいられません。ですから、もっと仕事の幅を広げようと、『法廷画家』を目指したんです」

なるほど。でも、どうして『法廷画家』を?

「学校の先輩が、副業で『法廷画家』をやってたんです。で、あるとき、『あなたもやってみない?』って声をかけられて。はじめは迷ったんですが、『一枚二万だよ』って言われて」

一枚二万円ですか。一点八百円の仕事をしていたら、そりゃ、興味も湧きますね。

「はい。それで、やってみようと思いまして。でも、なにをどうやるのかまったく見当がつかなくて。『じゃ、練習してみる？』って先輩にアドバイスされて、先輩の仕事ぶりを見学に、東京地方裁判所に行ってみたんです。……まあ、すごかったです。五分ぐらいの間に二、三枚スケッチし、合計三十枚ぐらいのスケッチ画を描いていくんですから。その速さ、その的確さ。これは、私には無理だ……と思ったんですが、その一方で、『やってみたい』という意欲も湧いてきまして。それで、まずは練習を……と思い、暇を見つけては裁判所に出向き、傍聴席が空いている法廷を選んでスケッチ修業をしていました」

わたしが目撃したのは、まさにその〝修業中〟の姿だったというわけだ。

「だと思います。練習とはいえ、せっかく描いたスケッチ、そのまま放置するのはなにかもったいないと思い、ホームページにアップしていたんです。それが、あるテレビ局の人の目にとまり、『明日、空いてますか？』って、仕事を依頼されたんです」

それは、ずいぶんと急ぎの仕事だ。

「依頼していたイラストレーターが体調を崩して、裁判所に行けなくなったようなんです。で、ディレクターが慌ててネットを検索、そして私にたどり着いた……というわけです」

つまり、初めての仕事は、ピンチヒッターということになる。

「そうなります。それが、二〇〇〇年のことです」

ということは、修業期間は、約一年？

「はい。あのピンチヒッターがなければ、私はもしかしたら『法廷画家』にはなっていなかったかもしれません」

ところで、『法廷画家』になるのには、なにか資格が必要なんだろうか？

「資格は必要ありません。法廷画家組合……的な組織もないので、絵が描ければ、基本、誰でもなれます。必要なものがあるとしたら、それは〝コネ〟でしょうか。『法廷画家募集』などといった形で求人があるわけではなく、例えば、テレビ局の場合は、バラエティーなどにイラストを提供しているイラストレーターに声がかけられることもあれば、『誰か、イラストの描ける人、いない？』みたいな感じで、知り合いの知り合いに声がかけられたりします。もちろん、私のときのように、ネットで声をかけられることもあります」

誰にでもなれる……とはいうが、それでも、限られた時間でそれなりのクオリティがあるものを何枚も描きあげなくてはならないのだ。それなりの技量は必要だろう。そんじょそこらの素人を使うわけにはいかないはずだ。

「ええ、そうですね。素人さんではちょっと難しいかもしれません。私も、売れないなりに、一応は〝イラストレーター〟ですから」

ということは、やはり、『法廷画家』にはイラストレーターが多いんだろうか？

『だと思います。イラストレーターが本業で、副業で『法廷画家』をしている人が多い印象です。……あくまで印象で、はっきりしたことは分かりません。先ほども申しましたが、組合的なものはなくて、みな、それぞれフリー。なので、横のつながりというのはまったくないんです。だから、今のギャラが適正なのかどうかもよく分からない」

ちなみに、ギャラはいくら？

「……そうですね。一枚二万円から三万円でしょうか」

一回の公判で十枚から三十枚描くということだから、十枚描いたとして、二万円×十枚で——

「いえいえ、採用されるのは一枚ですから、一枚分のギャラです。ライター業も、ボツになった原稿のギャラは発生しませんよね？　それと同じ理屈です」

なるほど。つまり、一回の公判で発生するギャラは、二万円から三万円。

「はい。交通費込みで」

それは、あまり割がいい仕事とはいえないかも。

「そうですか？　私の本業は、いまだに一点千円ほどのイラストですから、全然、割はいいと思いますよ。『法廷画家』としては、年に六十万円ほど稼いでいます」

年収六十万……ということは、一件三万円として――

「はい。依頼は、年に二十件ぐらいでしょうか。月に、一件から二件のオーダーという計算です」

なるほど。その数では確かに本業では厳しいかもしれない。

「でも、安定はしています。なので、これからも依頼がある限り続けていきたいな……と。なにより、自分の作品……作品といっていいのか分かりませんが、自分が描いたものが全国ネットのニュースで紹介されるんですから、これほど嬉しいことはありません」

鈴木礼子の顔が綻ぶ。が、すぐに唇をかみしめた。

「嬉しい……なんて言っちゃダメですね。被告人にしてみれば、晒し者にされているようなものなんですから」

そして、ハンカチを握りしめると、

「……一度、被告人に睨み付けられたことがあったんです」

法廷でスケッチ中に？

「はい。『このデバガメが』って」

デバガメ。……つまり、覗き魔ということだ。そんなことを被告人が？

「もちろん、言葉には出しませんでした。でも、私の耳にははっきりとそう聞こえたんです。そのときは、かなり怖かった。自己嫌悪も覚えてしまって」

なぜ、自己嫌悪を？

「それまでは、使命感というか正義感というか。……公判を一人でも多くの人に伝えたいという。なのに、デバガメって言われて、ショックでした。この仕事、辞めようかな？とも思いました」

なのに、続けているのはなぜか？

「開き直ったんです。そう、私はデバガメだ。公判の様子を一人でも多くの人に伝えたい……というのは建前で、所詮は、個人的な好奇心なんだって」

なるほど。が、それは鈴木礼子個人の好奇心ではなく、翻って考えれば世間という集合体の好奇心でもあるわけだが。

「そうですね。私は、世間の好奇心を満たすために、スケッチしているのかもしれません。そう開き直ってからは、さらに仕事に精をだすようになりました。……なんだか、楽しいんですよ、この仕事が」

そう言って、彼女はまたもや慌てて口を閉ざした。開き直った……とはいっても、やはり、どこかでまだ葛藤があるのだろうか。わたしは、質問を変えてみた。

今までで、一番印象的な裁判はなんですか？

「印象的な裁判？」

鈴木は、握りしめていたハンカチをおもむろに広げた。そして、それを広げては折る……を数回繰り返したあと、小さな声で言った。

「……通称『文京区両親強盗殺人事件』でしょうか」

もちろん、覚えている。二〇〇〇年に起きた事件だ。

「そうです。私が、ようやくプロの法廷画家になった年に起きた事件です。あまりに異常な事件で、嫌悪を覚えました。でも、その一方で、こんなとんでもない事件を起こした犯人はいったい何者？　その生の姿を見てみたい。その生の声を聞いてみたい……という気持ちもあったように思います。私のそんな好奇心を見透かすように、ある新聞社から、その事件の裁判を描くように依頼がありました。事件の翌年のことです」

文京区両親強盗殺人事件。東京都文京区の高級住宅地で起きた、凄惨（せいさん）な事件だ。

もうずいぶんと昔の事件だが、はっきりと記憶している。

なにしろ、どこをとっても残酷で陰惨で、そして想像を絶する事件だった。

なんの落ち度もない、人格者と評判も高かった夫婦が、身体中を切り刻まれコンクリート詰めされて埋められた。……血を分けた娘と、その恋人……大渕秀行によって。

そう、この事件こそが、わたしの計画の中核に他ならない。
だからわたしは、鈴木礼子を証言者の一人として、選んだのだ。
なにしろ、彼女は、傍聴席の最前列で、大渕秀行を目撃している。
そして、その表情のひとつひとつを観察し、写し取っているのだ。
最初の証言者として、これほど相応しい人物がいるだろうか。

二章　飯田橋にて（２０１８／10／１）

飯田橋、外濠沿いの小さなイタリアンバル。私が、轟書房文芸部の橋本涼とともにこのドアの前に立ったのは、十月一日、午後三時過ぎだった。

橋本さんが、やや緊張気味に、ネクタイの結び目をいじる。

「笠原さんは、この時間、たいてい、このバルで食事をとるんだよ」

かさはら？

「笠原智子。もちろん、知っているだろう？」

……もちろん、知っている。この業界の有名人だ。

「君の原稿、笠原さんに読んでもらったんだ」

原稿を？　私はあからさまに表情を歪めてみせた。

笠原智子。

轟書房のカリスマ編集者。テレビのワイドショーのコメンテーターとしても活躍している。……といっても、今は現場からは去り、役員の一人として轟書房の天上界から社員を見下ろす立場だ。

「そんな人が、今も、いちいち原稿を読んでいるんですか？」

呟（つぶや）くように問うと、

「もちろんだよ。といっても、これは……というものしか読まないけどね。忙しい人だからさ。今日だって、三時間後には生放送が控えているんだ。生放送が終わったら、今度は大御所政治家と会食。それが終わったら……もう日本にはいない。来週までロンドンだ。だから、今しかないんだよ。今しか、会うチャンスはない」

「今から、笠原智子……さんに会うんですか？」

私は、ドアの前で、散歩をいやがる頑固な犬のように、立ち止まった。

「そうだよ。……なに、どうしたの？」

「いえ、突然なもので。心の準備ができてなくて」

「緊張なんかすることないよ。気さくな人だからさ」

と言う橋本さんの額（ひたい）には、うっすらと汗が滲（にじ）んでいる。表情もどこか青ざめている。見ると、ネクタイの結び目が、死刑囚の首に絡まる縄のように、固く結ばれている。

「大丈夫、大丈夫。本当に気さくな人だから」橋本さんは、ネクタイの結び目をさらに首に食い込ませると咳き込みながら言った。「めったにないチャンスだよ？　笠原さんの目にとまったら、ステージをひとつ……いや、ふたつもみっつも上ったようなものなんだから」

「でも」

「鈴谷ミツコ、染井花音、米村美里、それから――」

「梨沢律子？」

「そうそう、梨沢律子もそうだ。彼女たちが売れたのは、笠原さんが目をかけたからだよ」

……でも、みんな、悲惨な形で消えちゃったか、消えつつあるけど。

「とにかく、行こう」

橋本さんは、ネクタイの結び目をさらにキュッとしめると、右足を一歩、踏み出した。

「でも」

しかし、私の足は硬直するばかり。その一歩が出ない。

このドアを開けてしまったら、もう後戻りできないような気がする。

……今更、なにを言っている？　ここまで来たのは、自分の意思でしょう？

そうだ。この企画を橋本さんに出した時点で、もう、後戻りはできないところまで駒を進めたようなものなのだ。駒を進めたのは、もちろん、自分自身だ。

それでも、僅（わず）かながら逃げ道は常に作っておいた。いつでも一歩足を後ろにずらして、いざとなったら一目散に逃げ出す準備も怠（おこた）っていなかった。だから、このドアの前で踵（きびす）を返せば、もしかしたらまだ間に合うかもしれない。

「やっぱり、やめます。この企画、やめます」と言って、逃げ出せば。

「だめだよ」

が、橋本さんの手が背中に回った。その目は、かつて遭遇したキャッチセールスマンと同じだ。

あのときも、こんな感じで、ドアの前で躊躇（ちゅうちょ）する私の背中をがっしりと捉え、ドアの向こう側に押し込もうとした。……そして、気がつけば、訳のわからない品々を買わされてしまった。はっと我に返ったのは、三十万円のローンを組む契約書に、サインをしているときだった。

でも、それがきっかけで、作家デビューできたようなものなのだ。あのときの経験を綴（つづ）った小説が、轟書房主催の翡翠（かわせみ）新人賞をとったから、今の自分がある。ならば、今回も——

「これは、大チャンスなんだからね」

橋本さんは、自分に言い聞かせるように言った。

「この小説が発表されたら、間違いなく、村崎賞の候補になる」

村崎直次郎賞。轟書房が主催する、文芸賞だ。翡翠新人賞はアマチュアを対象にした賞だが、村崎賞はプロを対象にした賞。その候補に挙がるだけでも、作家のランクが上がる。

「だから、行くよ。……行かなきゃいけないんだよ」

リードを引っ張られたからには、いつまでもそこに立ち止まっているわけにはいかない。

そう。この状況において、橋本さんはまさに、自分をリードする飼い主のようなものなのだ。今は、しおらしく従うのが吉だろう。

「分かりました」

私は、いつもの作り笑顔で取り繕った。どんなにバカにされても、どんなに見下されても、どんなに納得がいかなくても、この笑顔を咄嗟に作れるように日頃から訓練している。

「さあ、行くよ」

橋本さんが、大きく息を吸い込む。

そして。

岩のように重そうな扉は、しかしいとも簡単に橋本さんの手によって開かれた。

午後三時過ぎ。店内には人影はない。向こう側の窓から見える外濠の淀んだ灰色の水面のせいか、それともカタコンベのような内装のせいか、ため息が出てきそうなほど気が滅入る。入ったばかりだというのに、体は今開けたばかりの扉のほうに向いてしまう。

「閉店してしまったんじゃないんでしょうか？」私は、後退り（あとずさ）しながら言った。「そうですよ。閉店してしまったんですよ。だって、誰もいないじゃな……」

そこまで言い掛けたとき、柱の陰に、なにかうねるような人影が見えた。

「笠原さん！」

橋本さんがそう呼びかけると、その人影は、かくれんぼで鬼にみつかった子供のように、慌ててひょいと、柱の陰に体を引っ込めた。

「笠原さん！」

しかしもう遅い……とばかりに、橋本さんは大股（おおまた）で、そのテーブルに向かった。

私も、リードを引っ張られた飼い犬のように、こそこそとついていく。

「あら、橋本君。どうしたの？」

笠原智子は、まるで今気がついたというふうに、目をぎょろりとさせた。

「ランチ、ご一緒させていただこうと思いまして。……よろしいですか？」

「でも、君、イタリアンは苦手なんじゃなかった？　前に誘ったときは、そう言って断ったじゃない」

「その節は、失礼なことをしました。……本当は、イタリアン、大好物です」

「だと思った。……まあ、いいから、座りなさい」

「ありがとうございます」

言いながら、橋本さんは、まずは私の椅子を引いた。こういうレディーファーストにはあまり慣れていない。たいがいは、誰かのために椅子を引くほうが多い。私は、ぎこちなく、椅子に体を収めた。

「そちらさんは？」

笠原智子の視線がようやく私に注がれた。

「あ、すみません。ご挨拶、遅れました」

私は、椅子に収めたばかりの体を、再び浮かせた。が、それは橋本さんの手でやんわりと止められた。そして、

「アシスタントですよ。新しく入った子なんです」

と、橋本さんが、私を紹介した。

え？　私は、きょとんと橋本さんの横顔を見た。冗談で言っている顔ではない。

「へぇ、アルバイト？」

「はい。昨日入ったばかりの新人なんで、まだ名刺などはできてないのですが」

「昨日入ったばかりで、もうこき使われているってわけ。……お嬢さん、彼はかなりの〝鬼〟編集だからね、潰されないようにね」

　笠原智子の視線が、痛いほど注がれる。

「……ああ、お嬢さんなんて言ったら、女どうしでもセクハラになっちゃうかな？　で、お名前は？」

「イイダです」

　応えたのは橋本さんだった。と、同時に、靴を軽く蹴られた。

「あ、はい。そうです。……イイダです。イイダ……」私は、ふいに、窓の外に視線を泳がせた。「チヨ、……イイダチヨです」

　嘘をつくのは難しい。しかも、こんな場面で咄嗟に偽名など、そうそう思い浮かぶはずもない。

　それは橋本さんも同じで、だから、「イイダ」なんて名前が飛び出したのだろう。今いる〝飯田橋〟から連想したに違いない。そして、私もまた、外濠の向こう岸に聳える高層ビルを見て、〝チヨ〟などと応えてしまった。あのビルが建つ向こう側は、千代田区富士見。そこから咄嗟に連想した。

　しかし、これ以上の嘘がそうそう閃くとは思えない。次はなにを質問されるのか、腋汗を滲ませながら笠原智子の唇を見つめていたが、しかし、それ以上質問されることはなかった。

「で、今日は、どうしたの？」

笠原智子の視線は、呆気なく、橋本さんに移る。

私は肩の力を抜いた。が、悔しさも残る。……なんで、私、偽名なんか使わなくちゃいけないの？

ようやく水とおしぼりを持ってやってきたウェイターに、「おすすめランチセットBふたつ。食後のカフェは、あとでまた」と手際よく注文する橋本さん。ウェイターがいなくなると、彼は、ようやく笠原智子の問いに応えた。

「今日、伺いましたのは。……先日、お渡しした原稿のことなんですが」

その声は、やや緊張している。

「うん？　……ああ、赤い屋根がどうのとかいう原稿？」

「はい。『坂の上の赤い屋根』です」

坂の上の赤い屋根。それは、まさに、自分が書いた原稿だ。私の腋からさらに汗が滲む。

「ああ、そうそう、『坂の上の赤い屋根』」

笠原智子が、興味なさそうに、水でも飲むようにワイングラスを傾ける。

「お読みになったと、伺いましたので」

「誰から？」ワイングラスの縁についた口紅を拭（ぬぐ）いもせずに、笠原智子。「誰から、聞いたの？」

「山口編集長から」橋本さんの声が、やや震えている。それを誤魔化そうというのか、水を一気に飲み干す。

「山口？　ああ。……先日、一緒に飲んだから、そのときに言ったかも」

「すぐに読んでくださったと」

「そりゃそうよ。だって、あれでしょう？　『文京区両親強盗殺人事件』をモチーフにしているっていうからさ。読まずにはいられなかったのよ。だって、あの事件――」

しかし、笠原智子は、再びワイングラスでその唇を塞（ふさ）いだ。

「で、……どうでしたか？」

橋本さんが、恐る恐る、身を乗り出す。私の拳（こぶし）にも、自然と力が入る。

「山口編集長から、聞いてない？」

「……ええ、まあ、ちらっとは」

「彼は、なんて？」

「題材はいい……と」

「そう、題材はいいと思う。でも、今のままじゃ、全然だめ。これじゃ売れない」

「はい。山口編集長も同じことを。もっと踏み込めと」

「そう。実際の事件を題材にしているせいか、なんか、遠慮している感じがあった。あれじゃ、ノンフィクションとして出版しても、話題にすらならない。それどころか、バッシングに遭う」

「バッシング？」

「そう。この手の、……実際の事件を扱った本に読者はなにを期待していると思う？」

「は……」

「それは、赤裸々な描写よ。報道では知り得なかった、秘密の暴露。それがなきゃ、ゲスい読者の期待には応えられない」

出版社にとっては神様であるはずの読者を〝ゲス〟と呼び捨てるなんて。さすがは轟書房の〝女帝〟だ。

「でも、あの原稿はちょっと〝上品〟過ぎた。というか、おままごと。あれじゃ、ゲス読者の心には響かないよ。もっと、ぐっちゃぐちゃのドロドロでないと」

オードブルを運んできたウェイターが、ぎょっとした目で笠原智子を見る。が、笠原智子は気にせず続けた。

「ぐっちゃぐちゃのドロドロよ、分かる？」

「ですから――」

橋本さんが言葉を挟もうとするが、笠原智子はそれを遮り、ワインを水のようにがぶ飲みすると、続けた。

「あの原稿の作者は、呆れるほどに、なにも知らない。事件についてはもちろん、社会のことも、人間についてもね。作者って、何歳？　どうせ若いんでしょう？　若い人にありがちなのよね。たかが二十数年生きてきただけなのに、その間に見聞きしたことが世の中のすべてだと勘違いする。実際は、大海原に浮かぶ小さな瓶の中のさらに小さなプランクトンぐらいのことしか知らないくせに。なのに、彼らは、その瓶の中こそがすべてだと信じ、その瓶の中からちょっと首を出したぐらいで、世界を知ったような気になっている。そして、『世界なんてせいぜいこの程度』と、その瓶の中から這いずり出ようともせずに、世界を論じていい気になっている。私はね、そういう人間が大嫌いなんだよ。いや、嫌いなんていう感情も抱きたくないほど、バカにしている。見下してもいる」

なんて言い草。

私は、頭から熱湯と氷を一度にかけられたような敗北感を味わった。それは、耐え難い屈辱でもあった。

悔しさで、目の下にじんわりと熱がこもる。

分かっている。これは出版界特有の、パワーハラスメントだということは。この業界のやつらはみなそうだ。こうやって、ぺーぺーの新人を言葉だけで散々虐げて、いたぶって、足下に跪かせようとする。そういう輩を何人も見てきた。

……特に、女は。一度その地位に立つと、容赦がない。昨日まではにこにこと自分の後ろをついて歩いてきたような子ですら、一度高みに立つと、こう言い放つのだ。

「あなたは、なにも知らないのよ」

自分の無知など棚に上げて。

自分の無能さなど棚に上げて。

この笠原智子という女だって、いったい何様だというのだ。確かに、名の売れた編集者だ。それだって、〝轟書房〟という後ろ盾があってこそだ。

隣に座る橋本さんだって。

そうだ。ここに来るときに使ったタクシー、この人はいかにも横柄な態度でタクシーチケットを運転手に渡した。そのタクシーチケットだって、〝轟書房〟という後ろ盾があってこそじゃないか。

一人ではなにもできないくせして。一人では、ただのエキストラのくせして。なのに、まるで世界を動かしているのは自分だという錯覚に酔いしれている。

そう心の中で罵倒を繰り返す私もまた、この世の中においては、ただの〝エキストラ〟に過ぎない。

そうなのだ。所詮、私たちは〝エキストラ〟。エキストラ同士で、茶番を繰り返しているに過ぎない。

……そう思ったら、なぜか、それまでの緊張と不安と屈辱が、すぅぅと抜けていった。

私は姿勢を正すと、改めて目の前の笠原智子を見た。

テレビで見るより、小柄だ。若作りだが、皺の数と深さは歳相応だ。……確か、なにかのテレビで、今年五十四歳だと言っていたが、角度によっちゃ、もっと歳がいっているようにも見える。ワイングラスを傾けるその手などは、まるで老女のそれ。

テレビや週刊誌では、美魔女だなんだともてはやされているが、やはりそれは、照明が作り出したトリックだったか。

ある意味、哀れな人なのかもしれない。マスコミが作り出した虚像と、日々年老いていく実像の狭間で、取り憑かれたようにワインをがぶ飲みする一人の女。

……そう思ったら、完全に溜飲が下がった。

私は、オードブルのキッシュをつまんだ。

「……ですから、今回、改稿させたんですよ」

それまで女帝笠原の独壇場を許していた橋本さんが、ここでようやく言葉を挟んだ。その手には、原稿の束。今朝、私が送った原稿だ。

橋本さんに改稿を言い渡されたのは、二日前だ。

「やっぱり、書き直して」

あれほど絶賛してくれていたのに。なんなの、この突然の掌返し（てのひらがえし）は。

「全体的にはこれでいいと思う。でも、直して」

なぜ？　と訊（き）く私に、

「上層部にアピールするためだよ。上層部はさ、なんていうかさ、……インパクトがあるものが好みなんだよ。しかも、ちょっと下品なぐらいの外連味（けれんみ）のあるインパクト。……だから、直して。明後日までに」

「明後日!?」

二年かけて書いた、四百字詰め原稿用紙換算で七百枚以上ある原稿を、二日で？

「いや、全部でなくていいんだ。冒頭（プロローグ）だけでいいよ。どうせ、最初の部分しか読まないんだから。今回だって、最初の数枚読んだだけで、ダメだしされたんだから」

「ダメ……だったんですか？」

「いや、ダメじゃない。全然、ダメじゃない。これだけは信じて。……でも、確かに、冒頭が少し、おとなしすぎるかもしれない」

「でも、それは。……色々と話し合って、あの冒頭にしたんじゃないですか！　嵐の前の静けさ……的なものを狙って！」

「ああ、そうなんだけど。……でも、それって、上層部の好みじゃないんだよ。……俺、考えたんだけどさ。まずはインタビューを入れたらどうだろう？」

「インタビュー？」

「そう、事件の当事者を知る人たちのインタビュー」

「でも、二日しかないんですよ？」

「大丈夫。二日あれば。インタビューの対象は、こっちでピックアップしておいた」

「でも……！」

「頼むよ、ここは、ひとつ、折れてくれないかな。お願いだよ、頼む……！」

自尊心のかたまりのような橋本さんがここまで下手に出るのは珍しい。……私は、橋本さんの指示に従った。そして二日間徹夜し、今朝、改稿したプロローグをメールで送ったのだが。

それをプリントアウトしたものを、橋本さんが恭しく女帝に差し出した。

女帝は、やや乱暴にそれを受け取ると、コンビニで週刊誌を立ち読みするがごとく原稿をぺらぺらと捲っていった。

それから十五分ほど経った頃。

「うん、悪くない。よくなったじゃない」

女帝は、なにかを探すそぶりで、バーキンを引き寄せた。が、肩を竦めると言った。

「煙草、止められているんだった」

煙草を諦めた笠原智子は、その唇の寂しさを慰めようとでもいうのか、右の人差し指でしきりに唇を撫でつける。

そして、繰り返した。

「悪くない。よくなった。おもしろいよ、この原稿」

「本当ですか!?」

私は、自分が〝イイダチヨ〟であることも忘れて、声を上げた。

いつのまに届いたのか、メインの仔羊のローストが、すっかりひからびている。

「これなら、及第点だね。早速、『週刊トドロキ』に載せなさい」

え？……週刊トドロキ？

戸惑う私を尻目に、橋本さんが腰を浮かせた。

「ありがとうございます！　では、『週刊トドロキ』に――」

「うん、私から編集部には言っとく。で、連載、早速はじめられるの？」

「もちろんです！」

「期間は……半年ぐらい？　それとも、一年？」

「八ヶ月ぐらいを目処に。連載終了後、ただちに単行本にして刊行する予定です。来年の今頃には書店に並べたいです」

「なるほど。村崎直次郎賞の候補が選ばれる時期だね」

「はい。そのときには、どうか、推薦してください」

「分かった。その代わり、傑作をお願いね」

「もちろんです！」

……え？　連載？　……週刊トドロキ？

でも、橋本さんは、文芸部の人間。確か、前に、

「『週刊トドロキ』で連載できたら、大化けするのにな……。でも、あの部署、文芸部には冷たいんだよな。というか、バカにしている」

というようなことを愚痴っていたが。

……なるほど、それで、女帝に直接原稿を読ませたわけか。女帝好みの、インパクトがあって外連味のある内容に改稿させてまで。

こうなったら、やっぱり、後戻りはできない。

橋本さんのほうを見ると、「連載、連載、連載」とまるで歌うように口ずさんでいる。

私は、すっかり冷たくなってしまった仔羊のローストに、ようやくナイフを入れた。

三章　連載開始

〈文京区両親強盗殺人事件の概要〉

文京区両親強盗殺人事件は、２０００年に起きた東京都文京区に住む医者夫婦が男女二人組に殺害された事件。男女のうち女性は、殺害された夫妻の実の娘Ｓで、名門女子校に通っていた当時十八歳。

２０００年６月12日、東京都文京区御殿町に住む医師の青田昌也さん（48）と、同じく医師で妻の早智子さん（47）が、自宅近くのマンション建設予定の空地で惨殺死体で発見された。夫婦の死因はともに刺傷による失血死で、全身をメッタ刺しにされた後、コンクリート詰めにされた。

同日夜、捜査本部は殺害された青田夫妻の娘Ｓ（18）と、Ｓの交際相手の大渕秀行（21）を逮捕した。

二人は生活費を得るために、夫妻殺害を計画、殺害後、現金50数万円の他、通帳、家の権利書などを奪っていた。

翌年4月より裁判が行われ、どちらが主犯か、また両親の殺害に直接手を下したのはどちらなのかが争点となった。

大渕秀行とSの主張はことごとく食い違い、大渕秀行はSが主導したとして譲らず、Sも大渕秀行に洗脳されていただけで自分は両親を直接殺害していないという主張を覆すことはなかった。

2005年、東京地方裁判所は大渕秀行に死刑を、Sに無期懲役を言い渡した。大渕秀行とSは控訴、さらに上告もしたがいずれも棄却され、2015年に両者とも刑が確定した。


〈法廷画家の記憶〉


私が、「文京区両親強盗殺人事件」の大渕秀行を見たのは……東京地裁の法廷です。

私は、とある新聞社に頼まれて、その場に赴きました。

話題の事件でしたから。もちろん、傍聴券が出ました。傍聴席五十二に対し、千人以上の列ができたと聞いています。新聞社側も相当なアルバイトを雇って並ばせたようですが、手に入れることができた傍聴券はたったの一枚。その一枚を担当記者と私とで分け合いました。まずは私が傍聴席に座り、大渕秀行の様子をスケッチ。スケッチが終了したら、担当記者にバトンタッチ……という段取りです。

そして、開廷。私は被告人の顔がよく見える場所を目指して、前から二列目の右端の席に駆け寄りました。腰を落としたまさにそのとき、なんともいえない緊張が下りてきて、大量の汗が身体中から噴き出したことをよく覚えています。

もちろん、その日がはじめてというわけではありませんでした。法廷画家をはじめて、一年は経っていたと思います。なのに、私は妙な緊張で汗だくになってしまったんです。

なぜなら、その事件があまりに凶悪で、あまりに悪魔的だったからです。

それまでもいくつかの凶悪事件を担当してきましたが、これほど悪質で胸糞悪い事件はありませんでした。私は、仕事の前に、事件をあらかた予習するのですが、そのときばかりは、資料を全部読み切ることができませんでした。二、三枚読んだだけで胃がきりきりと刺激され、激しい嘔吐を覚えるほどでした。このまま続けて読んだら、間違いなくトラウマになると、投げ出してしまったのです。

だから本当は、その仕事じたい、お断りしようと思ったんです。その旨を伝えようと新聞社に連絡を入れたら……いつもの相場の倍出すと、言われたんです。

ああ、私も所詮は銭奴なんでしょうね。結局はお金に目が眩んでしまったのですから。

傍聴席に座りながら、私は自分の愚かさを憎むばかりでした。できれば時間を戻して、「私にはできません」と辞退してしまいたい。あんな酷い事件を起こした人物を観察し、そしてスケッチしなくてはならないなんて……！

人物のスケッチというのは、ある意味、その人物の人生をトレースすることでもあります。その人となりを瞬時につまみとり、それを紙に再現する作業。つまり、脳内で、その人物に肉薄……ときには同一化する必要があるのです。

法廷画ともなれば、なおさらです。短時間で被告人の人となりを的確に表現しなくてはなりません。つまり、……あんな酷い事件を起こした凶悪犯と、数分のこととはいえ、脳内で一体化しなくてはならないのです！

そう考えると、汗ばかりか震えまで。特に足の震えがひどく、かたかたかたと、法廷全体に響く始末。私は両足にきゅっと力を入れ、無作法だとは百も承知で、足を組んでみました。……それでも震えは止まりません。それどころかますますひどくなり、両隣からはきつい視線が、柵向こうに控えている弁護士と検察官からも警告めいた視線を浴びせられました。

ああ、もう、このまま帰ってしまいたい！　これで「法廷画家」としての信用も仕事も失ってもいい、私には無理だ！

その一方、私のこの緊張はただの〝恐れ〟や〝嫌悪〟だけではないと、気がついてもいました。

好奇心。そう、「凶悪犯」を目の当たりにする好奇心からくる緊張です。それは、お化け屋敷に入るときの緊張と似ています。あるいは、マダム・タッソーの蠟人形館で中世ヨーロッパの拷問ゾーンに差し掛かる前の妙なテンション。あれに似ていることに気がついたのです。

そうなんです。私は、心のどこかでは、被告人の登場を今か今かと待ち望んでいたのです！

ああ。私は守銭奴であるばかりか、ゲスな野次馬に成り下がっている。

そんなことを自虐的に考えていると、被告人席側のドアが開きました。そして、二人の刑務官を引き連れて、手錠に腰縄の被告人が現れました。

……大渕秀行です。

私の緊張は頂点に達しました。これ以上ないというところまで到達すると人間の身体は逆の作用に転じるようにできているんでしょうね。首の後ろから冷たいものが注ぎ込まれたように感じられ、私の熱はすぅぅと引いていったのでした。それとも、恐怖と対峙したときの、寒気だったかもしれません。

そう、寒気に違いありません。

だって、私の至近距離に、〝怪物〟が現れたんですから。

まさに、山の中でヒグマと遭遇したような恐怖でした。先程までのかくかくかくとした身体の震えまで封じ込められ、私の身体は完全に硬直してしまいました。それでも私は、全身の力を指先に集中させて、鉛筆を握りしめました。

そのときにスケッチしたものが、今も手元にあります。……というか、壁に貼ってあります。

……つくづく、イケメンです。

かなりカリカチュアして描いたんですけどね。その人の欠点ともいうべき特徴を誇張して描くのも、法廷画のテクニックのひとつですから。

でも、彼には〝欠点〟というのがなかったんです。いわゆる、端整なマスクの持ち主で。そうなんです、彼はとてもきれいな顔をしていました。あんな凶悪な事件を起こした犯人だなんて、とても思えませんでした。

事件当時、彼は二十一歳。でも、もっと若く見えました。……そう、少年のような雰囲気でしたね。

ところで、私は後日、この事件の共犯者とされる女の裁判も傍聴しました。

そうです。青田彩也子(さやこ)です。

青田彩也子は当時未成年の十八歳でしたが、もっと大人に見えました。とても十八歳とは思えない雰囲気で……どこかすれているというか。

新聞社から提供してもらった資料には、すらりとした清楚(せいそ)な美人女子高生……とあったんですが。

とても、そうは見えませんでした。

髪は見事なプリン。そう、ほとんど金髪に近い色に染めていて、根元十センチぐらいが真っ黒で。眉毛もほとんどありませんでした。思うに、かなり昔から抜いていて、もう生えなくなってしまったんじゃないでしょうか。手の甲には、タトゥーまで。……いわゆる、〝ギャル〟でしたね。それも、かなり質(たち)の悪い不良ギャル。

それなのに、なんで、マスコミは〝すらりとした清楚な美人女子高生〟なんてミスリードするのか。

そういえば、聞いたことがあります。警察は、肩入れしたいほうを「美女」とか「美男」って、表現するって。そうしたほうが、マスコミや一般市民の同情を得ることができるからだそうです。だから、たぶん、この事件が起きたとき、警察は大渕秀行が主犯で、彩也子が巻き込まれた共犯者……という認識だったんだと思います。実の娘が両親をあんな残酷な形で殺害するはずがない、主犯は男に違いない……って。

マスコミも、事件に巻き込まれた「清楚な美人女子高生」としたほうが、読者ウケがいいと判断したんでしょうね。

裁判を見れば、明らかなのに。

あの二人を実際に見れば、どちらが〝悪〟なのか、一目瞭然（いちもくりょうぜん）なのに。

ええ、私は断言します。あの事件は、青田彩也子が主導して引き起こされたものです。大渕秀行は、青田彩也子に引き摺（ず）られる形で、共犯者になったに過ぎません。

確かに、大渕秀行にも非はあるでしょう。

でも、彼は、世間が思う程〝ワル〟ではないのです。いってみれば、ワルぶっているだけなのです。

あの手記もいけませんでした。

『早すぎた自叙伝』

あれのおかげで、彼の〝悪人〟振りがさらに強調されてしまいました。

でも、私から言わせれば、あれは書かされたものです。

出版社の編集にまるめこまれて、あることないこと、書かされてしまったのです。……

それだけでなく、原稿を勝手に改竄されたとも聞きます。知らないうちに、手記の冒頭に古い小説の一節を引用されたりもしたそうです。……『太陽のない街』でしたっけ。

確かに、彼は、小さい頃、あの街に住んでいたことがあるそうです。でも、それはほんの短い期間で。だから、ほとんど記憶にもないと。

〝坂の上の赤い屋根〟のことだって、彼は覚えていませんでした。なのに、あの手記では、小さい頃に芽生えたルサンチマンが引き金になり、あの事件を引き起こした……という流れです。小さい頃にたまたま見かけた赤い屋根の家、それが後に「文京区両親強盗殺人事件」の舞台になる……という筋書きです。

なんというこじつけ！

彼、とても悲しんでいましたっけ。でも、所詮、自分は死刑囚、訴える気にもならない。仕方ない……とも諦めていました。

そんなことでいいんでしょうか？

死刑囚には人権がないと？

死刑囚には、どんな出鱈目を突きつけられてもそれに抗う権利もないと？

でも、彼は言うんです。……もう、いいんだ。世間が僕を〝悪人〟にしたいのなら、自分はすべてを引き受ける……と。

え？　なぜ、私がそんなことを知っているのかって？

それは。

……それをご存じで、今日はご連絡してきたんじゃないんですか？

私、大渕秀行と獄中結婚しました。

そう、私は彼の妻なのです。

だから、私、戦いますよ。

夫の名誉を取り戻すために、そして彼の潔白を証明するために。

今、再審請求をしようとしているところです。

〈イベント会社社長（静岡県Ｉ市在住）の証言〉

ええ、確かに、大渕秀行は、素行は悪かったですよ。

だからといって、あんな大それた事件を起こすだろうか？　というのが、正直なところです。

大渕秀行のことは、高校時代から知っています。

彼は、私の会社でアルバイトしていたんですよ、高校一年生の頃から。

会社といっても、アパートの一室を借りてそこを事務所としているような小さな会社。

ひらたくいえばイベント屋……というか、なんでも屋……といったほうが正確かな。

とにかく、なんでもやりました。

彼がアルバイトをするきっかけになったのは、ぬいぐるみショーです。ぬいぐるみの中に入るキャストを募集して、それに応募してきたのが、大渕秀行だったんです。

そのときの履歴書が残ってますよ。

……高校一年生の時点で、四回も転校を経験している。

親が転勤族なのか、それとも家庭が複雑なのか。それとなく質問してみたら、

「小学校五年生のときに親が離婚、東京都文京区に住む父方の祖母に預けられるも祖母が他界。母が住む神奈川県A市に戻るも、母もまもなく死亡、その後東京都M市に住む父親に引き取られるが、父親の交際相手とうまくいかずに、静岡県I市で飲食業を営む母方の祖母に引き取られて今に至る」

というようなことを、矢継ぎ早に話してくれました。

そして、「お金を貯めて、独り立ちしたい」とも。

どうやら、母方の祖母ともうまくいっていなかったみたいですね。

そんな生い立ちのせいか、少々グレた印象ではありましたが、与えた仕事はちゃんとこなしました。頭の回転もよく、社交性もあった。だから、ぬいぐるみキャストとして採用

したんですが、しだいに、私の片腕として、事務方の仕事を任せるようになったんです。それで仕事を覚えたのか、彼は一人で仕事をとってくるようになって、いつのまにか私の会社の中に、彼の会社がある……みたいな形になりまして。

仕事の内容ですか？　だから、各種イベントの企画・運営ですよ。

そのイベントの中身はなにか？　だから、ぬいぐるみショーだったり、飲食店に芸能人を招聘したり、ときには映画やテレビ撮影のロケ地やエキストラをセッティングしたり――。

それだけか？

……困っちゃうな。それを訊かれると、どう答えていいか。

……ここだけの話にしておいてくださいよ。

静岡県I市は古くからの観光地ですからね、しかも温泉地。だから、コンパニオン斡旋の仕事が多くなるわけです。そうですよ、あなたがご想像しているように、〝夜〟のイベントです。女体盛りショーとか、ＳＭパーティとか、ちょっといかがわしい内容のものを企画したこともありますよ。

だからといって、お縄になるようなことはしてませんよ。仮に、そのコンパニオンと客がどうにかなっても、それは自己責任の範疇です。私どもは一切、関係ありません。

……でもね、大渕秀行は、積極的にやってたんですよね。……だから、売春の斡旋みたいなこと。

彼がその手の仕事にはじめて手を染めたのは、高校二年生のときだったかな。東京からテレビドラマの撮影隊が来たんですよ。そのとき、エキストラ募集と偽って地元の女子高生と女子中学生を集め、俳優たちにあてがったんです。それを知ったとき、私は彼と手を切ろうと思いましてね。そんな危険なことをやるやつと一緒に仕事していたら、こちらの首が危ないと思いまして。……それで、うちの事務所から追い出したんです。

事実、「暴行された」と女子中学生の親が乗り込んできましてね、警察沙汰になりそうだったんですよ。でも、少女と関係をもった俳優の事務所がなんとか和解に持ち込んで、事なきを得た。でも、こんな小さな街ですから、警察にもその情報は知られることとなった。彼は警察のブラックリストに載ってしまったというわけです。だから、大渕秀行はこの街にもいられなくなったんです。高校を中退、それからは東京に行ったと聞きました。

そんな彼が、ひょっこりこの街に戻ったことがありましてね。いいパトロンを見つけたようで、羽振りがよかったですよ。高級腕時計を見せびらかしていましたっけ。そして、こんなことを言うんです。……東京ではジゴロのようなことをしていて、金持ちマダムを渡り歩いているんだ……って。確かに、イケメンですからね、あいつは。どこぞのアイドルグループにいてもおかしくない甘いマスクだ。しかも話術に長けている。ころっといっちゃう女性もいるんでしょう。だからといって、二十歳そこそこのガキに、百万円以上する時計を与えるっていうのは、どうなんでしょう？　まったく、忌々しい話です。

しかもそのパトロンは、大渕秀行の仕切りで大掛かりなイベントを計画中で、その下見としてこの街に大渕をよこしたんです。

確か、そのパトロン、大手出版社に勤めていて、この街でミスコンのようなものをやりたいとかなんとか。……まあ、細かいことは忘れましたが、いずれにしても、大渕秀行は、ミスコンにエントリーした大勢の美女を引き連れて、この街に戻ってきたわけです。

まさに、酒池肉林。やつは、三日三晩、美女軍団に囲まれてやりたい放題でした。

そんな美女軍団の一人が、例の青田彩也子です。

印象は薄かった。地味な子で、みんなが騒いでいても、隅にいるような。

ただ、私が大渕の昔からの知り合いだと知ると、私にべったりと寄り付いてきて、大渕のことをあれこれと訊いてくるんです。好きな食べ物はなにか……とか、好きな色はなんだ……とか、そんな他愛のないことを。でも、必死でしたよ。それで、なんとなく記憶していたんです。

彼女、本当に必死でした。大渕秀行に気に入られたい、他の女性を出し抜きたい……という熱意がひしひしと感じられました。ほら、どうってことのない男でも、ライバルが沢山いると闘争心が燃え上がっちゃうじゃないですか。まさに、そんな心理状態だったんじゃないでしょうかね。

私が冗談で、「あいつは、〝ギャル〟が好みだ。しかも、金髪のギャル」と言ったところ、その足で地元のヘアーサロンに駆け込み、金髪にしてくるんですから！　彼女のその闘争心はハンパないところまで燃え上がっていたんでしょう。

あれは、まさに、〝恋の病い〟に取り憑かれている感じでしたね。しかも重症。真面目で内気な女の子ほど、一度恋を知ると、暴走するじゃないですか。

きっと、あの子、それまでは親や先生の言うことをちゃんときくような、優等生だったんじゃないかな。でも、そういう子ほど、危ういんですよね。なにかのきっかけで暴走がはじまり、歯止めがきかなくなる。

あの子の場合は、そのきっかけが〝恋〟だったんでしょう。

一方、大渕秀行は、どちらかというと引いてました。ぐいぐいアピールしてくる青田彩也子に腰が引けているというか。なんだかんだ理由をつけて、東京に帰らせようともしていましたし。

あるとき、こんなことを言ってましたっけ。

「……彩也子はまともじゃない。なにか、狂気を感じる。……恐い」って。

私も同じことを思っていました。だから、私、やつに言ってやったんです。

「彼女から手を引け。でないと、とんでもない地獄に引きずり込まれるぞ」って。

でも、私の忠告は無駄に終わりました。

その半年後です、彼が逮捕されたのは。

「文京区両親強盗殺人事件」の犯人として。

（『週刊トドロキ』十月二十五日号より）

四章　神楽坂にて

「評判、いいよ」

轟書房文芸部の橋本涼の声が弾む。

神楽坂上のパン屋、そこのイートインスペースに私は呼ばれていた。

小さなテーブルが二つ、四席だけの狭いスペースだが、橋本さんのお気に入りで、打ち合わせといえば決まってここだ。

橋本さんは、いつもの蒸しパンとサンドイッチ、そしてコーヒー。私は小さなアップルパイとミルクティー。

人気店なのか、人がひっきりなしだ。なのに、イートインスペースだけはいつでも空いている。……まあ、確かに、ここでゆっくりとお茶しようなどとはあまり考えないだろう。すぐ背後にはパンの材料なのかダンボールが高く積まれ、落ち着かない。

が、橋本さんはまるで我が家でくつろぐように蒸しパンを大胆にかじっていく。

「実はさ、僕の実家なんだよね、ここ」橋本さんが、唐突にそんなことを言った。

「え？」

「だから、この席は僕の特等席。普段は、物置になってんだよ。僕が来るときだけ、イートインスペースになるっていう仕組み」

「……そうだったんですか」

「もっとも、今は、僕の叔母夫婦が継いでいて、僕の家ではないんだけど」

「……ご両親は？」

「両親は離婚して、母は出て行った。そのあと父も他界してね。それで、この店は父方の叔母夫婦が継いだというわけ」

「……あ、なんか、すみません。嫌なことを訊いちゃって」

「いや。なにも嫌なことじゃないよ。両親が離婚したのは僕が社会人になって独立したあとだし。……いわゆる円満離婚。だから、そんなに嫌なことは経験してないよ」

「それでも、すみません。プライベートなことを訊いちゃって」

「やだな。そんなに謙虚でどうするんだよ？　そんなんじゃ、この仕事、続けられないよ？」

橋本さんは、残りの蒸しパンを乱暴に口に詰め込んだ。そして、それを早々に飲み込むと、言った。

「空き巣のように人の内面にズカズカと土足で上がり込んで、なにかいいネタがないかと荒らしていくのが僕たちの仕事だよ？　遠慮や謙虚なんていうのは、捨ててもらわないと」

「……そうですね」

「そんなことより。笠原さんが、褒めてたよ。いい原稿だって」

笠原智子。轟書房の役員で、この業界では〝女帝〟と呼ばれる人物だ。彼女の口利きで、『週刊トドロキ』で連載をもらった。その一発目が掲載されたのが、昨日。

「なかなかの好発進だったよ」

橋本さんは、サンドイッチの袋を器用に開けながら言った。

「人のことは絶対褒めない選民意識まるだし『週刊トドロキ』の編集部も、続きが楽しみだって。……あいつら、普段は絶対、そんなことは言わないよ。自分以外のものは貶すように教育されているからさ」

「……そうなんですか」そんな人にまで褒められたなんて、私の口角が自然と上がる。が、

「でもさ」橋本さんは、顔をしかめた。「僕は、まだまだだと思っているんだ。まだまだ、追い込みが足りないって」

「……え？」私の口角が自然と下がる。

「すでにもらっている原稿は、あれでいいとして――」

連載三回分の原稿はすでに送ってある。校閲も通っており、あとは掲載を待つのみだ。

「でも、次からは、もっと斬り込んで欲しいんだよね」

「え？　……でも」

改稿するのは、冒頭だけでいいって。だから、原稿用紙百枚ほどを大幅に書き直して送った。……もしかして、その後も改稿が必要だと？

「冒頭をあれだけ変えたんだから、全体的に手を入れる必要があると思うんだ」

橋本さんは、卵サンドをかじりながら言った。「で、この際だから、もっともっと斬り込んだほうがいいと思うんだよ」

「……斬り込む？」

「今の原稿も、もちろん悪くはない。でも、……なんていうのかな？　見えてこないんだよね、君の〝意図〟が」

「……私の意図？」

「そう。君はさ、そもそもなんで、この事件を書こうとしたわけ？」

「それは……」私は、姿勢を正した。「事件の真相を知りたかったんです」

「真相？　犯人は捕まって、刑も確定している。犯人はそれを受け入れて、手記まで発表しているのに？」

「大渕秀行に関してはそうです。でも、もうひとりの犯人、青田彩也子の心理がどうしても分からないんです」

「その青田彩也子だって罪を認めて、判決を受け入れたんだよ？」

「でも、謎は残ります。裁判では、あの二人の証言はことごとく食い違っていました。結局、どちらが主犯なのかあやふやなままです」

「君は？　君はどっちが主犯だと思っているの？」

「分かりません」

「それだ」

橋本さんが、軽快にテーブルの端を叩いた。「だから、君の原稿、視点が定まらないんだよ。どっちつかずというか」

「どっちつかず？」

「ね、小説教室って行ったこと、ある？」

「いいえ」

「小説教室に行くと、まずこう教えられる。『視点を定めよ』ってね。つまり、読者に感情移入させる視点をまず決定する。そうすることで、読者は小説の世界に入り込めるんだ。小説の当事者となることができる。でも、君の原稿は、視点が定まっていない。だから、イマイチ、入り込めないんだ。当事者ではなくて、他人事(ひとごと)みたいな空気がずっと流れている」

「……………」

「しかもだよ。読者がわくわくするような〝謎〟に欠けるんだよ。だって、そうだろう？　小説のモチーフにしている『文京区両親強盗殺人事件』は、世間的には解決している事件なんだからさ。世間てさ、どんなに残虐な事件でも、〝解決〟することで興味が薄れてしまうもんなんだよ」

「ええ、確かに、そうかもしれません。でも――」

私は、ようやく言葉を挟んだ。が、橋本さんは私の言葉など無視し、話を続けた。

「世間の興味はさ、いつだって〝未解決〟または〝謎〟に向けられるもんなんだよ。切り裂きジャックや三億円事件や、グリコ・森永事件のようなさ。そういう意味では、この『文京区両親強盗殺人事件』は、終わった事件なんだよね」

「ええ、そうですね。でも――」

「そんな終わった事件を改めて小説にする意義。それが、これからの課題になってくると思うんだ」

「でも――」

「幸いにも、連載一発目は好評だった。いわゆる〝つかみはオーケー〟ってやつ。でも、このままでは、間違いなく、中だるみが出てくる。……笠原さんもそう言っていた」

笠原さん？　なるほど、そういうことか。それまでは、あの原稿を絶賛してくれていたのに、なんで突然そんな掌返しを？　と思っていたら、その後ろには笠原智子の影。

橋本さんも、所詮は、上司の顔色を窺うサラリーマンに過ぎないというわけか。……分かってくれると思ったのに、この人なら。

私は、肩をすくめた。

「そうですか、笠原さんが」

そしてアップルパイの端をつまみとると、口に押し込んだ。……味がしない。この店一番の人気商品のはずなのに、……まったく味がしない。まるで、消しゴムかなにかを食べているような味気なさ。もちろんそれは、アップルパイのせいではない。私の味覚が、気力を失ってしまったからだ。そう、味覚は、メンタルと強く直結しているのだ。なのに、私は、

「美味しいですね」

などと、言ってみた。本当は、涙が出るぐらい味がしないのに。

「だろう？　このアップルパイはさ、うちの爺さんの代から続く秘伝の味なんだよ。うちの爺さんが、有名ホテルのシェフをしていたときに——」

橋本さんが嬉しそうに話す。でも、その内容のほとんどが頭からこぼれ落ちていく。とはいえ、その嬉しそうな顔を見ていると、なにかほっとする。いっそこのまま、今日はアップルパイの話で終わればいいのに。原稿のことなどには触れずに。

私は、この時点で、すっかりやる気をなくしていた。……あの原稿を、やり直せと。冒頭の百枚を直すだけでも不眠続きだったのに。……まるで、マラソンのゴール間際で、ゴールがさらに延びたような疲労感、そして絶望感。

もう、無理です。私、降ります。そう、言葉にしようとしたとき。

「橋本！」

と、向こうから声が聞こえてきた。見ると、そこにはトレイを持った笠原智子が立っていた。トレイの上には、蒸しパンがはみ出るほど盛られている。

「あ、笠原さん！」

橋本さんが、いつかのように、ネクタイの結び目をきゅっとしめた。……もはや、パブロフの犬。条件反射なのだろう。

「やだ、なに？　デート？」

笠原さんが、こちらを見た。

「違いますよ、仕事ですよ」

橋本さんが慌てて言い繕う。

「仕事？　ああ、そういえば、あなた。アルバイトの――」

そうだ。笠原さんの前では、私はアルバイトの〝イイダチヨ〟ということになっている。

どういう考えなのか、橋本さんがそうしろと指示した。

「イイダです」私は、立ち上がると、ぺこりと頭を下げた。

「いいよ、座ってて。……とりあえず、私、お勘定してくるから」

そう言い残し、笠原智子は山盛りのトレイを持ってレジに向かった。

「あの……私、いつまで〝イイダチヨ〟なんですか？」

私の問いに、

「当分は」

と、橋本さんが、にやつく。

「どうしてですか？」

「そのほうが、やりやすいでしょう？　君も」

「私が？」

「原稿を書いた本人として彼女と対峙するより、第三者として接したほうが、彼女の攻撃を直接受けることもないからさ」

「攻撃？」

「そう。笠原さんは、ちょっとS(エス)っ気があるからさ。特に女流作家には辛辣(しんらつ)なんだよ。それで潰(つぶ)された人も——」

「お待たせ」

パンパンに膨らんだレジ袋を片手に、笠原智子が戻ってきた。そして、向こう側にあった椅子を引き寄せると、私たちのテーブルに当たり前のように陣取った。

「ここの蒸しパン、マジ好きなんだよね」

言いながら、レジ袋の中から蒸しパンを取り出すと、それをかじりはじめた。

シャネルのサングラスを頭にのせ、チョーカーもシャネル、指輪もシャネル、そのワンピースも多分シャネルだろう。ハイヒールももちろんシャネル。そのカバンだって。全部でいったいいくらなのか想像もつかないが、少なくとも、こんな狭いイートインコーナーで蒸しパンをかじるようなお安いものではないはずだ。それとも、高級品を身にまといながら、あえてストリート的なはしたなさを演出している素敵な自分……というのに酔っているのか。

　いずれにしても、笠原智子のキャラは強烈だった。

「ね、橋本。ここ、あんたの実家なんだって？」

　声も、大きかった。

「はい……」

　橋本さんが、ネクタイの結び目をきゅっきゅっとしめながら、はにかむように頷いた。

「やだー、私、全然知らなかった！　かれこれ、三十年以上通っているのにさ！」

「僕のほうは、存じておりました。笠原さんのこと」

「え、そうなの？」

「何度か、接客したことがあるんですよ、小学生の頃」

「小学生の頃？　やだ、マジで？　ちょっと、いやだ。私たち、そんなに歳離れてる？」

　笠原智子の顔が、一瞬、険しくなる。が、

「あ、思い出した。そういえば、小学生の子が時々お手伝いしてたわね。……あれ？　でも、女の子だったわよ」

「ああ、それは、たぶん、姉です」

「あ、そうなの」

「姉は、いつも言ってました。笠原さんの颯爽とした姿を見ていて、私も、編集者になりたいな……って。憧れてました」

「憧れてた？　私に？　またまた、嘘でしょう？」

「本当です」

「本当？　だって、ここ、轟書房から近いからさ、他の編集者もたくさん通っているでしょう？　私だけじゃなくて」

「いえ、笠原さんだけは、別格です。オーラが違います」

橋本さんのヨイショが止まらない。

「まったく。あんたったら、お上手なんだから。この、男芸者が」

そんな毒を吐きながらも、その顔はまんざらでもないという雰囲気だ。

「それで、橋本。今日は、アルバイトちゃんとなんの打ち合わせ？」

笠原智子の視線が、やや痛い。私は、亀のように首をすくめた。

「例のやつですよ」

「例のやつ？」

「はい。『坂の上の赤い屋根』です」

「ああ、あれ」笠原智子が、なにやらため息混じりで言った。「……なんか、イマイチだったね」

「え？」私の首が、にょきっと伸びる。……だって、前にはいいって言っていたのに。それに、橋本さんだって、「褒めてた」って。

「なんかさ、まだ気取っているところがあるんだよね」

「ああ、そうですよね、僕も、同じことを考えてました」

すかさず、笠原智子に同調する橋本さん。……まさに、コロコロと意見を変えるワンマン上司とイエスマンの部下の図。……私は、その様子を暗い気分で眺めた。世の中って、こういうバカバカしい力関係で成り立っているんだろうな……と思うと、なんともやる気が失せる。

「だから、今日も、どうやってテコ入れしようかって、イイダさんと話してたんです」

橋本さんが、「な」と、私に同調を促した。

「ええ、まあ」とんだ茶番だが、従うしかない。

「なんで、イイダさんと？」

笠原智子の意地悪な視線が飛んでくる。

「イイダさんも、……『坂の上の赤い屋根』の担当なんですよ」

「へー、そうなんだ」笠原智子が、蒸しパンを再びかじりはじめた。

「で、イイダさんは、どう思う？　あの原稿のことを」

「え？」

「率直に言ってみて」

「あ……。気取っていると思います」

我ながら驚いた。なんで私、同調してしまったんだろう？

だって、笠原智子が怖かった。こんな威圧的な視線で見られたら、同調せずにはいられない。

「でしょ？　そうなんだよ、気取っているんだよ。なんていうか、生々しくない」

でも、前はいいって言ってくれたじゃないですか。おもしろいって、及第点だって。そんな抗議の言葉が次から次へと喉から湧き出してくる。が、

「確かに、及第点。でも、『週刊トドロキ』の中にあっては、やっぱりインパクトが足りないんだよね。だって、他の記事が生々しいんだもん。だから、どうしても霞んじゃうんだよね。イイダさんも、そう思うでしょう？」そう言われたら、

「……はい、そうですね」という言葉しか出てこない。

「で、イイダさん。どうしたら、もっと生々しくなると思う？」

「……え？　……えっと」

「じゃ、質問を変える。イイダさんは、あの原稿のどこがダメだと思った?」

笠原智子の視線がざくざく刺さる。

「ダメではないとは思うんですが――」

私は、その視線から逃れようと、必死で言葉を探す。なんて答えれば、笠原智子は納得する? なんて答えれば、笠原智子は喜ぶ?

「……なにか、事件に対して他人事だと思いました」

言ったあと、急激な喉の渇きがやってきた。私は、慌てて、ティーカップの中身を飲み干す。一方、笠原智子は無表情でこちらを睨むばかり。私は、さらに言った。

「……もっと、事件当事者に迫らないといけないと思いました。……そして、大渕秀行と青田彩也子、どちらが主犯なのか。明確な視点が必要だと思いました」

「そう、当たり」笠原智子が、ようやくニヤリと笑った。

拘束を解かれた囚人のように、私はほっと肩の力を抜いた。

「イイダさん、分かっているじゃない」

蒸しパンをすっかり平らげると、笠原智子はようやく帰り支度をはじめた。そして、

「ああ、そうだ。市川さんには、会った?」

と、出し抜けに言った。

「……イチカワさん？」

「そう。大渕秀行の元愛人」

「元愛人？」

「大渕秀行が、青田彩也子と知り合うきっかけとなったイベントを企画した女よ」

ああ。I市のイベント会社社長の証言にでてきた、あのパトロン。確か、大手出版社に勤めていたと――

「市川さんは、私の先輩なんだ」

「え？」

反応したのは橋本さん。「じゃ、大手出版社というのは、うちの会社のことだったんですか？」

「そうだよ。……嘘、知らなかったの？」

笠原智子が、大げさに仰け反る。

「やだ、知ってたから、この原稿を書かせたんだと思ったよ」

「……いえ」橋本さんが、宿題を忘れた生徒のようにうなだれる。

「なんだ、知らなかったんだ。じゃ、ぜひ、会ってみなよ。面白い話、聞けるかもよ？」

笠原智子が、意味ありげに笑う。

「昔は、バリバリ仕事ができてさ。轟書房初の女役員誕生か？　なんて言われていたんだけどね。あえなく失脚」

「……『文京区両親強盗殺人事件』のせいで？」

今度は、私が質問してみた。

「ううん、事件は関係ない。簡単にいえば、横領」

「横領？」

「そう。会社の経費をプライベートにも流用していてね。それがバレて、解雇された。今はしがないフリーライター。主にネットを拠点にして、貧困女子ネタの原稿を書いている。〝イチカワ　セイコ〟で検索してみな。彼女のブログがヒットするはずだから」

五章　市川聖子の忠告

その一週間後、橋本さんの手配で、私は市川聖子と会うことになった。

指定されたのは、紀尾井町(きおいちょう)に新しくできた商業施設の一角にあるカフェ。

「ここは、昔は赤坂プリンスホテルだったよな」真新しい高層ビルを見上げて、橋本さんがひとりごちた。「バブルの頃は、赤プリといえば恋人たちの聖地だった」

「泊まったこと、あるんですか?」

訊くと、

「バブルの頃は、俺はまだ子供だったよ。話に聞いただけ」

「バブル以降も、恋人たちの聖地だったんでしょうか?」

「まあ、解体されちゃうぐらいだから、バブルをピークに勢いは徐々になくなったんじゃないのかな?」

「でも、大渕秀行と青田彩也子も、ここに泊まっていましたよね?」

そう、ここは大渕秀行と青田彩也子が逮捕された場所でもあるのだ。そんな場所をわざわざ指定したのは、なにか理由でもあるのか？

ビル風なのか、ひときわ乾いた風が足元から吹き上がってきた。唇が、痛い。

バッグに手を突っこみリップクリームを探すも、見つからない。見ると、向こう側にドラッグストアの看板。約束の時間までには、十五分ほど時間がある。

「私、ちょっと、買い物してきます」

ドラッグストアは、ひどくおしゃれな作りになっていた。陳列されている商品も、横文字のパッケージが目立つ。しかも、どれもお高い。

私がいつも買っている一本百九十八円のリップクリームはあるだろうか？　……などと、店内をうろついていると、一人の初老の女性が、メイクコーナーのサンプルの前で佇(たたず)んでいた。……と思ったら、次のサンプルに移動、そこでは念入りにチークを塗り、そしてまたもや移動すると、今度はアイラインとアイシャドー。さらに移動するとマユズミ、マスカラ……さらに口紅……と、いう具合に、サンプルで手際よく化粧をしていく。サンプルでフルメイクをする女子が最近増えている……というような記事を目にしたことがあるが、まさか、こんな一等地のおしゃれなドラッグストアで見かけるとは思わなかった。唖然(あぜん)と眺めていると、その女性はマニキュアまでサンプルで済まそうというのか、ネイルコーナーの前で立ち止まると、サンプルを物色しはじめた。が、腕時計をちらりと見ると、さすがにこれ以上の長居は無理だと諦めたのか、足早に店から出て行った。

店員が、憮然とした表情で女性を見送る。その視線が私にも注がれて、同類だと思われたらたまらないとばかりに、私は普段なら決して手にしない、一本千五百円もするリップクリームを陳列棚から摘み上げ、レジを目指した。

まったく。あのおばさんのせいで、こんな高い買い物をする羽目になった。

私は少々苛立ち気味で、橋本さんのもとに戻った。

「ね、聞いてくださいよ、さっきドラッグストアで——」

と言いかけたところで、視界に、先ほどの初老の女性が入り込んできた。

「どうも、私、市川聖子ですが、おたくら、轟書房の人？」

+

大渕秀行と知り合ったのは、一九九八年、私が三十五歳のとき。彼が十九歳になったばかりの頃だった。

当時の私は、バリバリだったわよ。まさに、エリート街道まっしぐら。『週刊トドロキ』の編集長の座も目の前だったし、轟書房初の女役員誕生か？　なんて言われていた。

だって、ほら。轟書房の出世スゴロクってあるじゃない？

『月刊トドロキ』→『女性トドロキ』→『スクープトドロキ』……と進んで、『週刊トドロキ』の編集長の椅子までたどり着いたら、〝上がり〟の「役員」の椅子はもう確実……というやつよ。私はこのスゴロクを順調に進んでいたというわけ。同じスゴロクを進んでいたはずなのに、文芸に飛ばされたり、営業に回されたりする同期を尻目にね。私だけが、〝上がり〟を目指してずんずんと進んでいった。

それまで、挫折知らず。本当に、順風満帆だったんだから。

今思えば、それが、いけなかったのかもね。エリート意識っていうの？　私は他とは違う、私は特別に選ばれた人間……的な傲慢さを知らず知らずのうちに身につけていた。万能感もすごかったわよ。だって、億単位の予算を、私の采配で動かすことができるんだもん。

当時、私は、『スクープトドロキ』の編集長代理で。……企画部門を担当していたのよ。『スクープトドロキ』は、今でこそお堅い経済誌になっちゃったけど、当時はお色気から芸能スキャンダルまでなんでもござれな写真週刊誌でね、その中でも人気だったのが、年に一度行われる「ミス・トドロキ」というミスコン企画。一年がかりで全国を回ってミスを決定するという、轟書房あげての一大イベントよ。そのイベントを仕切っていたのが、この私。

「へー！　カッコいいですね！」

そう目を輝かして私を見上げたのが、大渕秀行だった。

彼は、歌舞伎町のホストクラブで働いていてね。……そう、当時の私はホストクラブ通いをしていて。笑っちゃうでしょう？　ありきたりで。だって、富と権力を与えられた女がハマるものっていったら、この日本ではせいぜい、ホストクラブぐらいなのよ。カジノがあるわけじゃなし。……まあ、中には違法カジノにハマって捕まっちゃった知人もいるけどね。いずれにしても、女が「私は凄いんだぞ！　こんなに金を持っているんだぞ！どうだ！」って自分の力をひけらかす場所といったら、ホストクラブぐらいなのよ。男ならね、もっと選択肢があるかもしれないけど。女が〝自慢〟できる場所なんて限られているの。

とはいえ、私だって、はじめはなんだか懐疑的だったわよ？　あんな、ちゃらくて頭の悪そうな男たちをはべらせてどうすんだ？　って。でも、一度その世界に足を踏み入れたら、もうおしまい。いつのまにか、抜け出せなくなっていた。贔屓にしていたホストをナンバーワンにするために、いったい、いくら使ったかしらね。一日、一千万円を使ったこともある。

……といっても、会社の経費でね。さすがに、そのときは上司に呼ばれたな。でも、私は無敵だった。

「取材費です」と突っぱねて、上司をねじ伏せた。……なにしろその上司も、お気に入りのホステスに入れあげて、会社のお金を湯水のように使っていたから。……人のことなんか責められる立場にはなかったのよ。

まったくね。今思えば、私もその上司も、とんだバカよ。会社のお金なのに、まるで自分の甲斐性で稼いだお金だと錯覚していたのよね。……だからなのかもしれない。自分で稼いだお金じゃないから、あんなに無責任に湯水のように使うことができたんだろうね。

だって、痛くも痒くもないんだもん。

……ね、橋本君っていったっけ？　あなた、今、何歳？　三十六歳？

ふーん。そっか。……えっと。名刺によると……副部長か。なら、年収は一千万円をちょっと超えたところ？　え？　そんなにいってないって？　……またまた。いくら文芸とはいえ、大手出版社の〝編集〟なんだもん。一千万円はいっているでしょ？　だって、あなた、いい時計している。そのスーツだって。ネクタイだって。……靴だって。

それにその太鼓っ腹。毎日いいものを食べているって感じ。

ね、一千万円、いっているでしょう？

でも、気をつけなさいよ。

あなたが今、自分のお金のように使っているお金の大半は、経費なんだから。そうでしょう？　ここまで来たタクシー代、このカフェの支払い、そして夕食はどこかの人気作家と食事なんでしょう？　そして、帰りはまたタクシー。それ、全部経費でしょう？

今日、あなた、自分のお金で払ったものって、ある？　せいぜい、缶コーヒー代ぐらいでしょう？　それだって、経費で買ったプリペイドカードで買ってたりするんじゃない？

つまりね、今のあなたは、自分の年収以上の生活をしているってわけ。これに慣れちゃうと、会社という後ろ盾がなくなったとき、地獄を見るわよ。

だって、私がそうだったもの。

私は、あなたぐらいの歳には、年収はだいたい千三百万円。でも、その倍、ううん、その五倍はもらっている気分だった。しかも、それが自分の実力だとも思っていた。

だから、会社を辞めたときも、こっちから三行半（みくだりはん）を叩きつけたのよ。これで〝会社〟という縛りがなくなる。フリーになったら、私はもっと稼げる……ってね。

大間違いだった。

一千万円稼ぐのが、どれだけ大変か。

ね、サラリーマンで年収が一千万円を超える人って、どのぐらいいると思う？

……男性で、6・8パーセント。女性では0・8パーセント。……そう、一握りよ。

だから、私、勘違いしちゃったんだと思う。「私は、0・8パーセントの女」だって。

だから、会社を辞めればもっともっと上を目指せる……って。

それが、誇大妄想だと気づかされたのは、フリーになって初めての確定申告のとき。

……年収は、四百万円にも届かなかった。それでも、私はまだ誇大妄想の中にいた。

「誰でも、初めはこんなものよ。来年は、いよいよ本領発揮。とりあえずの目標は二千万円」ってね。……結果は、三百万円にわずかに届かず。……そんな感じで、私の年収は年々落ちていって、去年なんかは、ライターの収入はなんと三十万円。それじゃさすがに暮らせないから、派遣に登録したり、ビルの清掃をしたり、ポスティングをしたりね。そんなアルバイトをいくつも掛け持ちして、ようやく年収百八十万円。

……落ちるところまで落ちたって感じでしょう？

でもね、これが、私の本当の実力なのよ。それが、この歳になってようやく分かった。

それが分かった今は、轟書房にいたときより、人生が楽になったかな。これは強がりでもなんでもなくて。……なんていうのかな。うまく言えないけど、薄着になった解放感っていうの？　かつての私は、厚着して我慢大会に参加していたようなもの。暑くて暑くて仕方ないのに、作り笑いで、どんどん重ね着して。

気がつけば、服の重さで身動きできなくなっていた。暑くて死にそうなのに、ストーブの前から動けずにいたのよ。

そんな私に向かって、

「苦しくないですか？」

って言ってきたのが、大渕秀行。

一回り以上も年下の男にそんなことを言われて、そりゃ、かちんときたわよ。……でも、不思議ね。

「もっと、肩の力を抜いてください」

なんて言われ続けているうちに、いつのまにか、私、彼に身を委ねていた。……絆されていたのよ。

っていっても、体の関係はないわよ。それだけは、はっきり言っておく。大渕秀行は、そんな色恋営業なんかしないでも、〝癒し〟というテクニックで客を落とせるタイプのホストだった。

あれは、天性のものかもしれないわね。とにかく、癒されるのよ、彼といると。陳腐な喩えでいうならば、〝猫〟みたいな感じかしら。ホストでは珍しいタイプだった。……ホストってね、〝猫〟よりは、〝犬〟タイプが多いのよ。ご褒美目当てに、あからさまに〝芸〟をしたり媚びたりするタイプ。私たち客も、それがおもしろくて、お金を使っちゃうわけ。〝お手〟、〝おかわり〟、〝待て〟……ってね。それに、ヒエラルキー意識が強いところも、まさに〝犬〟ね。彼らは、ひとつでも上の階級に上がろうと日々、しのぎを削っていた。「売り上げ、売り上げ」って、はぁはぁ舌を出しながらね。

でも、大渕秀行は違った。

大渕秀行は、「売り上げ、売り上げ」なんていう焦燥感はひとつも見せずに、客に接するの。時には冷たく。時には馴れ馴れしく。

今で言う〝ツンデレ〟ね。

私、そのテクニックにすっかり取り込まれちゃって。

気がつくと、彼の気を引こうと、いろんなものを貢いでいた。なのに、あいつったら、

「こんな高いもの。……僕、興味ないな」

なんて言うわけ。さらに、

「僕なんかのためにお金を使うなら、自分のためにに使ったほうがいいよ」って。

ムカつくでしょう?

なのに、私があげたものは、ちゃんと身につけてくれるの。「僕は君だけのものだよ」と言わんばかりに、喉を鳴らして甘えてくるの。

まったく。いったい、どこでそんなテクを身につけたのか。……ううん、生まれつきね。

大渕秀行は、生まれながらの〝ジゴロ〟なのよ。私、それをちゃんと見抜いていたから、深入りはしないようにしていた。

だから、体の関係だけはもたないようにって、思ってたの。

私は大渕秀行の〝タニマチ〟で、〝パトロン〟。それ以上でも以下でもない。そう自分に言い聞かせて、一線は越えないようにしていた。……だって、一線を越えたら、取り返しのつかない泥沼に引きずり込まれるという予感があったのよ。

「カッコいいですね、聖子さんは」

大渕秀行は、膝の上でご主人を見上げる猫のように、いつでもそんなことを言った。

「カッコいいですね」

これほどの褒め言葉はない。……そう、当時の私が欲しかったのは、「きれい」でも「美しい」でもない。

「カッコいい」という言葉。

大渕秀行という男はね、女が欲しがる言葉を瞬時に探し当てる天才でもあったのよ。その手口で、いったい、何人の女を手玉にとっていたのか。噂では、私以外にも数人の〝タニマチ〟たちを転がしていたって。それを聞くたびに、闘争本能が剝き出しになるわけよ。他の〝タニマチ〟には負けてられない。私こそが、大渕秀行の、一番の〝タニマチ〟なんだ……って、そう思わせたかった。大渕秀行本人にも、そして、周囲にも。

だから、私、彼に例のプロジェクトの一部を、任せることにしたの。そう、「ミス・トドロキ」よ。一九九九年のことよ。大渕秀行の歓心を買うには、ただお金をバカみたいに使うだけじゃダメだってことは分かっていたから。大渕秀行が本当にやりたがっていたことをやらせてみたの。

「僕、大きな仕事をしたいんだ」

それが、大渕秀行の口癖だったからね。

なんでも、歌舞伎町のホストクラブにくるまでは、地元のイベント会社に勤めていたんだとか。で、ゆくゆくはイベント会社を立ち上げたい……って。

実際、大渕秀行にはその才能があった。彼が勤めていたホストクラブでもイベント担当みたいなことをやっていて、結構、成果を出していたのよ。旅行会社とタッグを組んで企画した『ホストと行く日帰り温泉ツアー』なんか、テレビで紹介されるぐらいヒットした。

二十歳そこそこで、これだけのことをやるのは、大したもんよ。だから、私、大渕秀行に託してみたの、「ミス・トドロキ」をね。

……言っておくけど、これはちゃんとしたビジネスよ。大渕秀行がただのバカなホストだったら、さすがの私だって、そんな無茶はしない。彼だったらやり遂げてくれるだろうって思ったから、託したのよ。

大渕秀行は、早速、小さなイベント会社を立ち上げた。もちろん、それには私も手を貸した。「ミス・トドロキ」企画を仕切っていた大手広告代理店に仲立ちしてもらって、大渕秀行の会社を協力会社として登録させたの。もちろん、反対する人もいたんだけどね。

でも、私には確信があった。

「大渕秀行ならやってくれる」って。

その確信は、間違っていなかった。大渕秀行は、見事、企画を仕切ってくれたわ。彼は、次々と斬新なアイデアを打ち出し、それまでにない盛り上がりを見せていた。私はさらに確信したわ。

「これは、大成功する」って。

なのに。

なのに、あの女が現れたのよ。

青田彩也子が。

＋

市川聖子は、ここで言葉を急停止させると、アイスコーヒーを一気に飲み干した。グラスの中の氷が、けたたましく鳴り響く。

紀尾井町に新しくできた商業施設の一角にあるカフェ。

そのウィンドー沿いのテーブルに陣取ったのは、三十分ほど前のことか。

橋本さんと私が奥のソファーに並んで座り、その前の椅子に市川聖子が座っている。本来は、ゲストである市川聖子がこのソファーに座るのが習わしだが、市川聖子はそれを断り、わざわざ椅子のほうを選択した。たぶん、それは、このウィンドーからの光を計算に入れてのことだろう。

市川聖子がいる場所は、今の時間、ちょうど逆光になる。そのせいか、彼女の表情がよく分からない。ローズ色の口紅だけが、ぷっかり浮かんで見える。さきほど、ドラッグストアのサンプルで塗っていた口紅だ。

「青田彩也子さんは、どんな方だったんですか？」

市川聖子が突然言葉を遮断したので、私は続きを促した。が、市川聖子は憮然としてその唇を噛みしめている。

「一九九九年といえば、青田彩也子は十七歳。……高校二年生ですよね？」橋本さんも、私を助けるように質問を繰り出した。「X女学院高等部の二年生。……都内でも屈指の、名門女子校ですよね。……確か、市川さん、あなたの母校でもありますよね？」

え、そうなの？　私は、橋本さんのほうを見た。

一方、

「へー」市川聖子の唇が、ようやく動いた。「そんなことまで調べてきたんだ。私の出身校まで。さすがだね」

「……いえ、その」橋本さんは、回答できない生徒のように背中を丸めた。

「まあ、どうせ、笠原智子から聞いたんでしょう？」

「……ええ、まあ。市川聖子さんは、超名門女子校の出身だと……なにかの話の流れで」

「なに、他人事のように言ってんだか。笠原だって、同じ高校だったくせに」

「え？　そうだったんですか？」橋本さんの体が、ひょいと伸びる。

「そうよ。笠原も私も、そして青田彩也子も、X女学院高等部。もっとも、笠原と私は高等部からで、青田彩也子は初等部からの生え抜き。いわゆる〝路線〟だった」

「路線とは?」

「宝塚なんかで使われている隠語で、……つまり、トップスターになることが運命づけられている〝エリート〟ってこと」

「ああ、なるほど。……宝塚」

「宝塚と違うところは、X女学院は、成績は関係ないの。どの時点で入学したかで、〝女王蜂〟になるか〝働き蜂〟になるかが決まる。……ところで、女王蜂も働き蜂も、まったく同じ卵から生まれるんだけど、知ってた?」

「え? ……はい。なにかの小説で読みました。巣のどの場所に生み付けられるかで、〝女王〟になるか、そうでないかが決まるって」

「そうなんですか?」私は、思わず、言葉を差し挟んだ。「なんでです? なんで、生み付けられた場所で、女王かそうでないかが決まるんですか?」

「要するに、環境よ」

　橋本さんの代わりに、市川聖子が私の質問に答えた。

「どの場所で生まれたかによって、与えられる餌が違ってくるの。〝女王〟の場所に生み付けられた卵から孵った幼虫はロイヤルゼリーを与えられ、それによって〝女王蜂〟になるのよ。つまり、資質や特性は関係ないの。重要なのは、環境。……X女学院は、そういうところだった」

「どういうことですか？」

「だから。……どの家で生まれたかで、待遇が変わるってこと。X女学院の初等部に入学できるかどうかは、成績や資質は関係なくて、ほぼ家柄で決まるから」

「なるほど。……確かに、青田彩也子の両親は、医者ですもんね」

「私の父親も医者よ。もっといえば、笠原智子の父親も外科医。……でも、私たちは初等部には入学できなかった」

「どういうことですか？」

「ただの〝医者〟かそうでないかの違いよ」

「どこが、違うんですか？」

私は、いつのまにか、テーブルに覆い被さるように身を乗り出していた。

それを制するかのように、

「青田家には、コネクションがあったということだろう？」と、橋本さんが言った。それを受けて、市川聖子がにやりと笑う。

「そう。私の父は総合病院の勤務医。夜勤続きで、家で会ったことなんてほとんどなかった。いつでもどんなときでも病院から呼び出されて、眠る暇なんてなかった。そんな激務が続いたある日、ぽっくり逝っちゃった。私が大学を卒業する前日のことよ」

「………」なんて言っていいか分からず黙っていると、市川聖子はさらに続けた。

「笠原智子のところは、大学の勤務医。彼女の父親も、何年か前に亡くなっている。自殺だって聞いた」

「自殺……」

「大学病院の出世争いはえげつないっていうから、それがストレスだったんでしょう」

「………」

「一方、青田家は、開業医。朝九時から夜六時まで。休憩は二時間。週に二日はきっちりと休んで。なのに、収入は、勤務医の二倍とも十倍とも言われている」

「……それは、聞いたことがあります。開業医と勤務医では、天と地ほど違うって」

「そうよ。青田家は、まさに天上人。しかも、クリニックじたいは小さいけれど、地元に根付いた旧家。……つまり名士なのよ。だから、青田彩也子はX女学院の初等部に入学が許されたのよ」

市川聖子は、氷だけになったグラスを再び摑むと、底に溜まったコーヒー色の水を「ずずずず」とみみっちく飲み干していった。

そして、氷をひとつ口に含むと、それを勢いよく嚙み砕く。

口の中の氷がなくなると、市川聖子は、ようやく話の続きをはじめた。

＋

「X女学院の生徒がきましたよ！　超お嬢様学校の生徒ですよ！」

大渕秀行が、頬（ほお）を紅潮させて私のところにやってきたのは、一九九九年の夏の初めだったかしら。「ミス・トドロキ」の書類選考が終わって、二次審査に進んだ頃。ちなみに、大渕秀行には、関東・東海地方の予選を仕切らせていた。

「X女学院？　私も、そこの出身だけど？」

言うと、

「OGと現役じゃ、全然違いますよ」

などと、大渕秀行は無邪気に言い放った。今まで、見たことがない表情で。

この時点で、私はある不安を感じたの。大渕秀行の心が、変化をはじめている。その変化は、せっかく築き上げた塔を倒壊させるほどの危うさとエネルギーを孕（はら）んでいる……って。でも、当の本人は、自分の変化にはまったく気がついていない。だから、私も気がつかない振りをしていた。

その翌日だったかしら。

青田彩也子が、事務所にやってきた。……大渕秀行が呼んだのよ、独断でね。

事務所というのは、大渕秀行の会社の事務所。四谷にあるビルの一室を、私が借りてやったのよ。事務所とは名ばかりで、私と大渕秀行が同棲していた部屋だったんだけどね。

……あの部屋は、本当にいい部屋だった。窓からは赤坂御所が一望でき、都会の真ん中だというのに、まるで森の中にいるような錯覚に酔っていたものよ。

……本当にいい部屋だった。

なのに、あの女は土足で踏みにじったのよ。私たちの愛の部屋を。

＋

喋り疲れたのか、市川聖子はふと、言葉を止めた。そして、氷すらなくなったグラスを右手で揺らしながら、私のほうをちらちら見る。

「……あの、お飲み物、お代わりしますか？」

その視線に耐え切れず、私は言った。本来は、版元の橋本さんのセリフだが、彼の口からはそのセリフは出てきそうにもない。

橋本さんには、そういうところがあった。仕事はできるのだが、無言の要求……というやつを汲み取ることができないのだ。空気が読めない……というのとも少し違う。空気なら、どちらかというとよく読むタイプだ。読みすぎて、余計な気遣いをしてしまうほどに。例えば、私はここでも「イイダチヨ」という偽名を使わされ、橋本さんのアルバイトアシスタントという立場で紹介された。

もっとも「チヨ」というのは私がとっさにつけた偽名だが、そう仕向けたのは橋本さんだ。

「正体を伏せておいたほうがなにかと取材しやすいだろう」

という、橋本さんなりの気遣いだった。橋本さんいわく、

「なにしろ、この事件はデリケートな部分があるからね。作者本人が取材しているとなると、なにかと不都合だと思うんだ。取材対象者も、口を噤んでしまう可能性がある。だから、アシスタントの『イイダチヨ』で通そう」

なぜ、作者本人が取材するとなにかと不都合なのか。それはよく分からないが、橋本さんはこの世界ではベテランだ。今までにもいろんな〝不都合〟に遭遇してきたのだろう。だからこその方便なのかもしれない。ここは、橋本さんの方針に任せたほうがいい。そう思い、私は、今日も「イイダチヨ」と名乗ったのだが。

「イイダ……チヨさん？」

しかし市川聖子は、この名前に少々、疑念があるようだった。話の合間合間に、私の顔をちらちら見ながら「イイダ……チヨさん？」と確認するように、その名を呼ぶ。

今も、そう呼ばれそうな予感がして、私は咄嗟に言ったのだった。

「……あの、お飲み物、お代わりしますか？」

と、橋本さんを差し置いて。

「じゃ、お言葉に甘えて」

市川聖子は、待ってましたとばかりに軽く咳払いをすると、静かにグラスを置いた。そして、水滴で濡れた指をおしぼりで軽く拭うと、すかさずメニューをめくる。

アルコールのページで、その指が止まった。

「お酒、いいかしら？」

橋本さんの顔が、一瞬、強張る。が、すぐに破顔すると、

「もちろん。ワインでもビールでも、お好きなのをどうぞ」

「じゃ、ハイネケン、いい？」

「はい、どうぞ、どうぞ」

「お酒だけだと胃がびっくりするから、おつまみもいい？」

「もちろん、もちろん、どうぞ」

その数分後。小さなテーブルにはビールの瓶をはじめ、キッシュ、チーズの盛り合わせ、マリネが所狭しと並べられた。

陽はだいぶ、傾いてきたようだ。ウィンドーから西日が降り注ぎ、市川聖子の表情をさらに見えにくくしていた。

だが、その視線の鋭さだけは痛いほど分かる。私は、コーヒーカップを引き寄せながら、身を竦めた。なんだろう。このいたたまれない気分。

隣の橋本さんもまた、なにか複雑な表情をしている。笑顔を取り繕ってはいるが、膝に置かれた手は石の塊のような拳。その額には、無数の小さな汗。

もともと汗っかきの橋本さんだが、この汗は、明らかに緊張からくるものだ。緊張で喉も渇くのか、お冷も三杯、お代わりしている。その三杯目のお冷も、もう残り少ない。

「橋本さんも、お酒、飲んだら？」

逆光の中、市川聖子がビール瓶を掲げながら、そんなことを言う。

「いえ、僕は――」

「いやよ。私だけ飲んでいたら、つまらないじゃない。周りからも変に思われる。ね、そうでしょう？　イイダ……チヨさん」

「え？」

「あなたも、どう？　遠慮なんかしないで。いけるほうでしょ？」

まるで、こちらが奢られているような気分になる。

「ね、イイダさんも飲みましょうよ！」

メニューをこちらに押し付けながら、市川聖子がしつこく誘う。

私は、隣の橋本さんをちらりと見た。すると、その膝の上の拳がかすかに動いた。それは、「ダメだ」のサインのようにも見える。

「……いいえ、私は、飲めないんで」私が言ったあとに、

「じゃ、僕はいただこうかな」

と、橋本さんが小さく手を挙げた。つづいてウェイターを呼びつけると、市川聖子と同じハイネケンを注文した。

「ああ、いい気分だわ！」

グラスの中のビールを飲み干すと、市川聖子は陽気に声を上げた。

「ほんと、いい気分。お酒は美味しいし、おつまみも美味しいし。ああ、最高よ！」

市川聖子は、もうすっかり出来上がってしまったようだ。その頬はほんのりピンク色に染まっている。

「私、今日は、とことんしゃべっちゃうわよ！　いい？」

「もちろん。それが目当てで、僕たちは今日、ここに来たんですから」自分の分のビールを市川聖子のグラスに注ぎながら、橋本さん。「どんどん、いってください」

「あらー、君、やるわわね。私が、喋り上戸(じょうご)だということを、知ってたの？」

「え？」

「どうせ、笠原に聞いたんでしょう。市川聖子は酒を飲ませたらなんでも喋る。だから、どんどん飲ませろ……って」

「いいえ、いいえ、そんなことは——」言いながらも、橋本さんの顔はにやけている。それは、まさに、なりふり構わず自身の仕事に埋没する編集者の顔だ。

「いいわよいいわよ。もう、こうなったら、私、とことん話しちゃうから！」

「話してください、とことん話してください！」

「えーと。……あれ？　私、どこまで話したかしら？」市川聖子の視線が、こちらに向けられた。

「大渕秀行に『ミス・トドロキ』の関東・東海地方予選を仕切らせて——」私は、メモを見ながら慌てて答えた。「……予選を突破した青田彩也子が、四谷の事務所にやってきたところまでです」

「違うわよ」市川聖子の視線が、刺さる。

「え？」私は、今一度、メモをめくった。

「私、予選に通ったなんて、一言も言ってない」

「え？　……そうでしたか？　私、てっきり――」

「しっかりしてよ。アルバイトとはいえ、出版社で働いている以上は、取材に憶測や思い込みは差し込まないで」

「……あ、すみません」

「青田彩也子は、『ミス・トドロキ』の候補でやってきたわけではない。あくまで、スタッフの一員としてやってきたのよ」

「……そうなんですか？　でも」

私は、カバンからスクラップブックを取り出した。そこには、当時の記事の切り抜きが時系列順に並べられている。その記事のひとつに、

『両親を殺害した鬼娘Sは、身長一六五センチの、すらりとした美人だ。とある有名ミスコンの予選を通過するほどだった』

という件（くだり）がある。

「そんなの、鵜呑（うの）みにしちゃ、だめ」

市川聖子が、声を尖らせた。

「自分の足で取材することなく、どっかから聞きかじった情報を、妄想をまじえてそれらしく書く記者がごまんといるんだから。中には、真実なんかひとつもない捏造記事もある。でも、悲しいかな、そういう記事のほうが人の印象に残りやすいんだけどね」

市川聖子は肩を竦めると、ブルーチーズのかけらを口に放り込んだ。

「そもそも、X女学院は芸能活動を禁止しているのよ。ミスコンなんて、もってのほか」

「……そうなんですか？」

「といっても、隠れて芸能活動していた人もいたけどね。でも、見つかったら大変よ。即退学。笠原なんて、それで一度、退学処分――」

「え、そうなんですか？」

反応したのは、橋本さん。「笠原さん、なにをしたんですか？」

「青年マンガ誌のグラビアに、制服で載っちゃったのよ。友人につきあって撮影スタジオに行ったら、自分も撮られちゃった……なんて言い訳してたけどね。でも、違う。自分の意志で、撮影させたんだと思う。彼女の性格だもん、流れに乗せられてつい……なんてことがあるはずない。彼女はいつでもどこでも、自分の意志で行動する女よ」

「確かに」

「でも、グラビアのことが学校にバレて、退学処分にされそうになったときは、さすがの彼女も狼狽えたんじゃない？　聞いた話では、『騙されたんです、騙されたんです、友達に騙されたんです』って、先生たちの前で大泣きしたって。それで、停学処分に減刑」

「へー、笠原さんが、大泣き。想像つきませんね」

「笠原になにか嫌なこと言われたら、このことを話すといいわ。彼女、きっと大人しくなるから」

「肝に銘じます」

「あの……、それで、青田彩也子のことなんですが――」

私は、釈然としない気分で話の続きを促した。

「事件当時の記事では、大渕秀行と青田彩也子はとあるミスコン、つまり『ミス・トドロキ』がきっかけで知り合ったと伝えています。記事だけじゃなくて、当時の裁判記録にも――」

「そう。きっかけを作ったのは『ミス・トドロキ』で間違いない。でも、青田彩也子は、『ミス・トドロキ』に応募したわけじゃない。彼女は、運営スタッフの一人として四谷の事務所に現れたに過ぎない」

「運営スタッフ？」

「そう、アルバイト」

「X女学院は、アルバイトは大丈夫なんですか？」

「もちろん、原則禁止よ。でも、みんな、隠れてアルバイトしてたけどね。特に、夏休みなんかの長期休暇はね。これは、さすがに、学校側も黙認していた」

「じゃ、大渕秀行は、アルバイトスタッフとして、青田彩也子を雇ったんですね」

「そう」

市川聖子は、酷い虫歯に耐える子供のように表情をぐにゃりと歪めると、話を続けた。

+

「X女学院の生徒がきましたよ！　超お嬢様学校の生徒ですよ！」

大渕秀行のあの笑顔は、今も忘れられない。まるで、初恋の人にばったり再会した少年のように頰まで赤らめて。

「昨日、面接しました」

「昨日？　面接？　私、聞いてないわよ」

「はい。聖子さん、出張中でしたから」

「………。で、どうするの？」

「合格です。早速、今日から本格的に働いてもらいます」

不安を感じた。大渕秀行の心が変化をはじめている。……しかも、悪い方向に。

でも、私はそれには気がつかない振りをしたのよ。そして、浮つく大渕秀行を尻目に、私は青田彩也子の履歴書に視線を走らせた。

「この子、アルバイトの経験はないみたいだけど」

「誰だって、最初は『未経験』ですよ。僕だって、はじめにイベント会社の仕事をしたときは、ただの未経験の高校生だった」

「地方のイベントと、『ミス・トドロキ』とではわけが違う」

「はぁ？」大渕秀行の目が、ぎょろりと一回り大きくなった。それは、今まで見たことのないような顔だった。……そう、威嚇（いかく）の表情よ。

「市川さんは、地方のイベントをバカにしているわけ？」

これまで、彼に「市川さん」なんて呼ばれたことはなかった。初めて会ったときから、ずっと「聖子さん」だった。

だから、私、心底ぎょっとしちゃって。戸惑いと不安と、……そして恐怖？

そう、あれは、恐怖ね。大渕秀行に見限られる恐怖。

それまでは、そんなことは一ミリも考えたことはなかった。だって、大渕秀行は、私の可愛い子猫ちゃん。私はいつだって一段上から、彼が飛び跳ねる姿を見守る。どこかに飛び出していっても、いつもの時間に、獲物をくわえて帰ってくる。そんな絶対的な信頼感と安心感が、私たちの間には満ちていた。でも、「市川さん」と呼ばれて、信頼感が、安心感が、たちまちのうちに恐怖に変わったのよ。私の体は凍りついたわ。思考も、かちんこちんに固まった。

「うん、分かった。なら、好きにするといい。私はこの件には口を出さない」

私は、型どおりに答えるのがやっとだった。

「ありがとう。聖子さん」

さきほどまでの冷淡さが嘘のように、大渕秀行が、いつもの笑みを作る。

この瞬間よ。私たちの立場がくるっと逆転したのは。

大渕秀行は、それを意識的にやっていたのか、それとも無意識だったのか。

それ以降、彼は、私のことを「聖子さん」と呼んだり「市川さん」と呼んだりした。そう、使い分けしだしたのよ。鞭をふるうときは「市川さん」、飴を投げるときは「聖子さん」って。

裁判でも争点になっていた、この、大渕秀行の支配術。大渕秀行は否定していたけれど、でも、これは本物よ。彼は、人を支配しそして操る才能があった。

それは特別なことではない。どんな小さな組織でも、自然とリーダーになってしまう人っているでしょう？　そしていつのまにかリーダーが路線を敷き、その他大勢がその路線に乗る。

人間というのは、大きく分けて二種類あるものなのよ。路線を敷く人、それに乗る人。その二種類がいたからこそ、人類は社会を作り、そして、今の繁栄を手に入れることができた。だから、大渕秀行は特別なんかじゃない。よくいる、リーダータイプの人間だった。あの性質を極めれば、大渕秀行は間違いなく、なにかしらの名誉と地位を手に入れることができたはず。〝犯罪者〟ではなく〝成功者〟として名を刻むことができたはず。

なのに。大渕秀行の運命は、大きく軌道を外れていく。

大渕秀行から青田彩也子のことを聞いたその日、あの女は得意満面の笑みで、四谷の部屋にやってきた。そして我が物顔で、私が買ったソファーにどっかと座ったのよ。私、ピンときた。あ、大渕秀行とこの女、できているって。

つまり、セックスよ。

あの二人、セックスしたんだわ！　私が借りてやった部屋で！　私が留守中に！

体が震えたわ。

繰り返すけれど、私と大渕秀行は、肉体関係はなかった。精神的なつながりだけで、あの部屋に暮らしていたの。

もちろん、私は一線を越えたかった。でも、それは大渕秀行が許さなかった。

「僕は、女性の心は愛せるけれど、女性の体は愛せないんだ。……ゲイなんだ」

そんなことを言って、私の裸すら見ようとしなかった。バカな私は、それを信じていた。でも、違った。大渕秀行は、正真正銘の〝男〟だったのよ。しかも、若い女が大好きな、やりたがり。つまり、当時三十六歳の私は、彼の性欲の対象外だっただけなのよ。

それなのに、私ったら、

「プラトニックな関係だけど、心は深く深く結ばれている。ある意味、プラトニックって、究極のセックスだと思うの」

なんて、吹聴しまくっていたわよ。ほんと、バカみたい。

ほんと、バカみたい！

あああ、バカみたい！

思い出すだけで、叫びたくなる！

馬鹿野郎！　馬鹿野郎！　馬鹿野郎！

ああ、ごめんなさい。この話になると、私、つい興奮しちゃうの。

……大丈夫、大丈夫よ。お酒を飲めば、おさまる。

……ほら、もうおさまった。

えーと。どこまで話したっけ？　ああ、大渕秀行と青田彩也子がセックスしていたことね。

あの日のことは、たぶん、死ぬまで忘れられない。

青田彩也子が四谷の部屋に現れたあの日。私は、邪魔者のように部屋を追い出された。

「ね、聖子さん。ちょっと、買い物頼まれてくんない？」

そして、びっしりと書き込まれたメモを握らされた。

「ね、聖子さん、お願い」

言いながら、小指を私の小指に絡ませてきた大渕秀行。でも、その視線は、青田彩也子の体をなぞっていた。

X女学院の制服を着て、髪をポニーテールにして、すっぴんの顔にピンク色のリップクリームだけを塗った青田彩也子は、ぱっと見はおぼこ娘。

でも、私はピンときた。この女、やりまんだって。その姿だってテクニックのひとつに違いない。いかにも清純って感じを装いながら、その下半身は男を誘っているのよ。その証拠に、あの子のブラウス、規定のやつじゃなかった。

規定のブラウスは綿素材、しかも、デニム生地のように厚いの。下着が見えないように、夏服でも生地は厚めのやつを指定されているのよ。なのに、あの子が着ていたブラウスは、市販の薄手のものだった。化学繊維と綿の混紡のやつね。……私もときどき、市販のブラウスを着ていたわ。特に、予備校に行くときは。だって、他校の男子に受けがよかったんだもん、薄手のブラウスは。……ブラが透けて見えるから。そんなブラウスを着ていると、ナンパもよくされたものよ。

そう。あの手のブラウスを着るときは、下心があるときよ。セックスアピールをしたいとき。つまり、「私、発情してます」っていうサインよ。まったく、あの年頃の女ときたら、恥も外聞もないんだから。欲情の赴くまま、節操がない。きっと、他の男ともやりまくってたんでしょう。そして、この日も、男を漁るためにやってきたんでしょう。

案の定だった。私が出かけたあと、二人はどちらからともなく絡み合い、……セックスをはじめたのよ。

なんで、知っているのかって？

出かけた振りをして、隣の部屋から覗いていたからね、二人の様子を。

情けないでしょう？　いい歳して、なにやってんだ……って感じでしょう？

でも、年下の男に振り回されている年増女なんて、そんなものよ。なりふり構っている暇はないの。……ええ、そうね。認める。私のほうが、恥も外聞もない状態だった。そんなの糞食らえ！　って感じだった。とにかく、私は怖かったの。大渕秀行に捨てられることがね。だから、覗かずにはいられなかったのよ。

私が覗いているということも知らずに、二人は、あられもない姿でお互いの肉体を貪りはじめたわ。

この時点で、「なにやってるの！」って、乗り込むのが定番なんでしょうけれど、私はそれをやらなかった。

……私も欲情してしまったから。

ナマで他人のセックスを見たのは初めてで、私、すっかり興奮してしまったのよ。もちろん、ポルノ作品やＡＶは見たことがある。でも、そんなのが子供騙しに思える程、ナマのセックスは迫力があった。いかがわしかった。

もう、私、理性がふっとんでしまって。

大渕秀行は、若い癖に前戯がしつこくて。その様子を見ていた私は、自慰をしないではいられなくなったのよ。

覗いていることも忘れ、気がつくと私はスカートをたくし上げショーツの中に手をつっこんでいた。そして、大渕秀行の愛撫に合わせて、私も自慰に耽った。それだけで私、二回はいったわね。ほんと、大渕秀行の前戯はすごくて、青田彩也子もナマコのように固くなったり溶けたりを繰り返していたっけ。そのたんびに、おもらしをしたように下半身がぐちょぐちょになるの。私の下半身も、もうぐちょぐちょよ。とめどなく汁が流れ出してくるの。

もう、だめ、これ以上はだめ、早く、早く、来て！

そう叫んでいたのは、青田彩也子だったか、それとも私自身だったか。

いずれにしても、長い長い前戯が終わり、大渕秀行はようやく青田彩也子の中に入っていった。

「あっあっあっあっ——」

青田彩也子が、絞められた鶏のように喘ぎだした。

私もつられて、声なき喘ぎを上げていた。だって、まるで自分が挿入されているような快感だったから。あんな快感、生まれて初めてだった。今までしてきたセックスがなんだったのかと思う程の、圧倒的な快感。脳の芯がじんじん痺れて、体中が硬直して。……このまま続けたら死んでしまう。そんなことを思いながらも、止めるわけにはいかなかった。私は、大渕秀行の腰の動きに合わせて、指を動かし続けたわ。このまま死んでもいいとすら思った。この快感の中で死ねるなら……。

それからね。私の覗き癖がはじまったのは。そう、私は、大渕秀行と青田彩也子のセックスを見ることがやめられなくなってしまったのよ。だから、私はあの二人の関係を許した。黙認したのよ。セックスを覗かせてもらうために。……もちろん、そのことは二人には内緒で。

でも、もしかしたら、気がついていたかもしれない。特に青田彩也子は。だって、その喘ぎかたが段々と演技じみてきて。誰かに見せつけるように、大胆なポーズをとったりして。

それがいけなかったのか、大渕秀行はどんどん彼女に飽きてきて。大渕秀行が好きなのは、あくまで〝清純〟な素人。ＡＶ女優のように熟(こな)れてきた青田彩也子に白けることも多くなった。

そんなときよ。青田彩也子が、大渕秀行にアレを飲ませるようになったのは。

そう、アレは、たぶん、麻薬的ななにか。青田彩也子が、自宅から持ち出した薬品だと思う。それを大渕秀行に飲ませて、彼を辛うじて引き止めていたわ。

裁判では、青田彩也子は否定していたけれどね。

でも、間違いない。青田彩也子は、大渕秀行に何かを飲ませていた。そして、大渕秀行を、破壊したのよ！

＋

夜の八時になっていた。

なんとか言い含めて市川聖子をタクシーに押し込んだあと、私と橋本さんは、口直しだとばかりに赤坂見附のファストフードショップに入った。

「笠原さんの言った通りだったな。市川聖子は、とんだ酒乱だった」

コーヒーを啜(すす)りながら、橋本さんはやれやれと肩を竦めた。

「知ってたんですか？」

訊くと、

「うん。笠原さんに言われたんだ。市川聖子には絶対、酒を飲ますなと」

「なら、なんで、飲ませたんですか？」

私は、怒気を含ませながら言った。なにしろ、酷かった。店の中で卑猥(ひわい)な言葉を叫び続け、挙げ句の果てに服を脱ぎはじめた。

「……私、もう、あの店にはいけません。恥ずかしくて」

「僕も、当分はあそこにはいけないな」

と言いながらも、その顔はどこか嬉しげだ。さながら、大漁を喜ぶ釣り人のようだ。

「でも、いい話を聞けたじゃない」

橋本さんの言葉に、私は小さく頷いた。

「私、なんとなく、分かってきました。青田彩也子という人物像が」

「そう？　僕はまだまだだと思うよ」

「え？」

「もっともっと、掘り下げなくちゃ」

「掘り下げる？」

「明日は、文京区に行ってみよう。青田彩也子が生まれ育ち、そして事件が起きた現場に。

……坂の上の赤い屋根の家に」

六章　坂の上の隣人

が、その翌日は橋本さんに急用が入り、事件現場に行くことはかなわなかった。

その代わり、

「アポ、とれたよ！」

と、橋本さんから連絡が入った。紀尾井町の取材から二日経った朝のことだった。

「アポ？」

「そう。事件現場の隣に住む、オガタさんだ」

「……オガタさん？」

「オガタカオリさん。青田彩也子の隣人にして、幼なじみの女性だ」

「ああ、その女性なら知っています。今まで一切、マスコミの取材を受けたことがない人ですよね？　私も一度、取材を申し込んだことがあるんですが、案の定、断られました」

「俺も、ダメ元で申し込んでみたんだよ。なにしろ、青田彩也子のこともその両親のことも昔から知っている人だからね。なにがなんでも話を聞きたいじゃない」

「よく、アポがとれましたね」

「明日の十四時から一時間ぐらいなら……って、条件つきではあるんだけど」

「充分ですよ！」

「じゃ、明日、大丈夫？」


そしてその翌日、私たちは東京メトロのM谷駅に降り立った。

M谷駅は地上駅で、そのせいか、なにか懐かしい感じがする。地元の駅と似ているからか。

が、季節外れの強い日差しが、少し眩しい。私は、軽い目眩いを覚える。

「M谷は、〝谷〟がついているのに、駅の改札は〝谷〟ではないんだよな」

橋本さんが、虎屋の袋を揺らしながら独り言のようにそんなことを言った。

「ああ、確かに、そうですね」ハンカチで日差しを避けながら、私は応えた。

「この駅は、尾根筋……高台の縁に作られているんだよ」

「尾根筋？」

「東京の山の手を俯瞰で見ると、尾根と谷が手の指のようになっていて、この駅は、人差し指の第二関節あたりの縁に位置していて――」

左手を差し出しながらその様子を説明する橋本さん。私も、左手を広げてみた。

「なるほど、だから〝山〟の〝手〟……〝山手〟なんですね！」

「そう。西側の改札を出るとすぐに下り坂になっていて、その先が〝谷〟。その〝谷〟が〝M谷〟の由来だ」

「〝谷〟っていうことは、坂を下っても、また上り坂ですか？」

「そう。西側だけじゃない。これから向かう東側も、一旦長い坂を下りて、また坂を上る」

「噂通り、起伏の激しい地域なんですね」

「もしかして、君、ここは、初めて？」

「……ええ、実は」

私は迷った。ここで本当のことを言ってしまおうか？　でも、今はまだその時ではないような気がする。もう少し、様子を見てから打ち明けよう。

「初めてです」私は、嘘を言った。「あ、でも、ネットのマップでは、毎日のように訪れてますが」

「ストリートビューか」

「……はい」

「最近は、ストリートビューだけで、その土地に行った気になっているやつも多い」

「……すみません」

「いや、いいんだよ。小説は所詮、空想の世界だ。実際に行く必要はない」

「ですよね！」

「でも、今回は違う。小説ではあるが、現実をモデルにしている以上、あくまでノンフィクションだ。事実が重要なんだよ」

「……ですよね」

「君の作品に足りないのは、現場の空気感だ。つまり、匂い、気温、湿度。それらが欠けているから、イマイチなんだよな」

「………」

「笠原さんが気にしているのも、そこなんだよな」

「…………」

「法廷画家も、イベント会社社長も、結局電話のやりとりだけでインタビューを済ませちゃったんだろう？」

「いえ、でも。先方がお忙しくて、直接お会いできなくて……」

「そこは、押し切らないと。実際に会って話を聞かないと、それが嘘なのか真実なのか、わからないじゃない」

「……でも！」

法廷画家も、イベント会社社長も、橋本さんがねじ込んできたんじゃないか。つかみは大事だ、だから、インタビュー記事をまず入れよう……って。その期間、たった二日。その二日間でできることといったら、電話取材がせいぜいだ。

が、今ここでそんな抗議をしたところで、裏目にでるだけだ。

私は、開いていた手を、ぐっと握りしめた。

「もしかして、文京区も初めて？」

私の心の声を察したのか、橋本さんが話を変えた。

「えっと」ここも、嘘を言っておいたほうがいいだろう。「はい。初めてです。……もちろん、車で通ったり、かすめたりしたことはあります。でも、なにか目的があって来るのは初めてです。なにしろ、ここには、池袋のように大きな商業施設があるわけでもないし、新宿のような娯楽施設もない。……まあ、南側にドームはあるけれど、あれはほとんど隣の区の文化圏ですし」

「確かに、遊ぶ場所はほとんどないね。あるのは、神社かお寺か、そして庭園。俺の大学時代の友人がさ、まさに文京区出身で。ゲームセンターに行ったことがないって言うんだよ。パチンコも」

「なぜですか？」

「ないから、そういう娯楽施設が」

「都心なのに、とことん堅気な街なんですね、ここは」

「教育と文化の街として発展してきた歴史からそうなったのかもしれない。かつては花街(はなまち)や三業地(さんぎょうち)もあるにはあったようだが、今は、その面影もない」

「犯罪発生率も二十三区内で最低。まさに、優等生の街ですね」

「優等生……か」

「そういえば、ネットの聞きかじりなんですが、ここの公立小学校は、有名私立小学校並に出来のイイ子が多いって」

「ああ、そうだ。文京区の公立小学校目当てに、その学区内にわざわざ部屋を借りる親も多いよ」

「学区内に部屋を別に借りるんですか？」

「そう。うちの姉がまさにそうだった」

「お姉さんが？」

「うちの母親が割と教育ママでね。どうしても文京区の小学校に入れるんだって、小学校の近くに部屋を借りて、姉と母二人で、しばらくはそこに住んでいたんだ」

「そうなんですか。……じゃ、橋本さんも？」

「いや、俺は、地元の公立。新宿区のね」

「ああ、そうでした、ご実家は神楽坂の――」

「いずれにしても、そんな文京区だからこそ、あの事件も起こったのかもしれないな」

「え？」

「つまり、高低差」

「高低差？」

「落差があるところに、エネルギーは生まれる……ってね」

「エネルギー……」

「さあ、行こう。約束の時間が迫っているよ」

橋本さんの言う通り、約束の時間は十四時。時計の針は十三時四十分。

ここから目的地まで、ふたつの坂がある。下り坂と上り坂。距離的には徒歩十分ほどの場所だが、実際には十五分ほどかかる。

「ええ、本当ですね。急ぎましょう」

そして、私たちは早足で、改札に向かった。

＋

文京区は、東京二十三区の中央北寄りに位置する街で、高台には閑静な住宅地が広がる一方、低地には印刷関連の工場がひしめきあっている。

この様子を、徳永直は『太陽のない街』でこう表現している。

……千川どぶは、すっかり旧態を失って、無数の地べたにへばりついた様なトンネル長屋の突出に、押し歪められて、台所の下を潜り、便所を繞り、塵埃と、コークスのカラと、空瓶や、襤褸や、紙屑で川幅を失い、洪水に依って、やっとその存在を示しているに過ぎなかった。

その千川どぶが、この「谷底の街」の中心であるように、それから距たり、丘陵に沿うて上るほど二階建てもあり、やや裕福な町民が住んでいた。それは、洪水を避け、太陽に近づくことであり、生活の高級さを示すバロメータアのようなものであった。

つまり、高台に住む人々は「太陽に近く」、低地に住む人々には「太陽がない」。

私たちはそれを確認するように、かつて「幽霊坂」とも呼ばれた長い坂を下りていた。

右側には高級マンションが続き、左側には大名屋敷の名残の緑地。

それは、いわゆる「閑静な住宅街」で、都内屈指の高級住宅地の名に恥じない風景である。

坂の中腹に来た頃、橋本さんがふと、言葉を漏らした。

「まるで、結界だな」

その顔を見ると、歯を噛みしめてなにかを耐えているようにも見える。

「結界？」

訊くと、

「谷底の澱（よど）みが高台にあがってこないように、坂が結界の役目をしている気がする」

「谷底の澱み……」

確かに、坂を下りるにつれ、「閑静さ」の中に俗っぽさが混じってくる。

まずはカフェが現れ、次にコンビニが現れ、そして蕎麦屋。ついには小さな工場が現れた。あれは、製本工場だろうか。フォークリフトが行き交っている。

そして、交差点が見えてきた。

いわゆる、谷底だ。

この交差点のことを、大渕秀行は自叙伝でこう綴っている。

……気がつけば、私は、交差点に立っていた。

どこをどう歩いてきたのか。初めて見る風景だった。

見上げると、信号機には『M坂下』と刻まれたプレートがぶら下がっている。さらに視線を巡らせると、町内会の掲示板が見えた。そこには、『御殿町』という文字が見える。

「小学生の大渕秀行は、学校を早退したある日、ここに迷い込んだよな」

橋本さんが、横断歩道の前で、足を止めた。

青信号が点滅している。

本当はこのまま駆け足でここを渡りきりたかったが、橋本さんは次の青信号まで待つつもりのようだ。

私も足を止めた。ここまで小走りできたせいかそれとも履き慣れないパンプスのせいか、つま先が少々、ジンジンする。……なぜだろう。目眩いも止まらない。

「普段は、谷底の低地で暮らしていた大渕秀行にとって、この交差点こそが、『高低差』

を知るきっかけとなるんだよな」橋本さんが、しみじみと言った。「大渕の中に、なにかしらの毒の種が植え込まれたとするのなら、それは初めてここに立ったその瞬間だったのかもしれない」

「そうでしょうか」私は、目眩いを振り払いながら、応えた。

「そうだよ、間違いない。大渕秀行も、自叙伝でそう書いているじゃないか」

……横断歩道を渡ると、そこは坂の下だった。目の前には、急で長い坂。急すぎて、その先がどうなっているのかは、ここからは見えない。

ただ、青い空が広がっていた。

一歩、二歩、坂に近づいてみる。

赤いなにかが、見える。空を下から突き刺すような。まるで血まみれのナイフのような。

目を凝らしてみる。

屋根だ。

赤い、屋根。

強い風がひとつ吹いた。

それは、「来るな」という警告のようにも思えた。

そのとき私は初めて実感した。今、自分がいる場所は「谷」だということを。

そのときの経験は、ある意味、私の人生の分岐点だったように思う。


「その赤い屋根の家こそが、青田彩也子の家だった。つまり、大渕秀行のあの犯行は、一種の〝復讐(ふくしゅう)〟だったのかもしれない。それとも〝運命〟か」

「そうでしょうか？」

目眩いは我慢ならないところまできていた。が、私はそれを抑え込み、応えた。

「あの自叙伝は、大渕秀行の後付け……もっと言えば、創作だと思うんです」

「創作？　どういうこと？」

「大渕秀行が、小学校の一時期をこの辺で過ごしたのは確かですが。でも、ここと大渕秀行が暮らしていた地域は五キロも離れていて、いくら迷ったからといって、ここに偶然来てしまった……というのは、出来過ぎです」

「そうかな」

「私は、大渕秀行の自叙伝そのものに疑いを持っています。真実という芯(コア)に幾重(いくえ)にもペーパーを巻き付けたトイレットペーパーのようなうさん臭さがあります。そのペーパーをどんどん巻き取っていかないことには、この事件の真相は見えてこないと私は考えています」

「なるほど。……じゃ、巻き取りにいこう」

見ると、信号はとっくに青になっている。

私たちは、競うように歩を進めた。が、それを渡りきったとき、私の目眩いが、限界に達した。もう、立っていられない。

私は、その場に蹲った。

「君、大丈夫？」

「……ああ、すみません。ここんところ、徹夜続きで。大丈夫です。栄養ドリンクを飲めば。……そこのコンビニで買ってきますから、ちょっと待っていてください」

しかし、私の足はもつれ、立つことすらできなかった。

「顔が真っ青だよ。……今日は、帰ったほうがいいよ」

「いいえ、大丈夫です。……全然、大丈夫です。急がなくちゃ。約束の時間が――」

言いながらも、視界が徐々に狭まってくる。

「今日は、俺に任せて。俺が一人でインタビューしてくるから。だから、今日は、もう帰った方がいいよ」

「でも――」

視界の端で、橋本さんが勢いよく手を上げる。それを合図に、なにかが停まった。

タクシーだ。

「ほら、今日はもう帰ったほうがいい。タクシーチケットもあげるから」

「でも――」

しかし、私にはもう抗う気力も体力もなかった。橋本さんに押し込まれる形で、私はタクシーに乗り込んだ。

「君の分まで、俺がしっかり取材してくるから。だから――」

橋本さんがなにかを言っている。が、私にはそれに応える余裕はまったく残されていなかった。

＋

今日は、お一人で？

お電話では、お二人でいらっしゃるとお伺いしましたが。

ああ、そうなんですか。もう一人の方、具合が悪くなって、戻られたんですか。

ここんところ、寒暖の差が激しいですものね。冬のように寒くなったかと思ったら、今日は初夏のような陽気。実は、私もちょっと風邪を引いてしまったんです。……ええ、大丈夫ですよ、軽い鼻風邪なので。たちの悪いインフルエンザとかではないので、ご安心ください。

え？　それ、ボイスレコーダーですか？　私の話、録音するんですか？

……へー、そうなんですか。テレビとかでは見たことがありますが、こうやって、録音されるんですね。てっきり、速記かなにかで記録するんだと。

ああ、ごめんなさい。速記だなんて。私、思考がいちいちアナログなんですよ。

……まあまあ、虎屋の羊羹。ありがとうございます。私、羊羹、大好きなんですよ、昔から。

ふふふ。よく言われるんです。まるでおばあちゃんみたいって。でも、私は小さい頃から、洋菓子より和菓子のほうが好きなんです。

彩也子ちゃんもそうでした。

小さい頃から、塩大福とか落雁とか、そういったものに目がなくて。ふたりでよくそこの公園のベンチに座って、串団子を食べながら、ぼんやり街並を眺めていましたっけ。

ここは、ちょっと高台になっていますでしょう？　だから、夏でもいい風が通るんですよ。

夕方になると、みごとな夕焼けが。オレンジ色に輝く高層ビルの美しいこと。

ああ、なんだかすみません。脱線してしまいましたね。

こう見えて、緊張しているんです。

だって、マスコミの方の取材をちゃんと受けるのは、これが初めてですから。本当は、今日も、取材をお断りしようと思ったんです。

一方で、こうも思いました。

この取材を受けることで、一区切りつけたいと。そして、先に進みたいと。

だって、あの事件から今日まで、ずっとずっと、私は立ち止まったままなんです。

ご近所の顔ぶれもだいぶ変わりました。

この一帯で、昔から住むのはうちだけです。変わってないのは、うちだけなんです。

でも。……実は、うちも、来年早々に引っ越す予定なんです。この家に拘り続けた祖母が去年亡くなり、ここに住む理由がなくなったのです。

鎌倉にいい土地が見つかりましたので、そこに小さな家を建てているところです。年金暮らしの父と母が言うんです。老後は、海が見える家で静かに暮らしたい……って。

で、私は、浦和に小さなマンションを購入しましたので、そこで一人暮らしをはじめる予定です。さすがに、鎌倉だと勤め先から遠くなりますんで。

え？　私の勤め先ですか？

O大学で、准教授をしております。ここからだと徒歩圏ですが、来年からは電車通勤。

なんか、ウキウキしちゃいます。

だって、憧れだったんですよ、電車通勤。小学校から大学まで、地元の公立。ずっと徒歩だったものですから。

だから、彩也子ちゃんが羨ましかった。彩也子ちゃんは、小学校から電車通学。私も彩也子ちゃんと同じ小学校に行きたいって、駄々をこねたものです。

なんで、私が地元の公立で、彩也子ちゃんだけがX女学院なの？　って。

そしたら、母が言うんです。

「彩也子ちゃんだって、本当はあなたと同じ学校に行く予定だったのよ」って。

「でも、彩也子ちゃん、落ちてしまったのよ。だから、仕方ないの」って。

私、当時はよく分からなかったんですが、私が通っていた小学校は公立は公立でも、国立。……駅からここまで来る間に、通りませんでした？　国立T大学の附属小学校。そう、国立ですから、入学するには厳しい試験があります。私はそれに受かり、彩也子ちゃんは落ちてしまったんです。

それでも、不思議でした。

「じゃ、なぜ、彩也子ちゃんは区立小学校に行かないの？」って。だって、区立小学校は目と鼻の先。ここからでも、子供たちの声がよく聞こえますでしょう？　この辺に住んでいらっしゃるご家庭のお子さんは、大概、あの小学校に通っています。

それを言うと、

「青田さんちは、みえっぱりだから」

母は、苦笑しながらそう呟いたあと、こうも言いました。

「青田さんの前では、小学校の話題を出してはダメよ、いい？　絶対だからね」

その「ダメ」は、私の中に妙な形で刻印されました。小学校の話題を出してはダメ……だったはずが、次第に、彩也子ちゃんと話すことが「ダメ」になっていったんです。

たぶん、それは、彩也子ちゃんが距離をとっていたせいでもあります。彩也子ちゃんは、明らかに、私を避けていた。私は私で、母の「ダメ」のせいで、なんとなくぎくしゃくした感情を彩也子ちゃんに対して持つようになって。

そういうわけで、幼稚園までは姉妹のように遊んでいた私たちなのに、小学校二年生に上がる頃には、目も合わさなくなりました。やがて、会わないようにお互い、色々と工作するようにもなりました。登下校時間をわざとずらしたり、通学路を変えたり。

不自然な話ですよね。お隣同士の幼なじみなのに。喧嘩したわけでもないのに。それでも、私たちは、お互いを避けて生活していたのです。

……そして、忘れもしない、小学三年生の夏休み前。私は、久し振りに彩也子ちゃんを見かけることになります。

坂下の交差点。今、コンビニがある場所に、昔、小さな本屋さんがあったんですけど、そこで。

そこの本屋さん、一階が店舗で二階が住居になっていまして。客が呼び鈴を鳴らして、二階にいる店の人を呼ぶ……というシステムになっていました。つまり、店舗には、店番がいないんです。その本屋さんで、X女学院初等部の制服を着た彩也子ちゃんを見かけたんですけれど。声をかけたほうがいいのか、それともこのまま無視したほうがいいのか迷っていると。……彩也子ちゃん、数冊の本と文房具をランドセルにどんどん入れていくんです。そして、そのまま店を出てしまいました。

つまり、万引きです。

といっても、あれは普通の万引きではありません。今思えば、クレプトマニア……窃盗症です。

クレプトマニアというのは依存症の一種で、心の病いです。欲しいわけでも、必要なわけでもないのに、盗まないではいられない。アルコール依存症やギャンブル依存症のようにその衝動は抑え難く、とにかく目の前にあるものを盗まないといられない……というものです。

でも、当時の私はそんなことを知る由もなく、ただ、唖然とその様子を見守りました。そして恐ろしくなり、家に帰ると、その一部始終を母に報告しました。

その夜のことです。母は私を呼びつけると、言いました。

「あれは、万引きではないみたい。あとで、彩也子ちゃんのお母さんがお金を払っているんだって。だから、あなたも見たことは忘れなさい」

子供心にも、なんて苦し紛れな言い訳かと思いました。

つまり、万引きしたものを、親が尻拭いしている……ってだけじゃないか。お金を払った払わないが問題じゃない。明らかな窃盗なのに、なんでそれを放置しているのか。私は、到底、納得がいきませんでした。

彩也子ちゃんの万引きはその日だけではありませんでした。少なくとも、私は三度目撃しています。実際には、その何倍もしていると思います。立派な常習犯です。

……犯罪というのは、慣れてしまったらもう手遅れなんです。慣れてしまったら、それは〝習慣〟になってしまう。歯磨きの習慣と同じで、それをしないとどことなく気持ち悪い……という気分に駆られます。だから、犯罪は一度目で、「やってはいけない」と抑え込む必要があるんです。でないと、どんどんエスカレートしてしまう。初めは万引き、次は殺人……といった具合に。

大袈裟(おおげさ)に言っているんではないんです。

殺人などの重大事件を犯す人は、かならずと言っていい程軽い犯罪歴が認められます。万引きをする人みなが殺人犯になるとまではいいませんが、殺人犯になった人物が窃盗などの罪を犯している例は多いのです。

だから、最初の犯罪で止めなくてはならないんです。どんな小さなことでも、それが犯罪ならばそこで食い止めなくてはならない。

……が、彩也子ちゃんにはその機会は与えられなかったようです。両親がそれを見逃し、しかも尻拭いまでしている。

もう、手遅れだ。

三度目の万引きを目撃したとき、私はそう思いました。

＋

もう、手遅れだ。

三度目の万引きを目撃したとき、私はそう思いました。…………。

ここまで再生したところで、橋本さんは、停止ボタンを押した。

「ここで、一度休憩にしよう」

橋本さんはそう言うと、テーブルの脇からメニューを引き寄せた。「腹減ったな。……君もなにか食う？」

新宿三丁目のカラオケボックス。

平日の昼間だというのに大入り満員のようで、「一時間しかご利用できませんが」と、ここに入るとき何度も念を押された。「延長はできませんので、ご了承ください」

私は、そわそわしながら時計を見た。もう、二十分が経とうとしている。あと、四十分しかない。

「いいえ、私は大丈夫ですので」言いながら、ボイスレコーダーの再生ボタンを押そうとしたが、それは橋本さんにやんわりと止められた。

「慌てんなよ。まずは、クールダウンしようよ」

クールダウン？

「だって、君。顔が真っ青だよ。冷や汗までかいて」

言われて額に触れてみると、そこはガラスコップの表面についた結露のようだった。慌

てて カバンからハンカチを取り出す。

「体調、本当はまだ万全じゃないんじゃないの？」

昨日、橋本さんから連絡があったとき、「もう大丈夫です。ピンピンしています」と咄嗟に取り繕った。本当はまだ頭がぐるぐるしていたが、「明日？ はい、大丈夫です。明日、伺います」と、安請け合いまでしてしまった。が、今朝になっても目眩いはとまらず、吐き気も少し残っていた。だからといって、ここで休んでなんかいられない。連載は待ってはくれないのだ。

「今日はやめておいたほうがいいんじゃないの？」

母もそう言って止めたが、

「ううん。本当に大丈夫。大丈夫だから」

と、母の手を振りきった。そんな私の手に、

「じゃ、せめて、タクシーを使いなさい」

と、一万円札を握らせる母。

私は一瞬、躊躇（ためら）ったが、それを急いで財布にしまう。

いい歳（とし）して、金銭的にこうやって母の世話になっている自分が我ながら情けない。

いい歳して、いまだ娘の世話を焼きたがる母が、恨（うら）めしい。

……本当に大丈夫なんだから。私は、どこも悪くないんだから。

私は、グラスの中のジンジャーエールを飲み干した。チリチリした甘さのおかげで、少しだけ吐き気が治まる。

「本当に大丈夫ですから」

これで、今日何度目の〝大丈夫〟なんだろうか。この言葉を吐き出せば吐き出すほど、体力を消耗している気もする。が、私はもう一度言った。

「私、大丈夫ですから」

そして、私は、今度こそ、再生ボタンを押した。

＋

もう、手遅れだ。

三度目の万引きを目撃したとき、私はそう思いました。

それからというもの、私、彩也子ちゃんのことがとっても嫌いになってしまって。

嫌いというか。……汚らわしいというか。彼女を見ただけでなにか嫌なものが伝染するような気がして。

そう、嫌悪。嫌悪という感情が一番しっくりきます。喩えるなら、ゴキブリや道端に転がる糞。それらを見たときのなんとも言えない嫌悪感。

実はですね。今こうしてお話ししているだけでも、手が震えてくるんですよ。なんていうのかしら。彼女のことを思い出すだけで、もやもやとした衝動に駆られるんですよ。だから、こうやって、中指と人差し指を絡めているんです。心の中で「エンガチョ」と唱えながら。

……人間の感情というのは不思議なものですね。一時は、まるで姉妹のように年がら年中つるんでいた相手なのに。一緒にいるのが楽しくて、ちょっとでも離れていると寂しくて。なのに、なにかをきっかけにして、こんなに嫌いになる。本当に、人の感情の動きだけはどうにもなりません。

だから、私、今も結婚しないでいるんです。燃えるような恋愛をしても、いつかこの人のことを嫌いになるんじゃないか？　という不安が過ぎってしまい、なかなか結婚に踏み切れず、こんな歳になってしまいました。友人もそうです。どんなに仲がいい関係でも、いつかそれが耐え難い嫌悪に変わってしまうんじゃないか。だったら、最初から一人のほうがいい。……そんな考えを持つようになりまして。だから、小学生のときも中学生のときも高校生のときも。私はいつも一人でした。

そんな私を、彩也子ちゃんはバカにしていた節があります。

あるとき、庭に出て花に水をやっていたら、隣の彩也子ちゃんと母親の会話が聞こえてきたんです。どうして最近、お隣さんと遊ばないの？　……とかなんとか母親が質問し、それに彩也子ちゃんは、こう答えていました。

「だって、あの人、根暗なんだもん。つまんない」

頭にかぁっと血が上りました。でも、もっと頭に来たのが、

「そうね、確かに、ちょっと根暗かも」って、母親が同調したことです。

「昔は、明るい子だったのに。どうしてあんなに暗い子になっちゃったのかしら。なにかあったのかしらね……」って。

まったく、冗談じゃない。

なにかあったのは、そっちのほうだ。彩也子ちゃんのほうだ。

私から言わせれば、母親がそんなんだから、彩也子ちゃんはドロボーになっちゃったんじゃないか。母親が娘を甘やかすから。娘を過信するから。娘を管理するから。……彩也子ちゃんは暴走してしまったんだ。その果てに、自分も殺されちゃったんじゃないか。

あ、すみません。なんだか興奮してしまって。

実は、私、あの母親……早智子さんが苦手だったんです。

怖かったのかもしれません。なんだかいつもふてくされた顔をしていて、じろりと睨むように人を見るんです。

あんなんでよく、小児科のお医者さんが務まるわね……って、うちの母もよく言っていました。

ええ、お祭しの通り、うちの母と早智子さんも、あまりいい関係ではありませんでした。というか、しょっちゅう、揉めていました。ゴミのこととか町内会のこととか回覧板のこととか、そして煙草のこととか。

揉めるたびに、

「青田さんとこの早智子さんは、私をバカにしているのよ。専業主婦を見下しているのよ」って、愚痴ってましたっけ。

そして、

「まったく、これだからよそ者は困るわね……」って。

そうなんです。青田家は、昔からの家ではありません。私が生まれる一年前に、ここに越してきたと聞きました。母が言うには、その前も、内科クリニックがあったそうです。名前は、『赤い屋根クリニック』。母は、その赤い屋根を見ながら、いつも言っていました。

「赤い屋根がシンボルマークだったから、『赤い屋根クリニック』って名前にしたんですって。いいクリニックだったわよ。お医者さんは名医だったし、スタッフも最高だった。評判を聞きつけて、他の県の人まで来ていたぐらい」

　でも、そこのお医者さんがお亡くなりになり、『赤い屋根クリニック』という名前ごと、青田家が買い取ったんだそうです。いわゆる、居抜きです。

「どんな手段を使ったんだか、かなり安く買い取ったんだって。聞いた話だと、青田さんの奥さんのご実家は不動産ブローカーなんですってよ。乗っ取りなんて、朝飯前なのかもしれないわね」

　つまり、青田家は、旧家でもなんでもないんです。確かに、その前のクリニックは戦前から続いていましたが。

　母は、こんなことも言っていました。

「まったく、青田さんの要領の良さには舌を巻くわ。新参者のくせして、まるで何十年と続いているクリニックの名医のように振舞っている。新しく来た人なんて、みんな騙されているんだから。青田さんは、〝地元の名士〟だって。そんな詐欺師(さぎし)みたいなことをしていたら、きっと、いつかバチが当たるわ」

　そうして、あの事件が起きたのです。

「ほら、バチが当たった」

母が、隣の家を見ながらそう呟いていたのを、私は見逃しませんでした。

あの事件が起きたとき……というか、事件が発覚したときのことは、今でもよく覚えています。というか、忘れようたって、忘れられません。

二〇〇〇年六月十二日。確か、月曜日だったと記憶しています。

私が学校から戻ると、私の家の周りがごった返していました。まず、目に入ったのが、「立ち入り禁止」と書かれた黄色いテープ。それがそこらじゅうに張りめぐらされ、制服警官もあちこちに。マスコミ関係者らしき人たちの姿も見えました。

はじめは、ドラマかなにかの撮影か？ と思ったんです。前にも、無断でドラマの撮影が行われて、町内会で問題になったことがあったので。

「ママ、また撮影？」

と、玄関ドアを開けたとき、母と背広姿の男性二人が、玄関ホールで立ち話をしていました。母は、「部屋に行きなさい」と目だけで合図を送りましたが、男性の一人がそれを遮(さえぎ)りました。

「あなたは？」と質問されたので、

「ここの家の者ですが」と私は答えました。

「名前は?」と訊かれたときは、さすがに躊躇しました。言い澱んでいると、私の代わりに母が答えました。それを、小さな手帳にメモする男たち。その様子は、まるでドラマで見る警官そのものでした。

「やだ、うちでも撮影?　勘弁してよ」

状況を飲み込めない私は、そんな素っ頓狂なことを言っていました。

「撮影ではないのよ」母が、窘めるように言いました。「本物なのよ。本物の警官」

警官?　本物?　なかなか状況を飲み込めない私に、二人の男性は警察手帳まで見せてくれました。警察手帳を見て、私はようやく理解しました。

「やだ、もしかして、彩也子ちゃんがなにかしたの?」

私は、考えるより早く、そんなことを言っていました。

だって、彩也子ちゃんは万引きの常習犯。それに、その頃になると髪も金色に染めて、いかにも柄の悪い感じになっていました。だから、不良グループにでも入ったんじゃないかって、そう思っていたんです。

「どうして、そう思うんです?」男性の一人が、睨むように訊いてきました。

まるでヤクザのそれ。警察とヤクザって、紙一重なところがありますよね。恫喝して、他者を自分の思い通りにするところとか。

怯(おび)えて答えが出ない私に、

「彩也子ちゃんというのは、隣の娘さんですよね？」

と、もう一人の男性が優しく語りかけてきました。いかにも、人の良さそうな、俳優の渥美清(あつみきよし)に似たおじさんです。

「……はい。そうです。隣の子です」渥美清に絆(ほだ)されるように、私は答えました。「……幼馴染(おさななじみ)です」

「幼馴染？　では、仲がいいんですか？」

「……いえ、その」再び言い澱んでいると、

「今は、学校が全然違いますから、ほとんどお付き合いはないんですよ」と、母がまた、助け舟を出してくれました。

「確かに、幼稚園のときまでは遊ぶこともありましたが、小学校は別々。その頃から、自然とお付き合いもしなくなりました。まあ、会えば、挨拶ぐらいはしますが。……ね、そうでしょう？」

母が、私のほうに視線を飛ばしてきました。その強い視線に、私は「はい、そうです」と頷(うなず)くばかり。

「だから、うちの子は全然関係ありませんから。……ね、そうでしょう？」

また、強い視線が飛んできて、私は「はい。関係ありません」と頷きました。

「じゃ、あなたは部屋に戻っていなさい。宿題があるんじゃないの？」

母にけしかけられ、靴を脱ぐと私は逃げるように自分の部屋へと向かいました。

でも、本音をいえば、警官の話をもっと聞いていたかった。彩也子ちゃんはなにをしたんだろう？　彩也子ちゃんはどうなるんだろう？

そればかりが気になり、気もそぞろ。

玄関先では、母と警官のやりとりがまだ続いています。私は、部屋には戻らず、柱の陰で耳をそばだてました。

「……事件」

「……一昨日（おととい）」

「……青田」

「……強盗」

それは、なにやら不穏な単語ばかりでした。単語をつなぎ合わせると、どうやら、お隣で強盗事件があったようです。

私は、足を震わせました。

「強盗ですって？」母の声も震えています。

「ええ、そうです」母の震えを宥めるように、渥美清が優しく説明します。「今朝、出勤してきた看護婦が内部の異常に気がつき、一一〇番通報してきたんです」

「内部の異常……」

「詳細はお話しできませんが、クリニックと、その奥の居住スペースがひどく荒らされていまして」

「……で、青田さんは？」

「……まあ、これも詳細はまだお話しできないんですが。……今のところ、行方が分かっていないのです」

「誰の行方が？」

「ですから、青田夫婦と、その娘の行方です」

「三人とも？」

「はい。三人の行方が分からないのです。ですから、こうやって、聞き取り調査を行っているのです。……一昨日の夜、お隣の青田家はどんな様子でしたか？」

刑事の言葉を聞きながら、私は妙な動悸を覚えました。汗も身体中からじわじわと滲み出してきて。その一方、手と足の指の先がじんじん冷えてきて。

というのも、警官が繰り返し質問していたのが、

「一昨日の夜、お隣の青田家はどんな様子でしたか？」

三人の行方、ご存じないですか？　……という質問なら分かります。なんで、一昨日のことをそんなに訊くのか。

一昨日の夜。すなわち、六月十日土曜日の夜のことです。

「ですから、その日は、青田さんのクリニックはお休みでしたよ」母が、疲労困憊した様子で答えます。「何度も言いますが、その日、青田さんは一泊二日で伊豆に旅行にいくとおっしゃっていました。だから、てっきり、旅行にいったんだろう……って思っていました」

「旅行にいくというのは、誰から聞いたんですか？　ご本人からですか？」

「いえ、違います。クリニックで働いているパートの看護婦さんです。先週の水曜日でしたか、裏庭で作業をしていましたら、看護婦さんたちの会話が聞こえてきたんですよ」

「裏庭？」

「はい。うちの裏庭は、クリニックの勝手口に面してるんですよ。しかも、勝手口は喫煙所にもなっていて、クリニックのスタッフたちがしょっちゅう煙草を吸いながら、おしゃべりしているんです」

「その煙草のことで、一度、青田さんと諍いになったと伺いましたが」

「誰が？　誰がそんなことを？」

「いえ、それは言えませんが。……諍いになったのは本当ですか？」

「諍いなんて大袈裟なものではないですよ。喫煙所の場所を変えてくれませんか？　ってお願いしただけです。それと、吸い殻をうちの庭に放り込むのはやめてください……って注意しただけですよ」

「なるほど。でも、かなりの剣幕で怒鳴り込んできたという証言も。『訴えてやる』と脅かしたこともあるとか。かなり、怨みを持っているようなことも」

「ちょっと待ってください。なんなんですか？　まさか、うちが、青田さんところに強盗に入ったと、そうおっしゃりたいんですか？」

　母が、震えながらも、抗議するように声を上げました。

「冗談じゃない。なんでうちが強盗なんか――」

「一昨日の夜、私、彩也子ちゃんを見ました！」

　私は、たまらず、駆け寄りました。

「一昨日の夜、彩也子ちゃんが男の人とクリニックに入っていくのを、私、見ました！　なんだか、いかにも不良って感じの男の人です。彩也子ちゃんの様子も変でした。なにか、お金のことで言い争っているふうでした！　それに――」

「それに？」渥美清ではないほうの、ヤクザ顔の刑事が詰め寄ってきます。「他に、なにを目撃したんだ？」

その迫力に負けて、私は白状しました。

「私の部屋の窓から、お隣……青田さんちの居間が見えるんですが、一昨日の夜、照明がついていて――」

隠しているつもりはなかったんです。ただ、私が青田さんの居間を盗み見していることは、知られたくなかったんです。彩也子ちゃんと絶縁状態にあるくせして、その一方で、彩也子ちゃんのことが気になっていた……という本音を知られたくなかっただけなんです。が、私のそんな微妙な心情などどうでもいいらしく、今度は渥美清似の警官が詰め寄ってきました。

「じゃ、一昨日の夜、居間の照明はついていたと？」

「はい。母から、青田さん一家が伊豆に旅行にいくと聞いていたので、おかしいな……とは思ったんです。照明を消し忘れたのかな？　って。それとも、もしかしたら、旅行にはいっていないのかな？　って」

「旅行にいっていないと思ったのは、なぜ？」

「窓が。窓が、少しだけ開いていたんです。それに、そのあと、予備校にいこうと玄関を出たとき、彩也子ちゃんが男と一緒にクリニックに入るのを見たんです。だから、旅行にはやっぱり、いっていなかったんだ……と確信したんです」

「それは、何時頃ですか？」

「午後の六時過ぎだったと思います」

「あら、おかしいわね」母が、ふいに言葉を挟んできました。「私、てっきり、旅行にいったと思っていたわよ。だって、私がお隣を見たとき、居間はもちろん他の部屋も照明は全然ついてなかったもの」

母も母で、お隣が気になって仕方なかったようです。

「それは、何時頃ですか？」

渥美清の問いに、

「お風呂上がりに、二階のベランダに洗濯物を干してあったのを思い出して取り込んだときだから……午後の十時過ぎじゃないかしら？」

「なるほど。つまり、一昨日の土曜日、午後六時過ぎ。青田家の居間の照明はついていて、彩也子さんと男が一緒にクリニックに入っていった。が、午後十時過ぎには、青田家の照明は消えていた。……ということですね」

渥美清の視線が私と母のほうに順番に飛んできて、私と母はこくりと頷きました。

……この証言がきっかけで、彩也子ちゃんと男は重要参考人となりました。警察が二人の行方を捜しはじめたとき、例のコンクリート詰めされた青田夫婦の死体が発見されたのです。

死体は、六月十二日の夜、マンションの建設予定地から見つかりました。うちから百メートル先にある場所です。今はマンションが建っていますが、当時、住民の反対運動にあい、なかなか着工できずにずっと放置されていた現場です。

その現場から、コンクリート詰めされた大型のポリバケツが二つ、見つかったんだそうです。

「ですが、発見が早く、コンクリートはまだ完全に固まっていない状態でした。そのおかげで、身元もすぐに割れたのです」

そう教えてくれたのは、どこかの記者でした。翌日のことでしたでしょうか。取材は固くお断りしていたのに、その人はずかずかと家に入り込んできました。

「しかし、残虐(ざんぎゃく)な事件です。なにしろ、青田夫妻は内臓も飛び出すほど滅多斬りにされていたんですからね。いったい、どんな怨(うら)みがあれば、あんなことができるのか。……ご存じですか？　犯人、つかまりましたよ。お察しの通り、犯人は青田彩也子と、その情人(いろ)の大渕秀行です。赤坂プリンスホテルでニャン、ニャン、ニャン、ニャンしているところを御用になりました」

〝情人〟だの〝ニャンニャン〟だの〝御用〟だの、死語を連発するその記者のおじさん臭さばかりが気になって、そのときは話の内容があまり入ってきませんでした。

でも、記者が帰ったあと、じわじわと恐怖を覚えました。

あの彩也子ちゃんが、お父さんとお母さんを殺害してコンクリート詰めにして、建設現場に捨てた。……想像しただけで、あまりにむごい地獄絵です。

確かに、彩也子ちゃんは万引きの常習犯で、その頃になると髪も金色に染めて、いかにも不良というような感じになっていました。でも、両親とはうまくいっていたはずです。特に母親とは仲がよかった。庭に出ると、二人の会話がしょっちゅう聞こえてきたものです。それは、決して仲の悪い親子のものではありませんでした。

「大渕秀行と付き合うようになってからは、そうでもなかったようですよ。親子喧嘩が絶えなかったって。クリニックで働く看護婦と、通いの家政婦がそう証言しているみたいですよ」

そんなことを教えてくれたのは、うちに取材に来た別の記者さんでした。

「みんな言ってますよ。青田彩也子は、大渕秀行に洗脳されてしまったんだ……って。男に狂った女は怖い……って。あなたはどう思いますか？」

そんなことを訊かれても。

「男は関係ないと思います」私は、咄嗟にそんなことを答えました。「彩也子ちゃんには、そういう素質があったのかもしれません。〝犯罪者〟という素質が」

「……どういうこと？」

だって、彩也子ちゃんは、万引きの常習犯。小学校の頃からずっとずっとドロボーだった。そんな人だから、いつかもっと重大な事件を起こすんじゃないかと思っていた。

……でも、私は言葉を呑み込みました。彩也子ちゃんの心の闇は、遅かれ早かれ、裁判で暴かれるだろう。私なんかが証言せずとも。

とにかく、私は今度こそ、彩也子ちゃんとは縁を切りたい。

「……ごめんなさい。私、彩也子ちゃんのことはなにも知りません。だって、私たち、小学校から別々だったので」

私はそう言うと、その記者を追い返しました。それ以降、私は一切、取材には応じてきませんでした。今日までは。

ところで、話は変わるのですが。……何年か前に知人の弁護士さんにちらっと聞いたのですが、彩也子ちゃん、刑務所で――

＋

ここまで再生したところで、橋本さんは、再び停止ボタンを押した。

なんで？　いいところだったのに。

抗議しようとしたが、ボイスレコーダーは橋本さんの手の中。それを奪い取るほど、元気はない。

「場所、変えようか？」

橋本さんが、腕時計を見た。私も時計を見てみる。五十分が経とうとしている。

ああ、もう、時間だ。

そう思った瞬間、けたたましいインターホンの音。たぶん、フロントから終了時間の通達だろう。「あと十分だ。延長はできない」という。

その通りだった。インターホンの受話器を置くと、橋本さんはやれやれというように、肩をすくめた。

「さあ、行くぞ。場所、変えよう」

フロントに冷たくあしらわれたのか、橋本さんの表情がイライラと引きつっている。私の返事など待たずに、そそくさと身支度する橋本さん。それに後れをとってはならない……とばかりに、私も必要以上に大慌てで上着を着込んだ。

が、次の場所がなかなか決まらなかった。

ふと視線を上げると、「四谷」の文字。いつのまに、こんなところまで。

「ほら、ここだよ」

橋本さんが、やおら指差した。その指先を追うと、そこには細長いビル。一階はテナントだが、その上はマンションになっているようだ。

……もしかして？

そんな質問を滲ませて橋本さんを見ると、彼は、こくりと頷いた。

「大渕秀行が、市川聖子と暮らしていたマンションだよ。そして、青田彩也子と——」

ふいに、視線がそれる。そして、

「ああ、ちょうどいい。あそこにカラオケボックスがあるじゃない。あそこにしよう」

と、そのマンションとは反対側に建つ古いビルを指差した。

二軒目のカラオケボックスには、人はそれほど入っていないようだった。フロントの担当は漫画でも読んでいたのか、私たちが入店すると慌ててすっくと立ち上がった。

とりあえず「二時間」と伝えると、「ありがとうございます。延長もオーケーですので、ごゆっくりと」と、やたら明るい声が返ってきた。一軒目とは違って、個人で経営している店のようだ。なにもかもが、手作り感満載だ。

「でも、こういうところは、食べもんは美味(うま)いんだよ」

橋本さんが、慣れた様子で私をエスコートする。もしかして、橋本さん、ここ初めてではない？

「お察しの通り。今日で四回目かな？」

部屋に入ると、橋本さんは自宅でくつろぐように、早速上着を脱いだ。そして、いかにもとってつけたようなフックに、それをかける。

「四回目？」

私も上着を脱いではみたものの、フックにかけていいのかどうか、躊躇(ちゅうちょ)する。……だって、ネジがとれかかっている。

「そう、四回目」

橋本さんは、相変わらず慣れた手つきでテーブルの下からメニューを探し出す。

「もしかして、すでに取材していたんですか？　あのマンションを」

フックにそっと上着をかけてみるも、やはりこころもとない。仕方なく、ソファーに置く。

「まあ、そうだね」

橋本さんは、注文の品をすでに決めたようで、インターホンの受話器を手にしている。その目は、「君はなにがいい？」と言っている。私は、迷わず、「ジンジャーエールを」とだけ言った。頭のぐるぐるがおさまらない。こういうときは、ジンジャーエールに限る。

「大丈夫？」

注文し終えると、橋本さんが私の顔を覗き込んできた。

「ええ、大丈夫です」本音を隠して言うと、

「じゃ、続き、聞く？」と、橋本さんは、ボイスレコーダーをようやく取り出した。

「はい。お願いします！」私は、頭のぐるぐるを隠しながら、声を弾ませた。

「次は、青田彩也子の実家のクリニックで、看護師として働いていた女性の証言だ」

「え？」

「なに？」

「オガタさんのインタビューの続きではないんですか？」

「オガタさんのインタビューは、実はあれで最後なんだ」

「あれが最後？　でも、途中でしたよ？」

「あのあと、オガタさんに急用ができてしまってね。それで、インタビューは中断」

「……そうなんですか」

「でも、その代わりに、クリニックで働いていた女性を紹介してくれたんだよ。オガタさんのお母さんと親しいらしい」

「クリニックで働いていた女性？　看護師さん？」

「ああ。今年六十五歳になる女性で、クリニック開業時から働いていた古参看護師だ」

「……オガタさんのお母さんとその女性は、まだ付き合いがあるんですか？」

＋

……ええ。

オガタさんとは、長い付き合いです。といっても、お母さんのほうですけれど。

赤い屋根クリニックで働いているときも、オガタさんにはよくしてもらっていました。

あんな事件が起きて、仕事を失って呆然（ぼうぜん）としていた私に、お仕事を紹介してくださいました。所沢にある大学病院の看護師です。とてもいい職場で、オガタさんには感謝するばかりです。

そういうわけで、今は所沢に住んでおりますのでオガタさんと直接お会いする機会はあまりないのですが、今でもお手紙のやりとりは続けております。

……いまどき、文通なんて、おかしいですか？　そうですよね。今はメールとか……ライン？　っていうんですか、そういう電子的なやりとりが主流な時代ですものね。

でも、オガタさんも私も、そういうのは好まないんですよ。やっぱり、筆を走らせるのが一番です。

筆とはなにかって？　ですから、書道です、書道。

オガタさんは、書道の師範なんですよ。お付き合いのきっかけも、書道です。オガタさん、クリニックの隣で書道教室を開いていまして、私も書道を嗜んでおりましたので、それで話が弾みまして、今に至っています。とはいえ、初めはちょっと怖い方なのかな……と敬遠しておりました。

というのも、クリニックの奥さん先生と――。

……あ、奥さん先生というのは、青田早智子さんのことです。旦那さんの青田昌也さんのことは青田先生と呼んでおりましたが、奥さんのほうもそれで呼ぶと、紛らわしいでしょう？　だから、奥さん先生。

……ねぇ、なんかちょっと失礼な呼び方だと思いません？　だから、私たち、最初は〝早智子先生〟って呼んでいたんですけれど、先生ご本人が、〝奥さん先生〟って呼んでほしい……というものですから。なんでも、〝奥さん〟って呼ばれるのが嬉しいって言ってましたね。こんなことも言ってました。

「私は、本当は医者になんかなりたくなかった。専業主婦になりたかったんだ」って。

そうそう。こんなことも言ってましたっけ。

「私の小さい頃からの夢は、いい奥さん、いいお母さんになること。医者なんて、副業に過ぎない」って。

そんな先生(ドクター)もいるんだな……って思いました。

言うまでもなく、男性だって、医者になるのは難しいんです。なりたいからなれるもんじゃない。女性となればなおさらです。

頭がいいだけではなくて、金銭的な余裕も必要です。しかも、一人前になるまでには時間のかかること！　なのに、早智子さんは平然と言うのです。

「医者は副業」だって。

まあ、根っからのお嬢様なんでしょうね。なにしろ早智子さんの実家は栃木の資産家。地元に多くの土地を持つ他、東京にも別宅をいくつも持っているような典型的なお金持ちです。早智子さんが医者になったのも、父親が敷いたレールに乗ったに過ぎないようです。早智子さん、言ってました。

「父は、コンプレックスの塊なのよ。お金はあってもステイタスがない……だから、都会のやつらにバカにされる……といつでもぼやいていたわ」と。

そのお父様は、よほどコンプレックスがおありだったのか、長男を大学教授、次男を会計士、そして早智子さんを医者にしたんだそうです。どれも、社会的地位のある職業です。

「でも、私、本来は内気な性格なの。医者なんて、全然向いてない。お料理したり編み物したりガーデニングをしたり。そういうことをして過ごしたかったわ」

聞いた話だと、早智子さん、インターン時代にそうとう苦労したみたいです、人間関係で。なのに、父親の期待はますます大きくなるばかり。「立派な医者になれ」って。

……これは、私の想像なんですが。

だから、早智子さん、結婚を急いだんじゃないでしょうか。内科医の青田先生と結婚したのは、確か、昭和五十六年。どちらもインターンを終えたばかりの、駆け出し。大学病院で働くことが決まっていた青田先生は結婚には乗り気ではなかったのに、早智子さんが勝手に婚姻届を役所に持っていったと、青田先生がよく笑い話にしていましたっけ。いわゆる、できちゃった婚です。でも、青田先生としてはラッキーな結婚ですよ。だって、都心の由緒ある土地にいきなり開業……ですもの、凄(すご)いことですよ。

「あのまま大学病院で働いていたら、僕はずっと勤務医のままだったろうな」

青田先生は、そんなことも言っていました。

「早智子のおかげで、僕もいっぱしの開業医だ」とも。

たぶん、早智子さんのお父様が開業資金を出したんでしょうね。

でも、なんで、あそこだったのか。

そういえば、青田先生、こんなこと言ってましたっけ。

「早智子が決めたんだよ。赤い屋根が、気に入ったからって。小さい頃、絵本で見た〝お菓子の家〟にそっくりだったから……って」

……早智子さんって、とことん〝乙女〟だったんでしょうね。心の底から、「専業主婦になりたかった」んだろうと。

それを裏付けるように、小児科医という役目なんかそっちのけで、庭いじりをしていましたっけ。緑色の前掛けと、緑色の長靴を履いて。……クリニックの入口に、見事なローズアーチがあったんですけれど、それも早智子さんが。そのバラの花びらをお茶にしたものを、私たち看護師もよくいただいたものです。

彩也子ちゃんを出産してからは、早智子先生の「奥様」振りにますます拍車がかかりました。クリニックの看板は「内科・小児科」のはずなのに、小児科医の早智子先生が診療に出ることは少なくなりました。クリニックは青田先生に任せっきりで、もっぱら母親業に精を出して。……彩也子ちゃんにつきっきりになっていったのです。食事はもちろん、服も手作りでしたね。彩也子ちゃん、ちょっとアトピー気味だったので、市販のものでは心配だといって。オーガニックの布地を取り寄せては、せっせとミシンをかけていました。

彩也子ちゃんも彩也子ちゃんで、母親にべったりで。双子親子っていうんですか？　あの親子は、本当に始終、一緒でした。

ちょっと過保護かな……とは思ったんですけれど、でも、子供を放置する親よりは全然マシでしたので、私たち看護師も、特になにも言いませんでした。

でも、喫煙組は、「ちょっと心配だよね」と陰口を叩いていたようです。

喫煙組というのは、文字通り煙草を吸う看護師で、当時二人おりました。クリニックの勝手口が喫煙所になっていまして。そこでよく、愚痴を。それはもっぱら、青田先生と早智子さんに関することで、私は何度か注意したんですが、全然聞いてくれなくて。

……そんな若い看護師たちの予感が的中する日がやってきます。

彩也子ちゃんが、国立大附属小学校の入試に失敗したんです。

私、思うんです。あの〝失敗〟が、すべてのはじまりだったんじゃないかと。そして、ついには、あんな残虐な不幸をもたらしてしまったんじゃないかと。

今でも、よく覚えています。不合格通知が届いた日のことを。

その日、早智子さんは朝からそわそわと落ち着きなく、勝手口の喫煙所で煙草をすぱすぱふかしていました。

ええ。早智子さん、普段は煙草はやめているんですが、極度にストレスがたまったときなど、吸うことがありまして。煙草は、どうやらインターン時代に覚えたようです。彩也子ちゃんがアトピー気味ということもあり禁煙はしていたようなんですが、なにかの拍子に、ついつい……という感じで、吸っていました。一度吸いだすと止まらなくなるのか、勝手口で一時間も二時間も、吸っていたことがありました。

それで、一度、お隣のオガタさんと口論になったことがあります。

えーと、あれは。

そうそう。親子面接の前日のことです。早智子さん、よほど緊張していたのか、煙草をずっと吸っていまして。それで、オガタさんが怒鳴り込んできたんです。窓から煙がどんどん入ってきて、服に煙草の臭いが染み付いてしまった。どうしてくれるんだ……と。オガタさんもオガタさんで、ナーバスになっていたのでしょう。なにしろ、オガタさんのお嬢さんも、彩也子ちゃんと同じ小学校を志望していて、翌日には親子面接を控えていました。その面接に着ていくために吊るしていた服に、煙草の臭いが染み付いてしまった……というのです。

「煙草の臭いが原因で、不合格になったらどうするんですか。ただちに、煙草はやめてください！」

あのときの、オガタさんの顔は忘れられません。いつもは温厚なオガタさんなのに、子供のこととなると、ここまで豹変するもんなんだな……と、子供を持たない私は戦慄しました。

一方、早智子さんも負けていません。

「煙草ぐらいで落ちるもんですか。不合格だったとしたら、それはおたくの娘さんに問題があるんですよ」

こんなことを言ったものですから、オガタさんの怒りのボルテージはウナギのぼり。それから激しい言い合いがはじまりました。……まさに、修羅場でしたね。それまでは、仲のいいお隣同士だったんですよ。娘同士も、仲がよかった。同じ幼稚園に通っていましたから、行きも帰りも仲良く手をつないで。そんな微笑ましい関係でしたのに。

早智子さんとオガタさんの口喧嘩は、三十分はつづいたでしょうか。もしかしたら、日頃から、お互いよく思っていなかったのかもしれません。娘の手前、仲良くしていたに過ぎなかったんでしょうね。まあ、それはそれは、えげつない言葉の応酬が続きました。

往診から戻ってきた青田先生が仲裁に入らなかったら、もしかしたら殴り合いの喧嘩になっていたかもしれません。

いずれにしても。

あの時点で、何かが壊れたのは確かです。それは、早智子さんのプライドだったかもしれませんし、取り繕ってきた世間体だったかもしれません。でも、その時点では、まだ小さな亀裂に過ぎませんでした。彩也子さんとオガタさんのお嬢さんが仲良く合格していれば、あるいは笑い話で済んでいたかもしれません。

ですが、運命はそう甘くはありませんでした。

ある日届いた不合格通知。

それを郵便配達員から受け取ったのは、この私です。まったく、なんていう役回りなのかと、自身の不運を呪うばかりです。

「うそでしょう」

通知を見た早智子さんの青ざめた顔は、まさに死人でした。どう慰めればいいのか。戸惑う私に、早智子さんは言いました。

「お隣は？　お隣はどうだったのかしら？　ね、訊いてきてくれる？」

なんていう〝業(ごう)〟なんだろうと、背筋が寒くなりました。こんなときに、お隣の娘の合否のほうが気になるなんて。

「ね、お願い。お隣にも通知が届いているだろうから、それとなく訊いてきて。あなた、お隣とは仲がいいんでしょう?」

　そのときの私の心境は。

「……オガタさんのお嬢さんも不合格でありますように」

なんで、私まで……と思いました。でも、そう願わずにはいられないほど、早智子さんは殺気立っていたのです。

　もしこれでオガタさんが合格したとなると、なにか事件が起きるんじゃないか? そんなことも思いました。もし、なにか事件が起きたら、私もここでは働けなくなる、そうなったら困る。だから、お願い、オガタさんも不合格でありますように。……咄嗟にそんな保身的なことを考えてしまった私でしたから、オガタさんから「合格したわ」という言葉を聞いたとき、すぐには「おめでとう」と言えませんでした。その代わりに、「うちは、ダメでした」と一言。

　その一言で、聡明(そうめい)なオガタさんはすべてを理解したようでした。オガタさんは合格の喜びを封印し、そのことを近所に触れまわることもなく、一切、口を閉じてしまったのです。

かわいそうに、オガタさんのお嬢さんは合格した喜びも褒め言葉もないまま、入学式の日もひっそりと隠れるように家を出て行きました。

一方、彩也子ちゃんは、いったいどんな伝を頼ったのか、世田谷にある私立小学校に入学が決まりました。名の知れた名門校です。早智子さんはそのことを触れ回り、入学式のときは近所に紅白饅頭まで配って、派手派手しく娘の門出を祝いました。

その饅頭を頬張りながら、喫煙組の看護師がまたこんな陰口を叩きました。

「世田谷だなんて。ここからかなり遠いわよね。電車で一時間近くかかるってさ。しかも三回も乗り換えがあるっていうじゃない。大人だってラッシュはきついっていうのに、よくもまあ、あんな小さい子にそんなことをさせるわよね。目の前に区立の小学校だってあるっていうのにさ」

まさに正論でした。子供にとって、約一時間の電車通学は、どれほどの負担か。一方、国立大附属小学校に合格したオガタさんのお嬢さんは、通学時間は徒歩で十五分。

たかが通学、されど通学。大人ですら、この時間の差は大きいです。

私、思いました。

この差は、ゆくゆくは彩也子さんの人生を大きく歪めてしまうのではないか……と。

ああ、そういえば。いつだったか、オガタさんのお嬢さんから、なんか、変な噂を聞きましたよ。彩也子ちゃん、刑務所で――

＋

赤い屋根クリニックで働いていたという古参看護師の証言は、ここで終わった。

「これで、終わりですか？」

私は、ボイスレコーダーと橋本さんの顔を、交互にみやった。

「ああ、まあね。……忙しい人だったみたいで、あまり話を聞けなかった」

右の眉毛を人差し指で撫でながら、橋本さんは言った。

最近気がついたことだが、これは、なにか下心があるとき、または嘘をついているときに出る、彼の癖だ。

もしかして、なにか隠している？

「あの、よかったら、ボイスレコーダー、お借りできますか？」

私は、カマをかけてみた。

「え？　なんで？」

橋本さんの足が、小刻みに揺れはじめる。……貧乏ゆすりも、彼の癖だ。ひどく慌てているときの。が、私は気付かないふりで、続けた。

「証言者たちの言葉を、じっくり吟味したいんです。原稿の参考にしたいので」

「なるほど……」橋本さんが、腕を何度も組みなおす。言わずもがな、腕組みは防御の姿勢。攻撃をどうかわそうか、思考をぐるぐると巡らせているのだろう。「わかった。なら、あとで、データで送るよ」

「じゃ、今、いただけませんか？　ボイスレコーダーのメディア、ちょっとお貸しください。私、ノートパソコンを持ってきているので、保存しちゃいますから」

「……それはダメだな」橋本さんの貧乏ゆすりが激しくなる。「会社の規則で、データを外に送るときは、それなりの段階を踏まないといけないんだよ」

「段階？」

「そう。ボイスレコーダーのデータをいったん、セキュリティー管理室に持ち込んで――」

橋本さんが、早口で説明をはじめる。早口になるのも、彼の癖だ。……嘘に嘘を重ねるときの。

見ると、橋本さんの鼻の頭にはアブラムシのような小さな汗がびっしりと貼(は)り付いている。きっと、その掌(てのひら)も汗でびっしょりなのだろう。

これほど追い詰めるつもりはなかった。ただ、確認したかっただけなのだ。

橋本さんが、なにか隠していることを。

「分かりました」私は、言った。「では、段階を踏みましたら、私のメールアドレスにデータを送ってください」

「うんうん、そうするよ」

橋本さんの顔が、ほっと破顔する。

「じゃ、私、そろそろ――」

「帰る？　まだ、五時前だよ？」

「ええ、でも、母が――」

「門限？」

「ええ、まあ」

「でも、門限は、九時じゃなかった？」

「ええ。そうだったんですけど。……先日、市川聖子さんを取材したとき、午前様になっちゃったじゃないですか。それで、母が激怒しちゃって。門限がさらに厳しくなったんです」

「お母さんは、心配性だね」

「過干渉なんです。……本当に、嫌になりますよ」

「じゃ、今日も門限を破ったら？」

「いえ。原稿の続きもありますし」

「そうだな。次の締め切りは明後日だもんな」

「はい。今回の取材内容を、早速盛り込みたいと」

「うんうん、分かった。録音データは、今夜中にでも送るから」

「よろしくお願いします」と、身支度をはじめたとき、

「君の家って、どこだっけ？」と、橋本さんが、唐突に質問してきた。

「え？」

「いや。家のこと、聞いてなかったな……と思って」

……ああ、そういえば、彼にはまだ、家のことは話してない。

「東村山です」

「東村山……だったっけ？」

「はい」

「いつから？」

「え？」

「いや、なんでもない。……東村山か。一度、取材に行ったことがあるよ。いいところだよね」

「そうでしょうか？　私はちょっと――」

「気に入ってないの？」

「そういうわけでは。……ただ、なんとなく、いまだに馴染めてないんです」

「そうか」

「あ、でも。交通の便はいいんですよ。新宿からだったら、一本ですし」

「西武新宿線？」

「はい」

「なら、西武新宿駅まで送るよ」

＋

家の玄関ドアを開けたのは、午後六時過ぎだった。

玄関ホールに飾ってある振り子時計の針が、六と一あたりをさしている。五分ほど遅れている時計だから、六時十分といったところだろうか。

私は、ほっと、肩の力を抜いた。駅からここまで走ってきたから、心臓がどくどく言っている。……軽い目眩いもやってきた。

「沙奈ちゃん？」

リビングから、母の声がする。

「沙奈ちゃん、帰ったの？」

ぱたぱたとスリッパの音。私は、とっさに、姿勢を正した。ここで具合の悪いところをみせたら、また部屋に軟禁されてしまう。

両手で頬を軽く叩き筋肉をほぐすと、私は笑みを作った。

「ただいまー」

そして、いつもよりワンオクターブ、トーンを上げてみる。

「やだ、大変」

が、母は、私の不具合を見逃すことはなかった。

「沙奈ちゃん、すぐに病院に行きなさい」

病院？　さすがにそれは大袈裟な。風邪が、まだ完全に抜けきっていないだけだ。薬を飲んでちょっと横になれば、よくなる。明日になれば、完全によくなる。……だから、そんなに大騒ぎしないで。

「沙奈ちゃん、あなたはまだ、完全ではないのよ。今すぐ、病院に行きましょう。今、主治医の先生に電話するから」

だから、そんなにかまわないで。私の体は、私が一番、分かっている。私は、大丈夫。……それに、明後日には締め切りが。仕事しなくちゃいけないのよ。病院になんて、行っている場合じゃない。

「締め切り？　今、締め切りって言った？」母の顔が、大きく歪む。「あんた、やっぱり、これを——」

母が手にしていたのは、見覚えのある週刊誌だった。『週刊トドロキ』。

全身の毛穴が、きゅっと縮（ちぢ）む。

ああ、バレちゃった？

私の名前は伏せて連載させてもらっていたんだけど。……やっぱり、バレちゃったか。

「沙奈ちゃん、なんでこんな仕事を？」

だって。……だって、私、作家として一人前になりたかったから。翡翠（かわせみ）新人賞をとったはいいものの、そのあとはずっとボツばかり。いまだ、デビュー作以外で世に出たものはない。だから、私——。

「どうせ、また騙（だま）されたんでしょう？　いつだったか、キャッチセールスにひっかかって、三十万円のローンを組まされたときのように」

違う、違う。今回は騙されてなんかない。だって、この企画は自分から——。

……ああ、だめだ、目眩いが酷くなるばかりだ。もう、立っていられない。

「沙奈ちゃん！」

母の声が遠くで聞こえる。

「沙奈ちゃん！　大丈夫？」

大丈夫、大丈夫、ただの風邪だから、ちょっと眠れば、治る。ちょっと眠れば——

七章　女の正体

「それって、本当のこと？　っていうか、どういう――」

轟書房の女役員、笠原智子は言葉を詰まらせた。

あまりの驚きで、舌が上手く回らない。

「あら、やだ。惚けているの？　それとも、まさか、知らなかったとか？」

市川聖子は、どこか勝ち誇った様子で、顎をしゃくった。


智子が市川聖子から電話をもらったのは、三時間ほど前のことだった。

「久しぶり」

その口調は、先輩風を吹かせていたかつてのまんまだった。

……今となっては、しがないフリーライターのくせして。そしてこちらは大手出版社の役員。なのに、市川聖子は、命令するように言うのだった。

「今から、会えない？」

「今から？　それは無理です」

智子は、あえて敬語で応えた。かつての先輩を敬ってのことではない。今となってはまったくの赤の他人だ、そもそも住む世界が違う……ということを知らしめるために。智子は慇懃無礼に続けた。

「申し訳ありませんが、会議がびっしり入っているんです。夜にはテレビの収録が――」

「じゃ、この情報、他に持って行こうかな」

市川聖子がもったいぶるように言った。そんなふうに言われたら、気にならないわけがない。

「……どのようなご用件で？」

「青田彩也子のことで、面白い情報を入手したのよ」

「青田彩也子？」

「そう。おたくの『週刊トドロキ』で連載がはじまった、例のアレよ」

「『文京区両親強盗殺人事件』を下敷きにした小説？」

「そう。どう？　興味ある？」

「なら、担当者を行かせますんで」

「担当者って、橋本とかいう男？　それと……イイダチヨ？　あの二人なら、先日会ったばかりよ」

「なら、その二人を再度――」

「あれは、なにかのドッキリ？」

「え？」

「だから、イイダチヨよ」

言っていることがめちゃくちゃだ。もしかして、酔っ払っているのか？　だとしたら、長話は無用だ。

「用がありますので、これで――」

と、電話を切ろうとしたとき、市川聖子は言った。

「ね、青田彩也子が今、どうしているか、知ってる？」

「え？　青田彩也子がどうしているか？」

なにを言っているのだ、青田彩也子は、刑務所の中にいるに決まっているじゃないか。事件当時未成年ながらも、成人同様に裁かれて無期懲役が言い渡されている。

「ね、とにかく会いましょうよ。お互いのために」

あれから三時間後。智子は、飯田橋駅近くのイタリアンバルに来ていた。智子の馴染みの店だが、もともとは市川聖子が教えてくれた店だった。

「ああ、懐かしいわね、ここ。昔とちっとも変わらない」

市川聖子は、常連だった頃の馴れ馴れしさで、ウェイターを呼びつけた。

そして、あれこれと料理を注文すると、当たり前のように、店で一番高いワインをボトルで注文した。白が一本に赤が一本。

ウェイターが最初に持ってきたのは、白ワインだった。

グラスにワインが注がれると、

「で、青田彩也子は、今、どうしているんですか？」

智子は、絵本の続きをせがむ子供のように身を乗り出した。

「あんたも、ちっとも変わらない。相変わらず、せっかちね」

「時間がそんなにないんですよ。このあとも予定がびっしり。本当は、この時間も会議だったけど、キャンセルして駆けつけたんですから」

「恩着せがましいところもちっとも変わらない」

「そんな嫌味はいいですから。話の続きを」

智子は、さらに身を乗り出した。その勢いで、ワイングラスが大きく波打つ。

「まったく、あんたときたら。せっかちな上に、なりふり構わないところも変わらない。ほら、ワンピースにワインが。そのワンピース、セリーヌでしょう？　白ワインとはいえ、シミができるわよ」

と、お手拭(てふ)きを手渡す市川聖子の言葉に、智子ははっとなる。

彼女の言う通り、お気に入りのセリーヌ。このあとのテレビ出演のために、おろしたばかりのワンピースだ。

ああ。なんてこと！　訳のわからない苛立ちで、頭にかぁっと血がのぼる。

「聖子さん、いい加減にしてください！」八つ当たりするように、智子は声を上げた。

「もったいぶらないで、さっさと話を続けなさいよ！」

その剣幕に、さすがの市川聖子も、ぎょっと身を竦(すく)める。

「そんなところも変わらないね。火がついたら、凶悪な顔になるところも。……今のあんたの顔、まるで殺人鬼よ」

「聖子さん！」

「分かった、分かった。話すわよ。だから、落ち着いて」

「私は、ずっと落ち着いてますから」

「そう？　……じゃ、どこから話せばいいかな？」

「結論から？　ほんと、あんたときたら昔から……」

もうそのくだりはいい。智子は、市川聖子を睨みつけた。

「分かった、分かった。じゃ、結論から言うね」市川聖子は、聞き耳を立てている人はいないか周囲にぐるりと視線を巡らすと、静かに言った。「……青田彩也子、出所しているんでしょ？」

「え？」

「だから、青田彩也子は出所して、今は娑婆にいるんでしょ……って言っているの」

「それって……っていうか、どういう――」

智子は言葉を詰まらせた。

あまりの驚きで、舌が上手く回らない。

「あら、やだ。惚けているの？　それとも、まさか、本当に知らなかったとか？」

市川聖子は、どこか勝ち誇った様子で、顎をしゃくった。

「でも、でも。……青田彩也子は無期懲役で――」

「無期懲役っていったって。必ず死ぬまで刑務所の中ってわけじゃない。……仮釈放の可能性は残されている」

「結論から」

りますけど、最低でも三十年って聞いたことがあ
「でも。無期懲役の囚人が仮釈放されるのは、通常、最低でも三十年って聞いたことがあります」

「ええ、そうね。昭和時代は十五年で出所が認められたケースもあったみたいだけど、刑法改正後は、三十年服役してようやく仮釈放の候補となり得る……って感じかしら」

「そうですよ。最近は、仮釈放の基準が年々厳しくなっているって。……青田彩也子の場合、勾留期間を計算に入れたとしてもまだ十八年しか経っていない。……仮釈放だなんて、とても信じられません」

「まあ、通常だったらね」

「どういうことです？」

「つまり、通常ではないことが起こったのよ」市川聖子は、もったいつけるように、ニヤリと笑った。

　ああ、じれったい。

　テーブルを拳で軽く叩くと、智子はグラスのワインを飲み干した。そんな智子を楽しむように、市川聖子はニヤつきながら唇を舐める。

「いくらですか？」しびれを切らして、智子は言った。「聖子さんがお持ちのネタ、いくら出せば、買えますか？」

「あら？」市川聖子が、意外だという顔でこちらを見る。「やだ、まだ惚けているの？　それとも、知らないふりして、私からなにか情報を引き出すつもり？」

「本当になにも知らないんですってば」

「じゃ、聞くけど。なんで、先日、橋本という男とイイダチヨを私に寄こしたの？」

「言っている意味が――」

「まさかと思うけど、あんた、本当になにも知らないの？」

その高飛車な物言いに、智子は唇を震わせた。

市川聖子は、「ふーん」と小鼻を膨らませると、再びニヤリと笑った。

「私は、すぐに分かったわよ。イイダチヨという名前が偽名だってことは」

「偽名？」

「そして、彼女がただのアルバイトじゃないことも。……彼女が、あの小説を執筆している本人だってことも」

「え？　でも、橋本は、そんなことは」

「やだ。あなた、偉くなってボケちゃったんじゃないの？　昔のあんたなら、そんな嘘、すぐに見抜いたはずなのに」

「………」

「あんた、本当になにも知らなかったんだ」

市川聖子は、今度は呆れるように苦笑いを浮かべた。

「いずれにしても。イイダチヨと名乗るあの女が現れて、私、愕然としたわよ。でも、そのときは、確証は得られなかった。でも――」

チーズの盛り合わせとアクアパッツァを手にしたウェイターが「お待たせですぅ」と陽気に近づいてきた。市川聖子が、乗り出した体を元に戻した。智子も倣って、椅子の背もたれに体を預けた。

ウェイターが去ると、智子は急かすように言った。

「話がめちゃくちゃで、まったく見えない。お願い、ちゃんと順序立てて話してください」

「あら、やだ。あんた、さっき、結果だけ話せって言ったじゃない」

「だから、もうそんな意地悪はよしてください！」

「はいはい、分かりました。……あんた、本当になんにも知らないようだから、ちゃんとはじめから説明してあげる」

にやけた市川聖子の顔が、ようやく〝仕事〟モードになる。智子は、一語も逃すまいと、再び身を乗り出した。

「イイダチヨと名乗る女と会って、私は愕然とした。どことなく、彼女に似ている——」

「彼女って？」

「質問はあとにして」

「ごめんなさい」

「……いや、でも、彼女であるはずはない。ただの他人の空似。でも、その仕草、その言葉遣い。やっぱり、彼女に似ている。……私は大混乱した。混乱しすぎて、悪酔いしてしまったほど。最後は店から追い出される形でタクシーに押し込められたけど、〝ライター〟としての意識はしっかりしていた。私は、酔った勢いで彼女に抱きつくと、その左腕を確認した。そしたら、あったのよ、リストカットした痕がね！」

「……リストカットの痕？」

「そう。夢を見ているようだった。まさに、悪夢。家に戻ると、私は早速、協力者に連絡を入れた。……こう見えて、私にも協力者はいるのよ。法律事務所に勤めている調査スタッフがね。ハゲヅラのキモいおっさんだけど、仕事は抜群にできるの。表から裏まで情報網を巡らせている。彼、私に気があってね。一度寝てあげただけなのに、私のことを愛人だと思ってんのよ。……で、彼に調べてもらったら、案の定、彼女は出所していたのよ」

「だから、彼女って？」

智子はどうにも我慢ができず、質問を繰り出した。

市川聖子の目が、憐むようにこちらを見つめている。

「あんた、ほんと、ボケたんじゃないの？　この話の流れからいって、〝彼女〟は青田彩也子に決まってんでしょ。もう一度、言うわよ、青田彩也子。間違いない。だって、私、何度か見たことあるもの、青田彩也子の左腕を。リストカットの痕を」

「ちょ、ちょ、ちょっ」

智子は、またもや言葉を詰まらせた。そんな智子を尻目に、市川聖子は話を続けた。

「協力者曰く。青田彩也子は、二年前に出所している。つまり、十六年のお勤めで仮釈放されたってこと。これは、異例なことなのよ。さっきも言ったけど、通常、無期懲役は最低でも三十年以上。なぜ、十六年で出てきたと思う？」

「…………」智子は、無言で首を横に振った。

「青田彩也子は、刑務所内でなにか事故に遭ったらしいわよ。そのせいですべての記憶を失ってしまったんですって。全生活史健忘。いわゆる記憶喪失ってやつ。自分の名前はもちろん、自分が誰なのかすら分からなくなるやつよ。つまり、自分が犯した罪も完全に忘れてしまった。そうなると、なんで自分が刑務所にいるのかが分からない。それで、弁護士が動いてね。異例中の異例だけど、出所が認められたってわけ」

「違法ではないの？　だって、無期懲役の囚人が仮釈放されるのは、最低でも三十年以上――」

「異例だけど、違法ではない。刑法28条によれば、無期懲役でも十年を経過すれば仮釈放の可能性を認めている。ただ、その規定通りに仮釈放される囚人が極めて少ないだけで」

「じゃ、青田彩也子は、二年前から――」

「そう。娑婆に出ている。そして、まったく違う名前で、一般人として暮らしているんじゃないかしら」

「まったく違う名前？」

「例えば、イイダチヨ」

「……イイダチヨ。……ってことは、あの子が……青田彩也子？」智子は、魂が抜けたような顔で、呟いた。

「そう。間違いない。整形でもしたのか顔はちょっと変わっちゃったけど、左腕のリストカット痕が動かぬ証拠。問題は、なんでわざわざ〝イイダチヨ〟という偽名を使って、文京区両親強盗殺人事件を取材しているかよ。本人は、すべてを忘れているっていうのに。それを思い出させるようなことをしているのか？」

「…………」

「あんた、本当になんにも知らないの？」

問われて、智子は、静かに頷いた。

「じゃ、橋本っていう編集者がひとりで？」

智子は、またもや力なく頷いた。

「あの男。一見、ぼんやりしたメタボだけど、結構な野心家ね。記憶を失って別の人生を歩んでいた彼女に、自分自身の犯罪を取材させて小説を書かせようっていうんだから。……まあ、これが完成したら、間違いなく、彼は名を上げるわね。カリスマ編集者の誕生よ」

「……で、あなたの望みはなんですか？」

智子は、ワインで唇を濡らすと、ようやくまともな言葉を絞り出した。

「望み？」

「なにか魂胆があって、私を呼び出したんですよね？」

「魂胆っていうか。……こんな美味しいネタ、人生に一回あるかないかよ。私も、いっちょ噛みたいな……って」ブルーチーズを齧りながら、市川聖子。その唇は、いやらしく綻んでいる。「自分自身の犯罪を小説にしていく青田彩也子の姿と、それをネタにのし上がろうとする橋本の姿を、とことん追ってみたいのよ。で、それを一冊の本にしてみたいの。……どう？　それを、御社で出版してみない？」

「悪くないですね」

「なら、商談成立ね。とりあえず、取材費の前借りとして、二百万円ほど振り込んでもらえるかしら？　それと、口止料が百万円」

「口止料？」

「『週刊トドロキ』が青田彩也子を利用して小説を書かせている情報、他のメディアに持っていっていいの？」

「それは――」

「でしょう？　小説を書いているのが青田彩也子であることは、最後まで秘密にしていたほうがいいでしょう？　最後の最後で、おもいっきり派手に公表したほうがいいでしょう？」

智子は、今度は力強く頷いた。

「だから、口止料百万円。……合計三百万円。明日までにお願い」

「明日？　……でも、稟議(りんぎ)が」

「なによ。あんた、役員なんでしょう？　稟議を通さなくても、自分の裁量で三百万円ぐらいちょちょいのちょいと動かすことができるんでしょう？　……まあ、昔の私だったら、一億円は動かしていたけどね」

「今は、そういう時代ではないので」

「明日までに振り込んでもらわないと、他に行っちゃうかも」

「分かりました。なんとかしてみます」

「ありがとう。よろしくね」

下品にウインクしてみせる市川聖子。智子は軽い吐き気を覚えるが、それを隠そうとアクアパッツァの皿を引き寄せた。負けじと、市川聖子のフォークも伸びてくる。

「……ああ、それにしても、すごいよね。あの青田彩也子が、出所していたなんてさ。しかも、別人になって！　大渕秀行が知ったら、なんて思うだろう？　そうだ、大渕秀行にも取材してみなくちゃ」

〝大渕秀行〟の名前を口にした市川聖子の顔が、少女のように赤くなる。

もしかして、この女、まだ大渕秀行に？　……つくづく、吐き気がする。でも、こうも思った。

「……なんだか、いろいろとおもしろくなりそうですね」

智子は、呟いた。

二部

八章　死刑囚の妻

ええ、私は断言します。あの事件は、青田彩也子が主導して引き起こされたものです。大渕秀行は、青田彩也子に引き摺られる形で、共犯者になったに過ぎません。

確かに、大渕秀行にも非はあるでしょう。

でも、彼は、世間が思う程〝ワル〟ではないのです。いってみれば、ワルぶっているだけなのです。

あの手記もいけませんでした。

『早すぎた自叙伝』

あれのおかげで、彼の〝悪人〟振りがさらに強調されてしまいました。

でも、私から言わせれば、あれは書かされたものです。

出版社の編集にまるめこまれて、あることないこと、書かされてしまったのです。……それだけでなく、原稿を勝手に改竄されたとも聞きます。知らないうちに、手記の冒頭に古い小説の一節を引用されたりもしたそうです。……『太陽のない街』でしたっけ。

確かに、彼は、小さい頃、あの街に住んでいたことがあるそうです。でも、それはほんの短い期間で。だから、ほとんど記憶にもないと。

〝坂の上の赤い屋根〟のことだって、彼は覚えていませんでした。なのに、あの手記では、小さい頃に芽生えたルサンチマンが引き金になり、あの事件を引き起こした……という流れです。小さい頃にたまたま見かけた赤い屋根の家、それが後に「文京区両親強盗殺人事件」の舞台になる……という筋書きです。

なんというこじつけ！

彼、とても悲しんでいましたっけ。でも、所詮、自分は死刑囚、訴える気にもならない。仕方ない……とも諦めていました。

そんなことでいいんでしょうか？

死刑囚には人権がないと？

死刑囚には、どんな出鱈目を突きつけられてもそれに抗う権利もないと？

でも、彼は言うんです。……もう、いいんだ。世間が僕を〝悪人〟にしたいのなら、自分はすべてを引き受ける……と。

え？　なぜ、私がそんなことを知っているのかって？

それは。

……それをご存じで、今日は連絡してきたんじゃないんですか?

私、大渕秀行と獄中結婚しました。

そう、私は彼の妻なのです。

だから、私、戦いますよ。

夫の名誉を取り戻すために、そして彼の潔白を証明するために。

今、再審請求をしようとしているところです。

〈法廷画家の記憶〉より)

+

「……そういえば。市川聖子から手紙が来たよ」

アクリル仕切りの向こう側、彼が囁(ささや)くように通声穴に顔を近づけた。

「え? イチカワセイコ?」

礼子も、おずおずと通声穴に身を寄せた。

向こう側に控える刑務官が、ぎろりとこちらを見る。

礼子は、咄嗟にうつむいた。

大渕秀行とこうして面会するのは、これで八十九回目だ。が、未だ、慣れない。

「もっと、堂々としてよ。大渕礼子さん」

大渕秀行が、にやりと笑う。

大渕礼子。……そうなのだ。大渕と獄中結婚して早四年。彼の刑がまだ確定していない頃に、入籍した。そう、私は、立派な大渕の妻なのだ。だから、刑務官の視線に怯えることも気後れすることもないのだ。私には、夫と会う権利があるのだから。

礼子はそう自分に言い聞かせると、再び通声穴に身を寄せた。

「イチカワセイコさんって、どなたですか？　ご親族の方ですか？」

再審請求はしているものの、大渕秀行の今の身分は「死刑確定囚」だ。弁護人と親族以外は、面会はもちろん文通も制限されているはずだ。

「いや、親族じゃないよ。……僕の元カノ」

「え？」礼子は、通声穴にさらに身を寄せた。「元カノ？」

「なに？　やきもち？」

言われて、礼子の頰が一気に熱くなる。その頰にハンカチを当てながら、

「いえ、そうではなくて。……えーと」と言い淀んでいると、

「なに？　どうしたの？」

と、大渕秀行の顔がさらに近づいてきた。その息までもがこちらにかかるようで、礼子は一瞬、身を引いた。その拍子に、手からハンカチが滑り落ちる。ハンカチは膝をかすめ、床にはらはらと落ちていく。それをしばらく見つめていた礼子だったが、

「……親族でもない人の手紙を受け取ることができるんですか？」

と、ようやく質問を繰り出した。

「まあ、普通の方法では難しい。だから、切手シートが送られてきた」

「切手シート……？」

「そう。なんでも、現金や切手なら、親族以外の差し入れも認められているらしい。もちろん、私信の同封はＮＧだけどね」

「……そう、そうなんですか。じゃ、元カノさんから、切手シートが――」

「あれ？　やっぱり、やきもち？」

「……いえ、そういうわけじゃないんですけど」

床に落ちたハンカチを見つめながら、礼子は呟いた。……嫉妬深い女だとは思われたくない。でも。

「正直になりなよ。やきもちでしょう？　っていうか、やきもちだったら、なんか嬉しい

な」

「嬉しい？」

「だって、かわいいじゃん。女のやきもちって」

〝かわいい〟と言われ、礼子の頬がさらに熱くなる。

「ね？　やきもちでしょう？」

しつこく問われ、礼子は降参とばかりに小さく頷いた。

そんな礼子を弄ぶように、

「大丈夫だよ。彼女とはもうなんでもないからさ」

と、大渕秀行が、唇の端を舐めながら言った。

「そもそも、ずっと忘れていたぐらいだからね、彼女のことは。彼女だって、俺のことなんか記憶から消していると思ってたよ。だから、手紙が来て、ちょっと面食らっている」

「……でも、なんで今更……？」

自身の嫉妬心を隠すように、礼子は床に落ちたハンカチに手を伸ばした。

「俺にもよく分からないんだ。……でも、あの人のことだから、何かを伝えようとはしているんだ」

〝あの人〟という言い方がいかにも秘密めいていて、礼子の心臓がどくんどくん波打つ。

「……その人は、なにをされている人なんですか？」

「轟書房って知ってる？」

轟書房？　拾い上げたハンカチが、再び手から滑り落ちる。が、今度は膝で留まった。

礼子は、それを握りしめた。

轟書房。……先日、取材を受けた出版社だ。しかし礼子は、それを口にはしなかった。

黙っていると、

「え？　なに？」と、大渕秀行の顔に疑念の色が浮かび上がった。「なに？　どうしたの？」大渕秀行のまっすぐな視線が痛い。

礼子は慌てて取り繕った。

「……いえ。轟書房、もちろん知っています、大手ですから。……で、轟書房がなにか？」

質問のしかたが悪かったのか、大渕秀行の顔が歪む。そして、鋭い視線。

殴られる。

そんなことは絶対ないのに、礼子は反射的に歯を食いしばった。

そんな礼子を察したのか、向こう側に控えていた刑務官が、わざとらしく咳払いを二回繰り返した。

大渕秀行の顔が、途端、破顔する。

「やだな。礼子、今日はなんだか変だよ？　どうした？　もしかして、なにか隠している？」

が、その視線は相変わらず鋭く、冷たい。このままでは、轟書房に取材されたことを吐き出してしまいそうだ。……あの取材は、自分の独断で受けたものだ。どうして受けたのか今となってはよく思い出せないが、いずれにしても、「どんな些細なことも事前に相談する」という結婚時の約束を破ったことになる。「お互い隠し事はしない、嘘はつかない」というのも、結婚時の約束だというのに。……この約束を同時に二つも破ってしまった。

その言い訳を、今日は準備していない。

腋から、ひんやりした汗が流れていく。礼子はそれを隠すようにきゅっと腋をしめると、言った。

「……そうです。私、やきもちを焼いているんです。だって、気になるんです、イチカワセイコという人が。とってもとっても気になるんです。……ご指摘通り、やきもちです。こうしている間にも胸がムカムカして頭がくらくらして、倒れそうです。……いったい、イチカワセイコという女はどういう人なんですか？」

突然スイッチが入ったように早口になった礼子に、今度は大渕秀行が困惑の汗をにじませた。

「落ち着いて、礼子」大渕秀行の視線が、ようやく和らいだ。「安心してよ。市川聖子と付き合っていたのはずっと昔のことで、今はなんでもないんだから。そもそも、ここは拘置所だよ？　浮気なんてできるはずもない」

「…………」

「事件後、裁判中に何度か手紙が来たきり。そのあとは音沙汰なし」

「……本当ですか？」

「本当だよ。バカだな。嘘をつくはずないだろう？　だって、『お互い嘘をつかない、隠し事をしない』というのが、俺たちの約束だろう？」

そんなことを言われて、また腋から大量の汗が湧いてきた。

礼子は、慌てて話題を戻した。

「で、轟書房……というのは？」

「ああ、そうそう。市川聖子という女は、轟書房でかつて編集者をしていたんだよ」

「……そう、なんですか？」

「今は、フリーになっているみたいだけど」

「……そうなんですか」

「ね、暇なときでもいいから、市川聖子に会ってみてくれない？」

「え？」

「なんか気になるんだよね。突然、切手シートなんて送ってきてさ。あの人のことだから、ただの差し入れや、支援ではないような気がする。……だから、会ってきてよ」

「…………」

「安心して。市川聖子とどうにかなろうなんて考えてないから。今の俺には礼子だけだよ」

「……本当ですか？」

「本当だよ。昨日だって、おまえを思いながら、三回、いった」

「……三回も？」

礼子の頬が、火にかけた薬缶（やかん）のように熱くなる。刑務官もちらちら、こちらを窺（うかが）っている。

「礼子はどうなんだよ？　昨日は、何回、いった？」

「…………」

答えずにいると、

「礼子こそ、浮気してんじゃないか？」

「まさか！」

「他の男に抱かれて、俺との結婚を後悔しているんじゃないか？」

「そんなこと、あるはずがありません！」

「本当に？」

「本当です」

「じゃ、その貞操の証拠を見せてよ」

「……どうやって？」

「俺のリクエストにはなんでも応える。口答えは一切しない」

「………」

「あ、やっぱり、おまえ、浮気してるな？」

「ち、違います！」礼子は、パイプ椅子から腰を浮かせた。「……分かりました。あなたのリクエストにはなんでも応えます。そして、口答えは一切しません」

「よし、いい子だ。じゃ、市川聖子に会ってくれるね？」

「……あ……はい……」

「だから、なに？　さっきから、歯切れが悪いよね？　なにかあった？　なにか隠している？　やっぱり他の男と寝てたりするの？」

「いいえ、そんなことは絶対ありません！」

「なんか、信じられないな」

大渕秀行が、アクリル仕切りから体を離した。それを追いかけるように、礼子はアクリル仕切りに身を寄せた。

「信じてください！　私、あなた以外の人とは――」

「分かった。信じるよ」

少しの間を置いて、大渕秀行の顔が、再びこちらに近づいてきた。

「……じゃ、市川聖子に会ってきてくれるね？」

「……はい、分かりました」

不本意だったが、礼子は、大渕秀行の〝元カノ〟と会うことを承諾した。「……それで、そのイチカワセイコさんに会うには、どうしたら？」

「今から住所を言うよ。暗記して」

大渕秀行は、それから三度、その住所を繰り返した。

その様子は、馴染み(なじ)の住所を暗誦(あんしょう)しているふうにも見え、礼子の心は再び激しくかき乱された。

やっぱり、その元カノと今でもつながっている？　私の知らないところで？

……彼は、拘置所では浮気なんかできるはずもない……なんて言っているが、やろうと思えばできるのだ。

そう、あの方法で。

「毎晩、午後十一時。俺はおまえを夢想しながら、自慰する。だから、おまえも俺に犯されることを想像しながら自慰してほしい。それが、俺たちの〝夫婦の営み〟だ」

大渕秀行からプロポーズされたときの手紙だ。もちろん、こんなふうに直接的なことは書いていない。検閲を見込んで、暗喩的にそういう意味の言葉が書かれていた。

その手紙を読んだときの快感は、今でも忘れられない。大渕秀行の言葉が、膣から子宮に向けて忍び込んでくるようだった。それからというもの、約束の十一時となるとその手紙を思い出しては、快感に耽っている。直接、体を触れ合うことはできないけれど、心と心を、魂と魂を貪るような、二人だけの神聖な営み。

そう。大渕秀行は、〝言葉〟だけで女を丸裸にし、愛撫し、そして悦楽の沼に引きずり込むことができるのだ。

だから、イチカワセイコという元カノとも、同じ方法で情を交わすことが可能だ。

いやだ、いやだ、そんなの絶対いやだ。大渕秀行の相手は私以外の女であってはならない。大渕秀行は、私だけの男だ!

「暗記した?」

大渕秀行が、ピロートークのように優しく囁いた。

「……はい。暗記しました」

「うん。いい子だ。……で、昨日は、何回、いった？」

「……四回です」

「四回も？　礼子はいやらしいな。……じゃ、今夜も四回、いける？」

礼子は、はにかみながら、俯(うつむ)いた。

＋

秀行さん……、ああ、秀行さ……ん、はぁはぁはぁ……うんはぁぁ……秀行さん！

三回目の絶頂を迎え、礼子は激しく身をよじった。

息ができないほどの、快感。これほどの快感がこの世にあるなんて。

礼子は、膣に入れた指をそのままに、しばらくは余韻の波に揺られた。

「女の性欲は、底なしだよ」

誰かが、そんなことを言っていた。十代の頃に、好奇心で読んでみたポルノ小説の台詞(せりふ)だったろうか。

「そんなことはない。性欲がまったくない女だっている」

そのときは、そう反論もしてみたが。今となっては、「正論でした」と頷くしかない。だって。……自慰だけでこれほどの悦び。これほどの痺れ。これほどの恍惚。……本当のセックスだったら、どうなってしまうんだろう？

ああ、秀行さん、秀行さん。生身のあなたに、この体の隅々を愛撫してもらいたい。そして、私の中に入って、散々に穢してほしい。

ああ、秀行さん、秀行さん……！

礼子は、膣から指を引き抜くと、それを唇にあてがった。

「……ああ、なんていやらしい匂い。……なんていやらしいヌメリ。……秀行さんにも味わってほしい」

そんなことを呟きながら、そっと指を唇に含む。

すると、たちまちのうちに次の快感の波が押し寄せてきた。

クッションを股間にあてると、その敏感な部分を何度も擦り付ける。

あっあっあっ……！

四回目の絶頂が近づこうとしたとき、

「姉ちゃん、いるの？」

と、ドアの向こうから無遠慮な声。……弟の声だ。

礼子は、せっかくの快感を押し返すと、急ブレーキで体の動きを止めた。

「な、なに？」

息が整っていないせいか、声が変な具合に裏返る。

「……なんか、変な音がするからさ。お母さんが見てこいって」弟が、なにか面白半分でそんなことを言う。「ギシギシ……って音がするって。お姉ちゃん、なにかしてるの？」

礼子は、脱ぎっぱなしの部屋着をたぐり寄せると、それを抱きかかえた。

「ううん。……仕事しているだけだよ」

「そっか。なら、きっとラップ音だね」弟が、揶揄（からか）うように声を弾ませる。「きっと、おばあちゃんが、あの世にいけなくて、今もこの家をうろついてんのかもしれないね」

「……う、うん。そうだね。おばあちゃんかもね」

部屋着に袖（そで）を通しながら、適当に弟の会話に合わせていた礼子だったが、

「ね、ちょっと入っていい？」

と言われ、

「ダメ！」と、つい大声が出てしまった。

ドアの向こう、弟の動きが止まった。

「……ああ、ごめん。今、仕事忙しいからさ。また、あとにして」

弟は苦手だ。この子とどう向き合っていいか、未だに分からない。

ドアの向こうから気配がなくなったことを確認すると、礼子はほぉぉぉと長いため息を吐き出した。

弟の洋平が生まれたのは、礼子が七歳のときだった。今でも忘れられない。世界ががらりと変わった瞬間だった。父も母も、まるで別人のようによそよそしくなった。目を合わせようと、声をかけてもらおうとあれこれ工夫しても、父も母も弟のことばかりで、一向に自分の存在に気がついてくれない。もしかしたら、自分は、透明人間になってしまったんじゃないか。あるいは、もうすでにこの世にはいないんじゃないか。それとも、自分だけを残して世界中の人間が入れ替わってしまったんじゃないか。……そんな不安と恐怖で毎日が苦痛で仕方なかった。

その不安と恐怖は、今も続いている。

父も母も、未だに弟のことで頭が一杯で、もう一人娘がいることなど忘れてしまっているようだ。弟も弟で、姉を〝厄介者〟のように扱う。そう、見下しているのだ。

「四十にもなって売れないイラストレーターなんて、しゃれにならないよ」などと、弟が話しているところを何回も聞いている。せめて「そんなこと言うのはやめなさい」と、誰か止めてくれれば救われるものを。でも、父も母も、「そうだね、困ったもんだね」と、弟に相槌を打つ始末。「本当に、アレをどうにかしないと」。その口調は、まるでシロアリかネズミに対するそれだ。始末したくても、そう簡単にはできない。いったいどうすればアレを始末できるのか。いったいいつになれば、アレから解放されるのか。

……あの厄介者を、どうにかしなくては。今もきっと、家族でそんなことを話していたのだろう。

「天井のネズミが煩い。ちょっと様子を見てきてよ」

そして弟は、いやいやこの部屋に来たのだろう。

そうよ、私はネズミ。でも、私はただのネズミではない。死刑囚の妻なのだ。

そうよ、死刑囚。

あんたたちになれる？　なれないでしょう。だって、あんたたちはただの凡人だもの。厄介者のネズミ一匹殺すことができない。ネズミのほうから逃げてくれることをひたすら待つ、ただの臆病者。でも、私は違う。世の中から怖れられ嫌われている死刑囚、その妻。

死刑囚の妻なのよ！

+

が、大渕秀行との婚姻は、まだ家族には打ち明けていなかった。

翌朝、久々に早起きした礼子は、珍しく家族が揃う食卓に顔を見せた。

まずは、母がぎょっとした顔をみせた。次に父が、バツの悪い顔をしてみせた。最後に、弟が小さく舌打ちした。案の定、テーブルには礼子の食事は用意されていない。

「……ああ、礼子、今日は早いのね」母が、咄嗟に取り繕う。「パンでいい？　それとも、ご飯を温める？　昨日の残りだけど」

「ううん、いらない」

それだけ言うと、礼子は空いている椅子に腰を落とした。

「じゃ、おれ、もう行くから」

と、丸の内の銀行で働く弟が、エリート気取りでコーヒーを飲み干す。

「俺もそろそろ、迎えの車がくる時間だな」

と、天下り先の商社で役員をしている父が、偉そうに咳払いをする。

「私も、今日はお花の展示会に――」

と、なんだかよく分からない師範免許をいくつも持つ母が、慌てて用事を見繕う。

「ちょっと、待って」

礼子は、今日こそは……という気持ちで、声を張り上げた。

「言っておきたいことがあるの」

一瞬、空気が張りつめる。

ごくり。唾を呑み込む音までもが聞こえてくるようだ。

父と母と弟が、互いに顔を見合わせる。

「私、結婚しました」

言うと、

「えええ」と母が、殺される前のウサギのように鳴いた。

その顔には、「今更なにを」という呆れの色も見て取れた。

やっぱり、知っていたのね。あんたたち、とうの昔に知っていたのね。

そりゃそうよね。

戸籍から娘の名前が消えたんだもの、何事？　ってなるわよね。

たぶん、そのきっかけは、弟の転職のときね。弟は三年前、公務員から銀行員になった。

ということは、この三年間、知っているのに知らん振りをしていたのね？

なんていう仮面家族！　体面ばかり取り繕って、娘の結婚を知らんぷりしてきたなんて！　あんたたち、やっぱり最低だ。

「相手は、誰だかもう知っていると思うけど――」礼子は、留めを刺すように言った。「私は、死刑囚大渕秀行の妻です。今、再審請求をしようとしているところです。ということで、お金が必要です。お金、ください」

父と母と弟が、バカみたいに口をぽかーんと開けている。

「一千万円。生前贈与として、私にください。そうしたら、私は、あなたたちとは縁を切ります。この家も出て行きます。……つまり、手切れ金です。一千万円で厄介者を追い出すことができるんですから、安いとは思いませんか？」

その日の夕方。

リビングに行くと、テーブルに茶封筒が無造作に置かれていた。

茶封筒には『礼子様へ』と書かれている。中を見ると、百万円の束が五つ。

「五百万円か」礼子は、ため息混じりで、呟いた。

さすがに、一度に一千万円は無理だったようだ。

肩を落しながら、礼子は、封筒をまじまじと見つめた。

『礼子様へ』

母の字だろうか。その筆跡は丁寧だったが、なにか寒々しい。特に〝様〟という字の冷たさ。

礼子は、もう一度ため息をついた。引き続き、三度目のため息。

四度目のため息をつこうとしたとき、ふと、涙がこぼれ落ちる。

この涙はなんだろう？　と、礼子は考えた。

一千万円が五百万円になった悔しさ？　怒り？

いや、違う。

五百万円でも、相当な大金だ。本音をいえば、一円も出してはくれないだろうと思っていた。「一千万円、ください」と言ったのは一種の威嚇で、形でしかなかった。だから、

「なにを言っているの、礼子！　お母さんは悲しいわ！」

そう、叱り飛ばしてくれれば、それでよかった。

「とにかく、話し合おう。いったいなにがあったんだ？　お父さんに話してみなさい」

そう歩み寄ってくれれば、こちらも少しは心が揺れ動いたかもしれない。

でも、両親はあっさりと五百万円を用意した。たぶん、父の命令で母があれからすぐに銀行に走り、五百万円を下ろしたのだろう。……たぶん、すぐに下ろせる額が、五百万円

だったのだろう。

とにかく、今、準備できる額はこれだけよ、少ないかもしれないけれど、当面はこれでなんとかして。残りの五百万円はあとで必ずなんとかするから、今回はこれで勘弁して！

……そんな切羽詰った気持ちが、〝様〟に込められている。

それとも、「とっととかたをつけたい」という気持ちの表れだろうか？「顔も見たくない、一刻も早くこの家から出て行って」という嫌悪の気持ちが、〝様〟に込められているのだろうか？

いずれにしても、〝様〟は醜く崩れ、どこか軽蔑も滲んでいる。

「分かったわよ。これで勘弁してあげる」

礼子は、封筒をぐしゃりと握り潰した。

「明日にでも、ここを出て行ってあげる」

＋

とはいえ、引っ越しには少々手間取った。「即入居可」とあったから、すぐにでも住めると思っていたが、そうはいかなかった。住民票をとりに行ったり、実印を作ったり、所得証明書を調(ととの)えたり、審査があったり、契約書を交わしたり。

なんやかんやで、礼子が小さなマンションに居を移したのは、それから十日後のことだった。

山手線大塚駅から徒歩十五分。築四十三年の古いマンションだったが、リフォームをしたばかりらしく、それほどの古さはない。どこか新築の匂(にお)いすらする。

礼子は、窓を開け放った。そして、深呼吸。

空気はいいとはいえないが、この見晴らしの良さ！　不動産屋のアドバイスに従い、この部屋にしてよかった。予算より一万円高かったが、

「妥協して一万円安い低地の部屋を借りたとしても、結局は居心地が悪くて引っ越しするのがオチです。そうなれば、また、お金がかかります。だったら、はじめから、一万円高い高台の部屋に住んだ方がいいと思いますよ。部屋は、心にも体にも影響しますからね。一万円高くても、高台の清々(すがすが)しい部屋に住んでいれば、おのずとそれだけの収入もついてくるものです」

不動産屋のアドバイスは少々乱暴ではあったが、あながち間違いではなかったようだ。

なにか、じわじわと活力が漲(みなぎ)ってくる。

「やっほー」と叫んでみたい衝動にも駆られたが、それは抑えて、窓から軽く身を乗り出

した。

「あ、あれって、もしかして、サンシャイン60？」

それが目に入ったとき、礼子の清々しい気分に、少しだけ影が差す。

……サンシャイン60が建っている場所は、その昔、巣鴨拘置所(すがもプリズン)だったことをふと思い出したからだ。と、同時に、大渕秀行の顔が浮かんできて、礼子は姿勢を正した。

――俺のリクエストにはなんでも応(こた)える。口答えは一切しない。

「はい！」

礼子は、そこにはいない大渕秀行に向かって、訓練が行き届いた兵隊のように返事をした。

――よし、いい子だ。じゃ、市川聖子に会ってくれるね？

「はい！」

――今から住所を言うよ。暗記して。

「はい！」

礼子は、やはり聞き分けのいい兵隊のように回れ右をすると、先ほど買ってきたばかりのレターセットをテーブルの上に用意した。

――まさかと思うけど、市川聖子に手紙を書くの？

「はい。今から、手紙を書いて、先方に会う約束をとります」

——今から？

「はい、今から」

——いくらなんでも、遅くない？　俺が頼んだのは、彼此十日前だよ？

「ごめんなさい。引っ越しで、いろいろと忙しかったものですから」

——引っ越し？　それ、俺の依頼よりも重要なこと？

「もちろん、秀行さんの依頼が、最優先です」

——じゃ、なんで、後回しにしたわけ？

「後回しにしたわけではありません。新しい住所が確定してから、市川聖子さんにご連絡したほうが、間違いがないと思ったんです」

——だったら、住所が確定した時点で、連絡すればよかったじゃん。この部屋に決めたのは一週間前でしょう？

「そうなんですが。でも、審査があったものですから。その審査に通らないことには……」

——審査に通ったのは、五日前だよね？　その時点で手紙を書けばよかったんじゃない？

「その時点では、まだ正式に契約していませんでしたから……」

――ああ、もう、言い訳はいいよ。結局、お前は、俺の依頼なんか受けたくなかったんじゃないの？　お前、やっぱり、俺のことが嫌になったんだろう？　他に男ができたんだろう？

「そんなことはありません！　信じてください！　私は秀行さんの妻です！　あなた以外には！」

――だったら、とっとと手紙を書けよ。そして、今すぐに、投函しろ。

「分かりました。すぐに書きます。そして、すぐに投函します」

――次に俺と会うときまでに聖子と会って、彼女が何を伝えたいのか、俺に報告しろ。

「はい。分かりました」

――ほら、筆が止まっている。早く、書け！

「はい！　今すぐ、書きます！」

そして礼子は、急かされるように便箋にペンを走らせた。

『突然のお手紙、失礼いたします。私は、大渕秀行の妻、大渕礼子と申します。
過日は、大渕に切手シートをくださったそうで、ありがとうございます。なにか、ご伝言があるようだと大渕から聞き及びました。早速ではございますが、大渕の代わりに私がその伝言を承りたく、こうしてお手紙をしたためています。どのような形で伝言を受け取ればいいのか、ご指示いただければ――』

市川聖子からハガキが届いたのは、それから三日後のことだった。

ハガキには、

「では、直接、会いましょう」

と、一言。

そして、日時と場所が書かれていた。カレンダーを見てみると、

「……明日？」

そうだ、明日だ！

礼子の腋(わき)から、じんわりと汗がしみ出してきた。

「やだ、どうしよう？」

そんなことを呟きながら、鏡の前に座る。

「やだ、本当にどうしよう？」

見ると、髪の生え際に白いものがちらほら見える。

「……カラーリングしたほうがいい？」

＋

市川聖子から指示された場所は、四ツ谷駅から歩いて五分ほどの、小さなカラオケ店だった。

約束の三分前にフロントに到着、市川聖子の名を告げると、やけに愛想のいい受付係の中年男性が、

「三〇二号室です」と、明るく答えた。

「あ、どうも」と、エレベーターを探していると、

「エレベーター、ないんですよ。階段でお願いしますね！」と、ニコニコしながら中年男性が指をさす。

その指を追うと、暗がりの中、階段らしきものが見える。

「非常階段も兼ねてますので、なにかありましたら、それでお願いします！」

非常階段？

「前のオーナーのときに、火事を出したことがありましてね！　小火（ぼや）だったようですが、

逃げ遅れた人がいたらしくて、亡くなったんですよ！」

……亡くなった？

「そうです、亡くなったんです！　まさに、今、お客さんが立っているその場所で！」

やだっ！　……と、逃げるように階段を上り詰めると、目の前に〝302〟と刻まれたプレートが見えた。

「三〇二号室なのに、二階なんですよ！　なんだか分かりづらくて、すみませんね！」

階下から、追いかけるように中年男性の声。

「前のオーナーが、間違ってつけちゃったようで！　居抜きなもんですから、プレートもそのまんまなんですよ！　だから、気にしないでくださいね！」

別に、気になんかしてないけど……。苦笑いしていると、

「あら」

と、ドアが開いた。

そこには、女が立っていた。……もしかして、市川聖子さん？

礼子は、ドギマギと、バッグを胸にかき抱いた。……まだ、心の準備ができていない。

深呼吸して、息を整えてからドアを開けようとしたのに。……こんなに唐突に現れるなんて。……どんな反応を見せればいい？

どうしよう。言葉が出ない。

「お客さーん、どうしました？　部屋、分かりましたかぁ？」

階下では、相変わらず、中年男性が声を張り上げている。

「はーい、大丈夫ですよ！」礼子の代わりに、その女が応える。

「もう、大丈夫ですから！　こちらは気にしないでください！」

女はそう言うと、礼子の腕をとり、部屋に引きずり込んだ。

「まったく、あのオーナー、愛想はいいんだけど、お節介が過ぎるのが玉に瑕」

「あ、あ、あの……」

まだ、心の準備ができていない。礼子は、バッグをさらにかき抱いた。そんな礼子を見透かすように、女は一方的に挨拶をはじめた。

「はじめまして。私、市川聖子といいます。かつては轟書房の社員でしたが、今は、しがないフリーライターをしています」

そして、一枚の名刺を差し出した。

礼子も、慌てて、カバンの中を探った。……ない。名刺入れ、忘れてきた！

「あ、いいですよ。お手紙、いただいていますから。それで十分」

「……すみません。出かける前に、バッグ、替えたものですから」

「あら、バッグ、替えたの？」

「はい……」

「なんで？」

「いえ……特に意味はないんですが……」

嘘だった。出かける前に、ふと、気になったのだ。このカバンでいいんだろうか？　と。なぜ、そう思ったのかは分からない。ただ、なんとなく、いつもの黒いカバンでは、なにか引け目を感じたのだ。なにしろ、これから会う人物は大渕秀行の元カノ。どんな人かは知らないが、しみったれた格好で会いたくはない。……そんな思いが過ぎり、出かける前だというのに、カバンを替えた。十年ほど前に、同窓会に持って行こうと買った、バーバリーのバッグ。結局、そのときは持って行かず、ずっと押入れに眠らせておいたやつだ。

「もしかして、ヘアーサロンに行きました？」

出し抜けにそんなことを訊かれ、礼子はバッグをさらに強くかき抱いた。

「……え？　なんでですか？」

「だって。いかにもそんな〝匂い〟がする。ヘアーサロン独特の〝匂い〟。……カラーリングでしょう？」

言い当てられて、礼子は身を竦めた。

「自分の夫の元カノに会うんだもの、少しでもおしゃれしたい……と思うのは女の心理ってもんよね。うん、分かる」

「……」

「実は、私も、一番のお気に入りの一張羅を着てきたのよ」

言いながら、ワンピースのスカートを翻す、市川聖子。

「……って言っても、十九年前に買ったやつだから、デザインは古いんだけど。でも、悪くないでしょう？　五十万円したのよ」

「五十万円!?」

「そう。大渕秀行と一緒に買いに行ったのよ。大渕秀行にも、同じブランドのスーツを買ってあげたんだけど、あれ、今、どうしているかしら？　あなた、知ってる？」

「……」

「い、い、奥さんなのに、知らないの？」

「……」

「まあ、仕方ないわね。所詮は、〝獄中結婚〟、肌を触れ合うこともない、形だけの夫婦なんだから」

「…………」

「で、彼は、今どうしている？　元気にしているの？」

「…………」

「やだ、どうしたの？　さっきから貝のように口をきゅっと結んで」

「…………」

「もしかして、緊張している？」

「……いいえ」

礼子は、ようやく口を開いた。

「なら、怒っているの？」

「…………」

「御免なさいね。私、昔からこういう性格で。思ったことをフィルターを通さずにしゃべっちゃうから、相手に不愉快な思いをさせちゃうみたい。……でも、悪気はないの。だから、軽く受け流して」

「…………」

「っていうか、座らない？　なにも、立ち話することもないでしょう」

と、ソファーに体を沈める市川聖子。礼子もそれに倣（なら）って、向かいのソファーに身を沈めた。

「なにか、歌う？　せっかく、カラオケ店にいるんだから」ナビゲーターを引き寄せながら、市川聖子。

「……いえ」小さく頭を横に振る、礼子。

……なんだか、すっかり主導権を握られてしまった。本当は、自分が主導権を握るはずだったのに。そのために、昨日は徹夜で何度もシミュレーションしたのに。……ちっとも役に立っていない。だって、この人、予想外のことばかり。さすがは、元女編集者だ。空気を自分色に染めることに長(た)けている。でも、私だって。……私だって、大渕秀行の妻なのだ。

そう。私は、大渕秀行の妻。世の中を震撼(しんかん)させた殺人者の妻なのだ。死刑囚の妻なのだ。堂々としなくちゃ。……と、礼子が顔を上げると、

「なら、私、歌っていい？」と、市川聖子はまたもや予想外のことを言い出した。

「……ど、どうぞ」

「なに、歌おうかな……。あ、『黄砂(こうさ)に吹かれて』にしようかな。大渕秀行の十八番(おはこ)」

「……え？」

「いやだ、奥さんなのに、そんなことも知らないの？」

「……」

「大渕秀行はね、カラオケ店に来ると、一発目は必ずこの曲を歌うのよ。小学生の頃、お小遣いを貯めて買った最初のＣＤなんですって。……そんな話、聞いたことない？」

「……」

「まあ、拘置所の面会室で、そんな話はしないか」

「……」

「じゃ、どんな話、しているの？」

「え？」

「大渕秀行と、どんな話、しているの？」

「再審請求の話とか――」

「へー、再審請求、しようとしているんだ。案外、往生際が悪いね、秀行は」

〝秀行〟と呼び捨てにされて、礼子の目の下が、ちりっと震える。

それを目ざとく見つけた市川聖子は、にやりと笑うと、

「あなたって、彼女に似ている」

「彼女？」

「青田彩也子にね」

その名前を出されて、礼子の目の下がさらに震えた。

「あなた、青田彩也子には会ったことがある？」

「……ええ、一度、裁判で」

礼子は、ようやく、言葉らしい言葉を捻り出した。

「そう、裁判で。……私も、あの裁判には証人として召喚されたのよ。もしかしたら、私たち、そのときに会っているかもね」

「……すみません、覚えていません」

「ところで、あなたはなんで、あの裁判を？」

「法廷画家をしていまして、仕事で――」

「あら、あなた、法廷画家なの？」

「はい」

「今も？」

「はい、ときどき」

「へー、画家さんなんだ。道理で、あなたの手紙、ユニークだったのね」

「ユニーク？」

「文字が、なんだか芸術的で」

「下手ってことですね」

「そんなことは言ってないわよ」

「いいんです、下手なんです。大渕も言っていました。こんなに下手な文字を見たことがないって。下手すぎて、思わず、封を切ったって」

「どういうこと？」

「刑が確定される前、私、手紙を書いたんです。拘置所にいる大渕秀行に。裁判を傍聴していて、どうしても大渕が主犯だとは思えなくて、それを伝えようと。そして励まそうと……」

「なるほど。それで、大渕秀行の目に止まったってわけね。それで、面会も許されたと」

「はい」

「なるほど。……でも、それだけじゃないと思うな」

「え？」

「大渕秀行はね、文字がユニークだから……って理由だけで、興味を持つような男じゃないから」

大渕秀行のことならなんでも知っている……とでもいうように得意げに小鼻を蠢かす市川聖子。

礼子の中に、なんとも言えないどろっとした感情が広がっていく。が、それをあからさまにしたら、完全にこの女に呑み込まれる。

「どういう意味ですか？」礼子は、くいっと顎(あご)を上げた。

が、市川聖子もくいっと顎を上げると、言った。

「ほら、そういうところ」

「え？」

「その挑戦的な眼差(まなざ)し。……あの女にそっくり」

言われて、礼子は咄嗟に目を伏せる。が、すぐに目を上げると、持てる力をすべて集中させて市川聖子を睨(にら)みつけた。

今度は、市川聖子が目を伏せる。

勝った。……と思ったのもつかのま、市川聖子はこんなことを言い出した。

「私ね、秀行と青田彩也子がセックスしているところ、何度も見たことがあるのよ」

礼子の目から、力が一気に抜けていく。セックス。この言葉を平然と口にする人がいるという驚きと、大渕秀行が青田彩也子とセックスしていたという驚き。

……いや、なにも驚くことではない。大渕秀行と青田彩也子がそういう仲だったことは、裁判でも何度も言及されたことだ。

が、どういうわけだろう。市川聖子からそれを言われると、ひどく生々しく感じる。まるで、自分もそれを目撃してしまったように。

「あの二人のセックスは、そりゃ、凄かったわよ。あんなにイヤらしいセックス、後にも先にも、あれが初めて。……たぶん、あの二人、私が覗き見しているのを、知っていたんだろうね。……そう、あれはまるで、人に見せつけるようなセックスだった。特に、青田彩也子。あの女は完全に私の存在を意識していた。勝ち誇ったような眼差しで、こちらを睨みつけるのよ、まさに、今のあなたのような眼差しで」

「…………」

「ほんと、あの女は魔性ね。マスコミでは清純な女子高生がチンピラの大渕秀行に騙された……ってことになっているけど、とんでもない。騙されていたのは、むしろ、秀行のほうよ」

「…………」

「あなただって、そう思っているんでしょう？　だから、秀行と獄中結婚して、再審請求までしようとしているんでしょう？」

「…………」

「言っておくけど、私はあなたたちの敵じゃないわよ。どっちかというと、味方」

「……味方？」

「そう。だから、今日もこうやって、会ってやっているの。面白い情報を聞かせたくてね」

「面白い情報……？」

「ところで、あなた、最近、『週刊トドロキ』の関係者に会ったよね？」

「……え？」

「『週刊トドロキ』ではじまった『坂の上の赤い屋根』、あれに出てくる〝法廷画家〟ってあなたのことでしょう？　取材、されたんでしょう？」

この人には隠し事はできない、そう悟った礼子は、

「……はい」と、観念するように静かに頷いた。

「ということは――」市川聖子も静かに頷くと、

「じゃ、その女に会っているわね」

「女？　……いえ、女とは電話取材だったので、実際には会っていません」

「じゃ、女の名前は、なんていった？」

「え？　名前ですか？　名前は……」

なんて名前だったろう？　えっと。

あれ？　まるで、印象にない。一時間近く、話したというのに。その質問内容も、その声も、思い出せない。……まるで幽霊のような女。

幽霊のような……。

いつの間に入れたのか、カラオケのイントロが流れてきた。待ってました！　とばかりに、市川聖子がマイクを握る。

そして、話はしばし中断された。

九章　ナチュラル・ボーン・キラーズ

——では、質問します。あなたは、大渕秀行とはどのような関係でしたか？

「……どのような関係？　肉体関係があったか？　ということでしょうか」

——質問に質問で答えないでください。

「はい、すみません」

——では、改めて質問をします。あなたは、大渕秀行とは肉体関係がありましたか？

「はい。ありました」

——きっかけは？

「一九九九年の夏、大渕秀行に呼ばれて、四谷の事務所に行ったときです」

——四谷の事務所というのは？

「大渕秀行が社長をしていたイベント会社の事務所です」

——なぜ、その事務所に行ったのですか？

「ですから、大渕秀行に呼ばれて……」

――なぜ、呼ばれたのですか？

「その前日、ミス・トドロキの一次審査に通った……という連絡があり、マスコミ用の写真を撮るから事務所に来るように言われました」

――でも、実際は、審査に通ったわけではなかった？

「はい。……スタッフとして呼ばれたことを、後で知りました」

――事務所に行ったその日に、肉体関係を結んだんですか？

「はい」

――大渕秀行とは、初対面でしたか？

「はい」

――初対面の相手と、どうして、そういうことになったんですか？

「よく、覚えていません。ただ、気がつくと、私は服を脱がされて、半裸の状態でした」

――よく覚えていない……とは？

「急に眠気が襲ってきて。朦朧としていたので、よく覚えていないのです」

――なぜ、眠気が？

「よく分かりません。ただ、大渕秀行が出してくれた飲み物を飲んだ後に、眠気が襲ってきたんです」

——その飲み物とは？

「アイスティーです。ですが、ちょっと味が変わっているな……と思いました」

——どんな味でしたか？

「アールグレイティーの味でした。が、普通のアールグレイティーよりも、なんとなく味が濃いというか。……苦いというか、薬っぽいというか」

——薬っぽいと感じたのですか？

「はい」

——なら、薬が混入されているとは思いませんでしたか？

「思いませんでした。アールグレイティーはそもそもクセのある味ですし、メーカーによっても味が違います。だから、こんなものだろう……と思い、飲みました」

——そのとき、大渕秀行はどんな様子でしたか？

「ただ、じっと私のことを見ていました。私がアイスティーを飲み干すところを」

——あなたは、アイスティーを飲み干したんですか？

「はい。……とても喉が渇いていたので。……ひどく暑い日で、喉がカラカラだったんです」

——アイスティーを飲み干したあと、どのぐらいで眠気が襲ってきたんですか？

「よくは覚えていませんが、割とすぐだと思います」

——大渕秀行は、あなたが突然、服を脱ぎだした……と証言していますが？

「とても暑かったので、羽織っていたカーディガンは自分で脱いだかもしれません。……でも、それもよく覚えていません。気が付いたら、私は服を脱がされていて——」

——気が付いたら……ということは、服を脱がされたにせよ、自分で脱いだにせよ、それはよく覚えていないということですね。

「はい」

——なら、なぜ、『服を脱がされた』と断言できるんですか？

「私が、初めて会った男の人の前で、自分から服を脱ぐ……というのは考えられなかったからです」

——今まで、男の人の前で、服を脱いだことはないんですか？

「…………」

——どうですか？　答えられませんか？

「……黙秘します」

＋

礼子は、我に返ったように目を覚ました。

カーテン越しに、陽が差している。でも、見慣れない風景だ。……ここはどこだっけ？

礼子は、三度、瞬きを繰り返した。カーテン越しに、サンシャイン60が見える。

「……ああ、そうか。私、ここに越してきたんだった」

ここに住んで、もう一週間が経とうとしている。なのに、いまだに慣れない。目覚めるたびに、迷子になった子供のように視線が彷徨う。

「それにしても、嫌な夢を見た」

礼子は、瞼の裏に残るその映像を打ち消すかのように、手の甲で目を擦りつけた。……なんだって、あんな夢を。……青田彩也子の裁判の夢なんかを。……そうだ。市川聖子のせいだ。市川聖子が、変なことを言うから。その夜からずっと、青田彩也子の夢を見ている。

そう、三日前。四谷のカラオケ店。市川聖子は、焦らすようにこんなことを言った。

『あの二人のセックスは、そりゃ、凄かったわよ。あんなにイヤらしいセックス、後にも先にも、あれが初めて。……たぶん、あの二人、私が覗(のぞ)き見しているのを、知っていたんだろうね。……そう、あれはまるで、人に見せつけるようなセックスだった。特に、青田彩也子。あの女は完全に私の存在を意識していた』

でも、青田彩也子は、大渕秀行に薬を盛られてレイプされた……と裁判で証言している。

『……ほんと、あの女は魔性ね。マスコミでは清純な女子高生がチンピラの大渕秀行に騙(だま)された……ってことになっているけど、とんでもない。騙されていたのは、むしろ、秀行のほうよ』

そうだ。青田彩也子は、魔性なのだ。その証拠に、彼女は大渕秀行が初めてではない。……青田彩也子は裁判では黙秘していたが、堕胎(だたい)経験があると、ある週刊誌がすっぱ抜いた。

「えっと、あの記事は確か……」

積まれたままのダンボール箱を眺めながら、礼子はしばらく思考を巡(めぐ)らせた。

……たぶん、あの箱だ。

が、当たりをつけた箱には目的のものは入っておらず、では、あれか？　と次の箱を開けてみるも、それも不発。そんなことを一時間ほど続けた頃、ようやく、目当ての箱にぶちあたった。それは、「靴」とマジックで書かれた箱で、まさかこれではないだろう……

とずっと避けていたものだ。

　なんで、「靴」なんて書いてしまったのだろう？　なんだか、自分で自分がおかしい。きっと、それだけ混乱していたのだろう。なにしろ人生初の引っ越しだ。梱包ひとつ、まともにできていない自分が、おかしくてたまらない。……そして、腹立たしい。

　が、今はそんなことで手を止めている場合ではない。

「えっと、あの記事は確か……」

　ようやく探し当てた箱の中から、スクラップブックを十一冊、取り出す。どれも、「文京区両親強盗殺人事件」に関する記事が貼り付けられているスクラップブックだ。よくぞ、これだけ集めたと、我ながら感心する。

「えっと、あの記事は確か……」

　同じことを呪文のように唱えながら、礼子は、まずは最初に手に取ったスクラップブックを紐解いた。

　表紙を開くと、

『両親を殺した清純女子高生の本性！　乱れた性生活と堕胎の過去が暴かれる！』

　という見出しが視界に飛び込んできた。

「あ、これだ」

今度は一発目で目的のものにぶち当たった幸運に、しばし、唇が綻(ほころ)ぶ。

が、その記事の内容を読み進めるうちに、胃酸が逆流するような、不快感が全身を襲う。

＋

……文京区両親強盗殺人事件の犯人として捕まった女子高生Sに同情の視線が注がれている。裁判で、大渕秀行にレイプされたことが明らかになったからだ。薬を盛られ、朦朧としたところを襲われた形だ。

哀れな女子高生Sは、レイプという名の調教によって、たちまちのうちに大渕秀行の性(せい)奴隷(どれい)となった。「この人なしでは生きていけない。もう、この人から離れられない」と思わせるほどに、大渕秀行は暴力とセックスで、女子高生Sを身も心も縛り上げた。いわゆる〝洗脳〟だ。

女子高生Sは大渕秀行を神のように崇(あが)め、彼の支配下で、悪の華を咲かせていく。

不登校になる。髪を染める。濃い化粧をする。そして家を出る。そして、大渕秀行と暮らしはじめるのだ。

大渕秀行と同棲(どうせい)をはじめた女子高生Sは、ますます悪に染まっていく。同棲をはじめた一ヶ月後には、年齢をごまかして歌舞伎町のキャバクラでホステスをはじめる。ホステスとしての女子高生Sの評判はすこぶる悪い。客のクレジットカードを盗み、美人局のような真似もした。そうやって稼いだ金は、ほとんどが大渕秀行の懐に吸い取られた。

女子高生Sの悪行は止まらない。

ときには、実家に侵入し、父親名義の貯金通帳と現金百万円を盗んだこともあった。母親の宝飾品も盗み出し、それらはすべて質に入れた。……すべて、大渕秀行のために。

が、それらは、あくまで女子高生Sの言い分に過ぎない。

先日行われた公判では、大渕秀行はこう証言した。

……彼女は、初めて事務所に来たその日、自分から服を脱いだのです。……アイスティーにお酒を混ぜたのは認めます。が、ほんの少しです。風味を出すために、少しだけウィスキーを入れました。ウィスキーボンボンのウィスキー程度の量です。決して、薬ではありません。実際、本人は美味しい美味しいと、アイスティーをあっという間に飲み干しました。さらに、お代わりを要求されたので、僕は二杯目のアイスティーを出しました。二杯目にはウィスキーは入れませんでした。その二杯目も、あっというまに飲み干してしまいました。僕は、その様子を、唖然として見ていました。なぜなら、彼女は妙にハイテンションで、なにがおかしいのか、ケラケラと笑いっぱなしだったんです。そして、訳のわからないことを延々としゃべり続けていました。

僕は、警戒しました。もしかしたら、精神を病んでいるんではないか？　と思ったからです。職業柄、僕は今まで、たくさんの女性を見てきました。女性の中には、あきらかに精神を病んでいる人も何人かいて、彼女たちの様子と共通していたからです。落ち着きがなく、ハイテンションで、とりとめのないことをしゃべりまくる。

これは、ヤバい……と思いました。過去にも、この手の女性に僕は痛い目に遭わされています。二の舞になる前に、体(てい)よく追い返そう……としたときです。彼女が、いきなり、服を脱ぎ始めたんです。

なにをしている？　止める僕の言葉を遮(さえぎ)り、彼女はストリッパーのように一枚一枚、脱ぎ捨てていきます。そしてブラジャーを外し、あとはショーツ一枚……というところで、彼女はなにを思ったのか、いきなりしゃがみこみました。

それは、あっという間でした。

彼女の股間から、尿が勢い良く放出されたんです。

それだけではなく、大のほうも。

もう、パニックになりました。

オフィスには悪臭が漂い、やめろやめろ！　と叫ぶ僕を尻目に、彼女は大量の大便をしてしまったんです。

こいつは、マジでヤバいやつだ。僕は恐怖を覚えました。とっとと、追い返さなければ……と思いましたが、その前に、床にぶちまけられた汚物の処理です。

僕は、オフィス中のティッシュとタオルをかき集め、汚物を片付けることに専念しました。

その間、彼女は放心状態で、にやにやと薄ら笑いを浮かべながら、僕をじっと見ています。

もう、怒り心頭でした。

手伝わなければ、警察を呼ぶぞ！　と、僕は叫びました。

彼女はそこでようやく我に返ったようで、ごめんなさい、ごめんなさいと、自分が脱ぎ捨てた服で、床を拭き出しました。

なにやってんだ……と思いました。服で拭いたら、何着て帰るんだ……って。

とにかく、めちゃくちゃでしたよ。

悪臭はひどいし、目の前は汚物だらけ。しかも、女は全裸。

マルキ・ド・サドの小説か？　って思いましたね。

それを思った瞬間、なにやら妙な気分になったんです。目の前の女性が、『悪徳の栄え』のジュリエットに見えてきたんです。それとも、『美徳の不幸』のジュスティーヌ。

いずれにしても、僕はある種の性欲を覚えてしまいました。

そうです。僕は、彼女によって、奥深く眠っていたある種の〝性癖〟を覚醒させられてしまったのです。

それでも、僕は、最後の理性を振り絞りながら、彼女に服を着るように促しました。ですが、目の前のジュリエットは言うことを聞かず、それどころか、僕に抱きつき、キスをしてきました。

あれほど、悪臭漂うキスはありませんでした。

が、悪臭は、香水には欠かせない性欲のエッセンスでもあります。

僕の性癖が、いよいよ、抑えきれないところまでむくむくと頭をもたげました。

彼女の舌が、僕の口の中に進入してきたとき、僕の性癖は爆発しました。そう、理性という防波堤が決壊したのです。

僕は、彼女の脚を開き、先走る童貞のように、荒々しく彼女の中に入っていきました。

その瞬間、こんなことを思いました。……こいつ、処女ではないな……と。彼女の膣は、ベテランの娼婦のように芳醇で僕のイチモツをあっさりと吸い込んでしまったのです。

僕はこうも思いました。これは、かなりの性経験があるな……と。もしかしたら、妊娠した経験もあるかもしれない……とも思いました。

僕は、事が終わると、訊きました。「妊娠したことはあるの？」と。すると彼女は、小さく頷きました。そして、

「二回、妊娠した。どちらも堕ろした」

僕は、戦慄しました。とんだ訳あり女を抱いてしまった。この手の女に拘ってはいけない。この手の女に拘って、破滅した男どもを多く見てきた。

僕は、とっさに、彼女の体を突き放しました。なのに、彼女は僕の体にしがみ付いてきました。……へびのように、絡みついてきます。僕は、ますます戦慄しました。

こいつは、まさにジュリエットだ！

悪徳の限りを尽くし、おびただしい死体を踏み台にして、輝かしい栄光と成功を手にいれた、前代未聞の悪徳の女王。

僕の性癖が、役目を終えた風船のように、情けなくしゅるるるると萎みました。

一刻も早く、この女から離れないと。

でなければ、僕はこの女の餌食となり、地獄の肥溜めに捨てられてしまう。

……僕の中で、警告音が鳴り響きました。逃げろ、逃げろ、逃げろ！

僕は、火事場の馬鹿力でその場の汚物をきれいに処理し、そして彼女に僕の服を着させ、「交通費」だと言って一万円を握らせると、オフィスから追い出しました。

残ったのは、悪臭と、そして汚物にまみれた彼女の服と下着。

僕は、途方に暮れてしまいました。そして、こんなことをぼんやり考えました。

彼女を妊娠させていたら、どうしよう？

そう思った途端、僕の中に、凄まじい強迫観念が植え付けられたのでした……。

以上は、大渕秀行の証言を要約したものだ。実際の証言はもっと生々しく、聞いているだけで吐き気を催すほどグロテスクな内容だった。傍聴人の中には、耐えかねて、席を立つものも結構いた。

大渕秀行はマルキ・ド・サドを喩えに出したが、まさに、『ソドムの百二十日』または『悪徳の栄え』を読んでいるような、陰惨で倒錯した内容だった。

が、気になったのは、女子高生Sの言動である。大渕秀行の証言が正しいとすれば、女子高生Sの印象ががらりと変わってしまう。大渕秀行の証言は、真実なのか？

気になり取材を進めたが、女子高生Sが通っていた女子校には箝口令が敷かれており、関係者も生徒も、固く口を閉ざしたままだ。

が、「絶対匿名」を条件に、Sのクラスメイトだった一人が、重い口を開いた。

……はい。Sが、堕胎したという噂を聞いたことがあります。

うちはお嬢様学校……ということになっていますが、長期の休みが明けてしばらく経つと、そういう噂が定期的に出回るんです。デマの場合もありますが、Sの場合は、たぶん、真実だろうな……と思いました。

というのも、Sは、少し軽い……というかワキが甘いところがあったんです。ナンパなんかにも、しょっちゅう引っかかってました。

うちの学校の周りには、常時ナンパ師がうろついていて、生徒のほとんどはそれを警戒していましたが、Sはいつでも無防備でした。声をかけられると、ほいほいついて行ってしまうんです。Sが、ナンパ師にひっかかって、車に乗り込んだところを目撃したことがあります。はじめは、知り合いかなにかなのかな？　と思っていましたが、翌日それとなく訊くと、まったく知らない人だと。

「え？　怖くないの？」と訊くと、「全然」と答えました。

そんなことが何回かあり、いつか事件に巻き込まれるんじゃないか……と思っていたところ、Sが学校を一週間ほど休んだことがあります。風邪ということでしたが、「堕胎手術して、体調を崩したみたいよ」などという噂がどこからともなく流れてきて。何の根拠もない噂でしたが、私たちは「あの子なら、そういうこともあるかもしれない」と、なんとなく鵜呑みにしてしまいました。

とにかく、Sは、ちょっと変わった子だったんです。不良というわけでもなく、優等生というわけでもなく。どちらかというと地味な子でしたが、ある意味、とても目立っていたんです。授業中に突然、トイレに行くと教室から出て、それきり戻ってこない……とか。授業中に、いきなり菓子パンを食べはじめたり、小説を読みはじめたり……なんていうのはしょっちゅう。はじめは、先生も注意していたんですが、夏休みが過ぎた頃には、もう諦めてしまいました。Sがなにをしても見て見ぬ振り。というか、その存在を完全に無視していた感じです。

……そう、いつしか、Sは透明人間になってしまったのです。あるいは、教室の地縛霊。事実、Sのことを「幽霊さん」と呼ぶ人もいました。中には、「退学処分」になった……と思い込む人までいて。そこにSがいるにもかかわらず。それほど、Sは、クラスの中では異質の存在だったんです。

それでも、成績は悪くなかったんです。テストの順位は、いつでも上位。そのおかげなのか、数々の奇行にも拘らず、Sは退学処分どころか停学になることもなく、順調に進級していきました。

思うに、たぶん、親の影響力も大きかったんだと思います。Sの親は二人とも開業医で、学校にも多額の寄付をしていたと聞いています。学校の理事長とも親交があり、しかも、Sの母親はPTAの活動にも熱心で、なんだかんだと、毎日のように、学校に来ていました。クラスメイトの中には、「開業医って暇なんだね」なんて、軽口を叩く人もいて。

そんなSですから、親しい友人とかはいない感じでした。といっても、いじめられていたわけではなく、私たちが声をかけてもノーリアクション。だから、自然と、みんなと距離ができてしまったんです。だからなのかもしれません。Sが、見知らぬ男性のあとにほいほいついて行くのは。

いつだったか、Sが珍しく、こんなことを言ってきたことがあります。

「私、同性は苦手なの。男性のほうが話がはずむ……」って。

正直、ぎょっとしましたね。だって、私たちが談笑しているときに、突然話の中に入ってきて、そんなことを言い出すんです。そして、「ほんと、女ってめんど臭い」と捨て台詞(ぜりふ)を吐くと、どこかに行ってしまいました。

Sは、一事が万事、こんな感じなんです。ほんと、摑(つか)み所がない。

あ、あと。こんなこともありました。……「ナチュラル・ボーン・キラーズ」っていうアメリカの映画、ご存じですか？　ミッキーとマロリーという若いカップルが、殺人を繰り返す……という映画です。Sは、この映画が大好きで。チラシを下敷きに挟んだりして。で、「私もいつか、ミッキーとマロリーのような究極の恋愛がしたい」って、よく言ってましたっけ。やばいって思いましたよ。だって、「ナチュラル・ボーン・キラーズ」に影響されて、犯罪に走る若者がアメリカで多発している……って聞いたことがありましたから。

だから、今回、こんな事件を起こしたと知ったとき、驚きよりも、「やっぱり」という感じでした。たぶん、彼女を知っている人ならば、みんながそう思ったはずです。「やっぱり、事件が起きたか」と。

それよりも驚きなのは、マスコミです。マスコミはこぞって、Sを「清純な女子高生」と表現しています。清純？　いったい、どこからそんな言葉が。彼女を知るものなら、みんなこう思うでしょう。

「彼女ほど、清純からかけ離れた者はいない」と。

だって、彼女がとっかえひっかえ、男遊びをしていたのは事実です。前述のように、堕胎の噂もありました。……噂というか、たぶん、していると思います。だって、彼女本人が言ったんです。一週間、学校を休んだあと、ひょっこり学校にやってきたときです。

「私、失敗しちゃった。……次からは、ちゃんと避妊しないと」

そんなことを笑いながら言うんです。私は心底、彼女が怖くなりました。そして、彼女はこんなことも言いました。

「本当の〝ミッキー〟が現れるまで、妊娠なんかしていられないよ。だって、私は〝マロリー〟なんだから」

一〇章　嫉妬

……ところで、私は後日、この事件の共犯者とされる女の裁判も傍聴しました。

そうです。青田彩也子です。

青田彩也子は当時未成年の十八歳でしたが、もっと大人に見えました。とても十八歳とは思えない雰囲気で、……どこかすれているというか。

新聞社から提供してもらった資料には、すらりとした清楚な美人女子高生……とあったんですが。

とても、そうは見えませんでした。

髪は見事なプリン。そう、ほとんど金髪に近い色に染めていて、根元十センチぐらいが真っ黒で。眉毛（まゆげ）もほとんどありませんでした。思うに、かなり昔から抜いていて、もう生えなくなってしまったんじゃないでしょうか。手の甲には、タトゥーまで。……いわゆる、〝ギャル〟でしたね。それも、かなり質（たち）の悪い不良ギャル。

それなのに、なんで、マスコミは〝すらりとした清楚な美人女子高生〟なんてミスリードするのか――

あ。この記事。

礼子は、ふと、スクラップブックをめくる手を止めた。

「これ、『週刊トドロキ』で取材されたときの――」

そう、先月だったか、『週刊トドロキ』に取材された。

そのとき答えたものが記事になったので、スクラップブックに貼り付けておいたが。

……記事というより、小説の体裁をとった読み物だ。

だから、かなり脚色もされているし、言い回しも、どこか芝居がかっている。しかも下手にキャラを立たせてあるので、自分がまるで悪役のようだ。……事実、悪役の立ち位置なのだろう。この小説もどきは、明らかに、青田彩也子側に立って話が進められている。つまり、大渕秀行こそが悪の張本人で、青田彩也子自身はそれに引きずられた哀れな被害者に過ぎない……と。

「いやいや。青田彩也子こそが、悪の張本人。主犯よ」

礼子がそう断言する理由は、その印象だ。法廷に現れた青田彩也子の、なんともいえない歪んだ印象。それを見たとき、「あ、こいつが主犯」だと、礼子は直感した。

それは、いわゆる〝女の勘〟と言われるものだが、女の勘をバカにしてはいけない。人類の歴史は、まさに〝女の勘〟で左右されてきたところがある。女性の脳にだけ組み込まれた、生き残るための能力。それが〝女の勘〟なのだ。

その〝勘〟が、こう囁いたのだった。

「あの女が、親を殺したがっていた」と。

そして、こうも囁いた。

「あの女、全然後悔していない。むしろ、親を殺した解放感に満たされている」と。

それだけ強烈な印象を与えた青田彩也子。が、その青田彩也子の印象を再現しろと言われたら、礼子は頭を抱えるしかない。

よく思い出せないのだ、青田彩也子という女の姿を。

ちゃんと見たはずなのに。しっかり脳裏に刻んだはずなのに。今となっては、その輪郭を思い浮かべることすらできない。

……それは、まるで〝幽霊〟のようだった。それを見たときは全身の細胞が震えるような緊張と集中力が起動していたはずなのに、それを詳細に思い出せと言われると、ぼんやりとしたイメージしか浮かんでこない。金色に髪を染めていて、眉がなくて——。

その様は、まるで幽霊。

幽霊？　そういえば、この単語。つい、最近も使った。そう、三日前のことだ。四谷のカラオケ店、市川聖子との会話の中で――

「ところで、あなた、最近、『週刊トドロキ』の関係者に会ったよね？」

「……え？」

「『週刊トドロキ』ではじまった『坂の上の赤い屋根』、あれに出てくる〝法廷画家〟ってあなたのことでしょう？　取材、されたんでしょう？」

この人には隠し事はできない、そう悟った礼子は、

「……はい」と、観念するように静かに頷いた。

「ということは――」市川聖子も静かに頷くと、

「じゃ、その女に会っているわね」

「女？　……いいえ、女とは電話取材だったので、実際には会っていません」

「じゃ、女の名前は、なんていった？」

「え？　名前ですか？　名前は……」

なんて名前だったろう？　えっと。

あれ？　まるで、印象にない。一時間近く、話したというのに。その質問内容も、その声も、思い出せない。……まるで幽霊のような女。

幽霊のような……。

そうだ。

『週刊トドロキ』の女。あの人もまた、幽霊のような人だった。

礼子は、スクラップブックで軽く自身の膝を叩いた。

そうそう、『週刊トドロキ』の取材のときに、まず男がコンタクトしてきた。この九月、東京地裁の傍聴席で仕事をしていたら、「お話をお聞かせください」と、ぽっちゃり気味の男が声をかけてきたのだ。

男の名前は、橋本涼。この人からは名刺をもらった。人の名前を覚えるのは得意なほうだ。名刺に印刷された字面とその顔を往復すれば、少なくとも、三ヶ月ぐらいは記憶することができる。

が、女性のほうからは名刺はもらわなかった。そりゃそうだ。電話でしか接触していない。橋本涼から、「近々、ある女性から改めて取材の電話がありますので、そのときは、よろしくお願いします」と言われ、そして数日後、実際に電話がきたのだが。

もしかしたら、名前も告げられていないような気がする。そんなことある？　自己紹介なしで、取材などするものだろうか？

礼子は、当時のことを思い出そうと、固く目をつむった。そして、頭の中で、電話取材のその光景を再現してみた。

が、頭に浮かぶのは、市川聖子の顔だけだった。

「ね、その女と話したとき、なにか違和感なかった？」

と、ニヤニヤと勿体振る、初老の女の顔だけだ。

「違和感？」

「そう。違和感」

「……特には」

「そう。だったら、もういいわ。あなた、鈍感ね」

「え？」

「弁護士を介して、秀行に手紙を出してみる。そして、直接伝える、あのことを」

「あのことって……？」

「秀行、驚くわよ、ああ、彼、どんな顔をするかしら？」

あ。礼子は、再現を止めた。

あのときは、市川聖子のねばつくような意地悪に耐え切れず、話を最後まで聞かずに、中座してしまったが。

市川聖子は、大渕秀行に手紙を出してしまっただろうか？

その手紙を読んだら、彼は、なんて思うだろう。

「聖子は、やっぱり、役に立つ。それにひきかえ、礼子は……」

いやだ、そんなのいやだ。大渕秀行の妻は、この私だ。

礼子は、慌てて、市川聖子の名刺を探した。そして、スマートフォンを手にした。

＋

「先日は、すみませんでした。本当に、反省しています。……ですから、教えてください。市川さんは、なにをご存じなんですか？　そして、大渕秀行に、何を伝えたがっているのですか？」

「だから、出所したのよ」

市川聖子は、世間話をするかのように、あっさりと言った。

「出所……？　誰が……？」

「青田彩也子に決まっているじゃない」

「え……？」

スマートフォンを持つ手が、汗でべたついている。礼子は、汗をそのままに、同じ質問をした。

「なんで、出所？　……無期懲役なんじゃ？　無期懲役の受刑者が仮釈放されるのは、最低でも三十年って聞いたことがありますが……」

「本当の話よ。青田彩也子は、二年前に出所している」

「なぜ？」

「青田彩也子は、刑務所内でなにか事故に遭ったらしいよ。そのせいですべての記憶を失ってしまったんだとか。全生活史健忘」

「全生活史健忘……」

「いわゆる記憶喪失ってやつ。自分の名前はもちろん、自分が誰なのかすら分からなくなるやつよ」

「……ということは？」

「そう。御察しの通り、自分が犯した罪も完全に忘れてしまった。そうなると、なんで自分が刑務所にいるのかが分からない」

「……そんなことが」

「それで、弁護士が動いてね。異例中の異例だけど、出所が認められたってわけ」

「……そんなことがあっていいんですか？」

「異例だけど、違法ではない。刑法28条によれば、十年を経過すれば仮釈放の可能性を認めているんだって」

「……とても信じられない」

「あなたが信じようと信じまいと、青田彩也子は、今、娑婆（しゃば）にいる。これは、真実。……まったく違う名前で、一般人として暮らしているのよ」

「まったく違う名前……って？」

「さあね……。でも、あなた、たぶん、もうすでに接触しているんじゃない？」

「え？」

「イイダチヨ。聞き覚えない？」

「イイダ――」

「……いずれにしても、青田彩也子は娑婆にいる。一般人としてね。……さあ、どうする？　このこと、大渕秀行に言う？　それとも、私が手紙を出そうか？」

問われて、礼子はゆっくりと卓上カレンダーに視線をやった。

明日に、印がついている。大渕秀行に面会に行く日だ。

「いいえ、私が直接、彼に言います。だから、もう手紙は出さないでください。お願いします。どうか、お願いします……」

＋

翌日。

礼子は、東京拘置所の面会室にいた。

「で、市川聖子には会った？」

椅子に座ったとたん、挨拶もそこそこに、大渕秀行は言った。

「市川聖子に、会ったんだろう？」

「……はい。会いました」

「で、なんだって？」

「……特には」

礼子は、昨夜一晩考えて、青田彩也子が出所していることを伏せておくことにした。……こんなことを突然言ったら、大渕秀行がどう出るのかまったく見当がつかなかったからだ。……いや、一番の理由は、自分自身がまったく整理がついていないからだった。まずは、自分の心を整えてから。それにはまだまだ時間がかかりそうだった。だから、今日のところは、伏せておこう……と。

「特には？　どういうこと？」

「特に、これといった話はしませんでした」

「マジか。使えねーな」

「……すみません」

「ほんと、マジ、使えねー」

「……すみません」

「おまえ、なんか余計なことしたんだろう？」

「え？」

「市川聖子という女はな、神経質なところがあるんだよ。ちょっとでも気に障ることがあると、貝のようにびくとも口を開かないんだ」

「…………」

「おまえ、ちょっとトロいところがあるしな。それに、気が回らないところがある。そのくせ、余計なことをしたり言ったりする。……市川聖子が一番嫌がる人間だ」

「……すみません」

「もしかして、待ち合わせ場所に遅刻したとか？」

「……いえ、それは」

「市川聖子はな、ルーズで仕事ができない人間が、大嫌いなんだよ」

「……すみません」

「それともあれか？　下手に手土産を持って行ったとか？」

「……いえ、それは」

「市川聖子はな、そういう媚びが一番嫌いなんだよ」

「……すみません」

「ったく、ほんと、使えねー女だな！」

「……すみません」

「なんなんだよ！」

大渕秀行のイライラが止まらない。このまま放っておいたら、面会を強制終了させられるかもしれない。礼子は、咄嗟にその名前を口にした。

「青田彩也子――」

「え？」大渕秀行の表情が、かたまった。

「青田彩也子についていろいろと調べていると、市川聖子さんはおっしゃってました」

「彩也子のことを……調べている？」

「はい。……本を出すそうです。『文京区両親強盗殺人事件』の真相を追う……的な」

「真相を追う？　……あ、そういえば」

「なんですか？」

「『週刊トドロキ』で、連載されているアレか？」

「え？　……あれ、お読みになっているんですか？」

「肝心の記事の部分は真っ黒に塗りつぶされているけどな。……ところどころ、読めなくはない」

「……そうですか」

「……そうか、あの連載に、市川聖子が絡んでいるのか」

「え？　……はい、そうです。市川聖子さんが、絡んでいるんです」

口から出まかせだったが、この際仕方がない。「連載は、ドキュメンタリーの体をとっていますが、れっきとした小説です。その小説のブレーンのひとりが、市川聖子さんだということです」礼子は、嘘を続けた。

「へー、なるほど。彼女、轟書房を退職したはずなんだけど」

「今は、フリーライターとして、轟書房と仕事をしているみたいです」

「へー、そうなんだ。あの女、往生際が悪い。出版業界はこりごりだ……とかなんとか、言っていたんだけどな」

「……面会に来たことがあるんですか？」

「ああ。裁判中に、何度かね。……あんときは、出版業界にはもう戻らないって言っていたのに」

「……面会しているんですか。前は、手紙だけだと」

「はぁ？」

「いえ。……一度あの業界に足を踏み入れると、なかなか抜け出せなくなるのかもしれません」

「役者と出版は三日やったら止められない……というやつか？　はっはっはっ」

ここで、大渕秀行の顔がようやく緩んだ。礼子も、ほっと肩から力を抜いた。

「で、市川聖子は、なんて？」が、大渕秀行は、最初の質問を繰り返した。

礼子の肩に再び力が入る。

「……青田彩也子のことを詳しく知りたいと。……そんなことをおっしゃってました」

「なんだ。ちゃんと話、聞いてきてるんじゃん」

「……ええ、まあ」

「じゃ、なんだって、さっきは〝特に……〟なんて言ったんだよ」

「…………」

「ああ、分かった、分かった。……ヤキモチだろう?」

大渕秀行が、意地悪く笑う。「お前、市川聖子と……もっといえば青田彩也子に嫉妬しているんだろう?」

「……はい、そうです」礼子は、軽く頷いた。


嫉妬? そうかもしれない。確かに、それはある。

礼子は、ひとり、静かに頷いた。……私は、青田彩也子に対して強い嫉妬を感じている。

だって。

だって、「殺人」などというとてつもない仕事を大渕秀行と共同で行ったんだから。今はどれほど憎しみあっていたとしても、生涯、離れられない絆(きずな)を結んだようなものだ。

私もまた、そんな絆を結んでみたい。

「絆」は「しがらみ」でもあると誰かが言っていたが、そうなのだろう。それでも私は、誰かと、運命を分かち合うような絆を結んでみたいのだ。……そう、大渕秀行と。

一方、市川聖子に対してはどうだろうか？

嫉妬を感じている？

それもあるかもしれない。なにしろ、市川聖子は大渕秀行の元カノだ。そうだと知ったときに感じた最初の感情は、「嫉妬」に他ならない。が、彼女に実際に会ってみると、また違う感情が芽生えた。

共感（シンパシー）。

市川聖子と向かい合ったとき、まるで鏡を見ているようだと思った。自分自身を見ているようだった。無論、自分と市川聖子はまったく似ていない。でも、自分自身とぴったり重なった瞬間が、いく度もあったのだ。それは、たぶん、内面だ。市川聖子が隠し持つ、暗い炎。それがなにかと言われると、具体的には分からない。でも、その炎が、私の中のなにかと共鳴したのだ。もっと簡単にいえば。……市川聖子と自分は「似たもの同士」だと、感じてしまったのだ。

「ああ、そうか」

礼子は、思い当たった。

小学校の頃、それまであまり話したことがないクラスメイトが話しかけてきたことがあった。その子は、エイコという女子が君臨するグループに所属していたが、なにかをきっかけにハブられたようで、エイコと仲の悪い私に声をかけてきたというわけだ。その子とは特に仲がよかったわけではないが、共闘することになった。エイコと対立するために。そうこうしているうちに、私たちは大親友になった。今でも、連絡を取り合う数少ない友人の一人だ。かつてはよく言われたものだ。「あなたたちは、なんだかそっくりね。まるで、双子みたい」

容姿が似ているわけではない。どちらかといえば、正反対の容姿だ。が、内面に持つものが同じだと、見た目の印象も似てきてしまうのかもしれない。

その子と私は、打倒エイコを繰り広げているうちに、同じようなものの考え方をするようになっていた。そのうちに、なにも言わずとも、相手の気持ちが分かるほどになっていた。

人は、共通の「敵」を作ることで、強い絆で結ばれるのかもしれない。言い換えれば、「敵」という存在があるから人は結びつき、仲間になっていくのかもしれない。もっといえば、「敵」がいなければ、人は……。

いずれにしても。

市川聖子に感じたシンパシーは、あの子と私を結びつけたときと同じものだと、礼子は思った。つまり、共通の敵の存在があってのことだ。

その「敵」は、言うまでもなく、青田彩也子。

市川聖子は、ポーカーフェイスを気取ってはいたが、青田彩也子への敵意を体臭のように周囲にばら撒いていた。きっと、私もそうだったのだろう。

憎い、憎い、青田彩也子が憎い！

そんな叫びとともに、鼻をつくような体臭をばら撒いていたに違いない。

市川聖子も、そして私も分かっているのだ。大渕秀行の心に棲みつくのは、今も昔も、青田彩也子だけなのだと。だから、彼と獄中結婚したという私に対しては、市川聖子は特に気にしていない様子だった。むしろ、「同情」の眼差しを送りつけてきた。そして、こうも言っている気がした。

——あなた、このままでは報われないわよ。青田彩也子がこの世にいる限り。……どう？　二人で、彩也子を消しましょうよ。

「どうやって？　どうやって消すの？」

礼子は、そんなことをいつのまにか呟いていた。

「暑い？　エアコン、消す？」

そう言ったのは、田所弓枝（たどころゆみえ）だった。

そう、小学校の頃、エイコという敵と戦うために共闘した、クラスメイトだ。

礼子は、西新宿の法律事務所に来ていた。田所弓枝はこの法律事務所でスタッフとして働いている。弁護士一人の小さな個人法律事務所で、弓枝は、秘書兼雑用係兼事務員として働いている。

「ごめんね、うちの先生、めちゃ寒がりでさ。エアコンの設定温度、一年中、二十八度なのよ。真冬でも」

「真冬でも？」

礼子は、窓の外にふと、視線を流した。それは、すっかり、冬景色だった。西新宿の高層ビル群を背景に、寒々しい枯葉がひらひらと舞っている。木枯（こが）らし一号が吹くだろう……と天気予報で言っていたが、当たった。

「で、今日はどうしたの？　大渕秀行になにかあった？」

大渕秀行のことは、すべて、この事務所に託（たく）している。獄中結婚をしたときも、弓枝とここの弁護士先生に保証人になってもらった。

つくづく、思う。大渕秀行と結婚できたのも、再審を決意したのも、弓枝がこの法律事務所で働いていたおかげだ。彼女がいなかったら、今の私はない。

それにしても、なんと人の縁の不思議なことか。最初はそれほど仲がよくなかった弓枝なのに、今では肉親よりも頼りになる、かけがえのない人物だ。こういう関係を築けたのもエイコがいたからこそだ。エイコには散々嫌な思いをさせられたけど、今となれば、感謝しなくてはいけないのかもしれない。

「で、大渕秀行になにかあった？」

弓枝が、コーヒーカップをテーブルに置きながら、質問を繰り返した。

「もしかして、また無理難題を吹っかけられた？」

弓枝が、意地悪く笑う。弓枝は、大渕秀行に対して、やや懐疑的だ。再審請求の手続きはしているが、彼が死刑から逃れられることはないと踏んでいる。……そう、大渕秀行こそが、主犯だと思っている。

「……先生は？」

礼子は、救いを求めるように言った。この事務所の主人である鹿島律子だけは、大渕秀行の言い分を百パーセント信じてくれている、いわば味方だ。

「先生は、東京地裁。当番が回ってきたのよ、殺人未遂のね」

「……国選？　相変わらず、大変だね」

「ほんと。国選弁護人なんて、ほとんど儲からない。もっと、お金になる仕事をすればいいのにさ。……あ、今のは、先生には内緒ね。儲けるために弁護士になったんじゃない……というのが、先生の口癖だから」

「まさに、正義の味方ね」

「いまどき、流行らないんだけどね。この事務所の維持のためにも、もっとお金になる仕事をしてもらわないと」肩でため息をつきながら、弓枝。「……このボロいビルから、早く脱出したいわよ。築五十年よ？　エレベーターだって、しょっちゅう故障してさ」

「さっきも、止まってた」

「うっそ。また、止まったの？　じゃ、五階まで、階段で？」

「うん」

「ああ、いやんなっちゃう」

弓枝は、再度、肩でため息をついた。が、その顔はそれほど困っている様子ではなかった。むしろ、楽しんでいる感じだ。

なんだかんだ言いながら、弓枝は、この仕事が好きに違いない。そして、この築五十年のビルも。でなければ、さっさと辞めて、他に職場を探すだろう。

弓枝は、小学校の頃から頭がよかった。成績もいい。大学は志望校には行けなかったが、優秀な人材であることには間違いない。弁護士の資格は持っていないが、役に立つ国家資格を色々と持っている。行政書士、不動産鑑定士、宅地建物取引士……そういえば、最近、調理師の免許もとったと言っていた。弓枝がその気になれば、もっともっと実入りのいい、……例えば、窓の外に聳える高層ビル群の中に入っている事務所か会社に転職することも難しくないだろう。それをしないのは、結局のところ、ここが気に入っているからだ。ここで満足しているからだ。

「で、大渕秀行になにかあった？」

弓枝は、自分のコーヒーカップを引き寄せながら、三度、繰り返した。

「う……ん」

礼子は、言葉を濁した。その名前……青田彩也子の名前を口にしていいのかどうか。

「なによ。なにかあったから、わざわざ、ここに来たんでしょう?」

「……引っ越したのよ、私」

礼子は、咄嗟に、話題をすり替えた。

「え?　引っ越し?」

「うん。先週ね」

「実家から、出たってこと?」

「うん。一人暮らしをはじめた」

「へー。……そうなんだ」弓枝が、またもや意地悪く笑った。

「どう?　四十過ぎて人生初の一人暮らしは?　色々と大変じゃない?」

大変だ。それまでは、生活に関わること……例えば役所に行ったり、電気水道ガスの手続きをしたり……というようなことは、すべて、母親に任せっきりだった。まさか、これほど面倒で、手のかかることだとは思っていなかった。こまごまとした手続きだけで、一週間が過ぎてしまった。だからといって、実家に戻りたいなどとは、少しも思わない。あの家にいる息苦しさに比べれば、どんな面倒だって苦じゃない。

「現住所はどこ?」

「豊島区」

「豊島区の、どこ？」

「豊島区……えーと」まだ、正確に覚えていない。あんなにいろんな書類に住所を書いたというのに。カバンを探るも、住所が書かれたものは出てこない。「ごめん。近いうちに、転居ハガキを送るから」

「うん、よろしく」

「ところで、転居ハガキって。……誰に送るもの？」

「え？　いやだ、そんなこと、私に訊かれても」

「弓枝は、引っ越しのベテランじゃない。もう何枚も出しているじゃない？」

「まあ、そうだけど。……私の場合は、とりあえずは、年賀状のやりとりがある人には出しているかな。頻繁(ひんぱん)に会うような親しい人には、メールで済ましている」

「え？　メール？」

……そうなの？　でも、私のところには、ハガキで届いていた。もう、五枚ほど、たまっている。

「だって、転居ハガキっていうのは、そういうものでしょう？　なんとなく、距離があるような人に、出すイメージ」

「距離……」

「距離はあるんだけど、義理は通さなくちゃいけない相手とか?」

「……義理」

「ああ、そういえば。……エイコ、覚えてる?」

「エイコ?　もちろん」忘れるはずがない。私たちの共通の敵だ。「エイコが、どうしたの?」

「あの子も引っ越したのよ、先月。メールが来てた」

「メールが……来た?」

なんで?　なんで、エイコからメールが来たの?　メールのやりとり、しているの?

「あの子も大変ね。離婚して、北海道からこっちに戻ってきたのよ」

「……へー。……離婚」

結婚していることだって知らなかった。北海道にいることも。が、弓枝は、それを知ってて当然とばかりに、言った。

「旦那の浮気が原因みたい。……子供も二人引き取って、大変よ」

「……大変だよね」だから礼子も、あたかも事情通のように応えた。

「そういえば、エイコも、豊島区じゃなかったかしら?　そうよ、確か、そうよ。最寄駅が大塚って言っていたから」

「大塚なら、私も……」

「うそ、礼子も？　すごい偶然。ね、今度、みんなで会わない？」

「……それは」

「ああ、ごめん。そうだよね。礼子とエイコ、あんまり仲がよくなかったんだよね」

「……っていうか」弓枝、あなただって、エイコとは仲悪かったじゃない。なのに、いつのまに、メールでやりとりするほど仲を修復したの？

呆然と弓枝を見つめていると、

「そんなことより、本題。大渕秀行に、なにかあったんじゃないの？」弓枝は、その質問に戻った。

「ううん、なにもない。……今日は、もう帰るね」

「うそ。今、来たばかりじゃない。本当は、なにか用事があったんじゃないの？」

「だから、引っ越したことを告げに来ただけよ」

「本当に？」

「本当だってば」

「青田彩也子のことを、確認しに来たんじゃないの？」

「え？」顔が引きつる。

「違うの？　てっきり、そのことかと」

弓枝が、やおら立ち上がった。そして、ラックから一冊の週刊誌を引き抜いた。

『週刊トドロキ』。

「昨日発売された、最新号よ」

「これが、……どうしたの？」心臓が、ばくばく言いはじめた。礼子は、そっと、胸に手を押し当てた。

「この連載、もちろん、知っているよね？　証言者の〝法廷画家〟って、礼子のことでしょう？」

弓枝が、なんとも複雑な表情で、『週刊トドロキ』をテーブルに置いた。付箋(ふせん)が、何枚か見える。

「……そういえば、取材されたかも」

惚(とぼ)ける礼子の前で、弓枝が次々と、付箋が貼ってあるページを開いていく。

「これを読んで、先生、気がつかれたのよ」

「なにに？」

「これを書いた人物」

「……どういうこと？」

「この記事……というか小説を書いたのは、事件当事者に近い人物なんじゃないかって」

「………」

「もっといえば、……本人なんじゃないかって」

「本人？」

「それで、先生に言われて、いろいろと調べたんだけど」

「……調べた？」

「青田彩也子。どうやら出所しているらしい」

「出所……」心臓のばくばくがおさまらない。礼子は、胸をかきむしるように、カーディガンの両端を手繰(たぐ)り寄せた。

「しかも、記憶喪失。で、過去のことはすべて忘れているらしい」

「記憶喪失……」今度は、冷や汗まででてきた。額(ひたい)に触れると、びっしょりと濡(ぬ)れている。

「やだ、礼子。大丈夫？　やっぱり、暑い？」

「ううん、大丈夫。続けて。記憶喪失がどうしたの？」

「青田彩也子が記憶喪失なことを出版社が嗅(か)ぎつけて、青田彩也子本人に事件のことを書かせているんじゃないかって」

「……え？　でも、そんなこと……できる？」汗が止まらない。でも、手と足の先は、氷のように冷えている。

「まあ、もちろん、偽名……というか別人として書かせていると思うけど」

「………」

「これを書いたのが本当に青田彩也子だとしたら、……残酷な話よね」

「残酷……？」

「だって、そうでしょう？　第三者として、『文京区両親強盗殺人事件』を追っているわけでしょう？　もし、自分がやったことだと分かったら、どうなるのかしらね」

「……確かに、そうね」体の中で、冬と夏が同居しているようだ。礼子は、コーヒーカップを引き寄せると、その中身を飲み干した。とりあえずは、この心臓のドキドキだけでも、抑えないと。

「出版社も酷なことをするって、先生が怒ってらした。抗議しなくちゃ……ともおっしゃってたんだけど、私は止めたの」

「なんで？」コーヒーのカフェインが少しは効いたのか、心臓の動きが少しだけ、マシになる。

「だって、この記事を書いたのが、本当に青田彩也子かどうかは分からないじゃない」

「え？」心臓が、再び暴走をはじめた。礼子は、すかさずもう一度コーヒーカップを引き寄せた。が、その中身はもうない。慌ててカバンの中を探る。そして、いつものフリスクを探し当てると、それを口に含んだ。

「もしかしたら、出版社の話題作りなのかも」弓枝が、言った。

「え？」

「だとしたら、下手に抗議なんかしたら、逆効果。青田彩也子が密かに出所していることが、公になる。それは、先生の望むところではないわ」

「……そもそも」フリスクが効いたのか、礼子はいつもの調子を取り戻していた。「青田彩也子は、本当に出所しているのかな？」

「え？」今度は、弓枝のほうが、焦ったように目を見開いた。

「……私ね。実は、この記事を書いたであろう人物と接触したのよ」

「うそ。本当に？」弓枝の目がますます見開かれる。

「でも、電話だから、声だけなんだけど。……いずれにしても、そのときはまったく気がつかなかった。……幽霊みたいに存在感が薄くて、青田彩也子だとはまったく気がつかなかった」

「あなた、青田彩也子とは？」

「傍聴席から、一度だけ見たことがある」

「声は？」

「もちろん、聞いた。……でも」

「まあ、傍聴席からだったら、印象も異なるかもね。しかも、一度だけじゃ」

「でも、言われてみれば、本人かもしれない。……でも、実際のところ、よく分からないのよ。本当に、幽霊みたいな感じなの」

「幽霊か……。それは、あながち、間違ってないかも」

「どういうこと？」

「青田彩也子が記憶喪失になったのは、自殺未遂の後遺症みたいなのよ」

「自殺未遂？」

「どんな方法で自殺しようとしたのかは分からないけれど、長らく生死の境を彷徨っていたみたい」

「植物状態ってこと？」

「そう。で、意識が戻ったはいいが、記憶がすべてデリートされていたと」

「なるほど」

「人の印象ってさ、その人の記憶や性格にかなり左右されていて、乱暴にいえば、記憶と性格が印象を作っているともいえる。つまり、ソフトが重要なのよ。ハードだけでは、印象はかなりあやふやになる」

「確かに、そうね」

「記憶がなくなると、性格そのものも、いったんリセットされるんだろうね。性格ってさ、環境によるところが大きいからさ。その環境の蓄積が、記憶じゃない？」

「うん」

「だから、印象も、いったん、リセットされるんだよ、きっと。人によっては、別人のようになる場合も」

「それは、あるかも」

「礼子が、青田彩也子を〝幽霊〟だと思ったのは、そういうことも原因なんじゃないかな？」

「なるほど……ね」

「ちなみにね」弓枝は、カフェでワイドショーを話題にする主婦のように、声のトーンを落とした。「青田彩也子が自殺をはかったのはそれが初めてではなくて。事件の前にも、裁判中にも、何度か自殺しようとしていたみたい。刑が確定して刑務所に入ってからも、三度ほど」

……ああ、そういえば。礼子の頭のスケッチブックに、唐突にその部分が再現された。

それは、青田彩也子の左腕。そこには、無数の躊躇い傷がみられた。

「青田彩也子、もともと、精神が不安定だったのかもね。あるいは、なにか生まれついての……」

「生まれついての？」

「青田彩也子ってさ、あなたに……」

が、ここで弓枝は言葉を飲み込んだ。「いずれにしても。青田彩也子が出所しているとなると、問題は大渕秀行よ、彼、このことは、知っているの？」

「……ううん、まだ。まだ、言ってない」

「それは、賢明な判断ね。当分は、知らせない方がいいと思う。彼の性格だもの。共犯者の青田彩也子が出所したなんて聞いたら、どうなるか」

＋

「どうなるんだろう？」

山手線に揺られながら、礼子はそんなことを何度も呟いた。

「彼は、どうなるんだろう？　どうするんだろう？」

とはいえ、拘置所の中だ。なにもできないことは分かっている。でも、彼の心は大きく揺さぶられ、思いもつかないことをしでかすような気がしてならない。

大塚駅で降りてからも、礼子はそのことについて、思いを巡らせた。

「でも、きっと。『週刊トドロキ』の連載が終わる頃に、それを書いた人物の正体を世間にバラすのが、編集部の狙いなのだろう。大渕秀行の耳に届くのも、時間の問題。……そのとき、私はどうしたらいい？　妻である私は、どうしたら？」

ここまで考えたとき、ふと、財布の中身が少ないことを思い出した。ATMに寄ると、残高が増えている。昨日までは四百五十万円ちょっとだったのに、現在の残高は、九百五十万円とちょっと。たぶん、母からの送金だ。手切れ金の残りというわけか。表示された残額の数字を追いながら、礼子は深いため息をついた。

——これで、あなたが希望した額、全部支払ったわよ。文句はないでしょう？　もう私たちは赤の他人よ。

と言われているようで、心のどこかが、じくじくと疼く。それは、実家への未練などでは決してない。この残高で、これからの生活を凌ぎ、そして夫を支えなくてはならない。再審という戦いの軍資金も。

でも。足りるんだろうか？　大丈夫だろうか？　頭の中に計算機を浮かべてキーを叩い

ていると、

「いやだ、マジで？　信じられない！」と斜め横から声をかけられた。

声の方向を見ると、

「え？　弓枝？」

違う。印象は弓枝にそっくりだが、まったくの別人だった。……誰？

「瑛子（えいこ）よ。海野（うみの）瑛子。小学校の頃、同じクラスだった。……覚えていない？」

エイコ？　……エイコ！

礼子は、その突然の邂逅（かいこう）に、しばし、体を硬直させた。

一一章　厄病神

「ああ、ほんと、ちぃちゃん、全然変わってない！」

大塚駅構内のカフェ。

トロピカルパフェ越しに、エイコが意地の悪い笑みを浮かべながら言った。

「ほんと、変わってない。だから、すぐに分かった」

うそだ。あれから三十年は経っている。しかも、三十年前はまだ小学生で、いくらなんでもあれから全然変わってないということがあるはずない。

きっと、弓枝から、今の私の情報を得ているのだ。もしかしたら、この突然の邂逅も、仕組まれたことなのかもしれない。私が帰ったあと、弓枝がこっそりとメールをしたとか？「礼子、最寄りの駅が大塚だって。今帰ったところだから、三十分もすれば大塚駅に現れると思うよ」とかなんとか。

……それだけじゃない。弓枝は、私のことをなにかと話題にしては、笑っていたのかもしれない。

「あの子、相変わらずよ。一応、イラストレーターとかいう肩書きだけど、全然売れていないの。独立もしないでずっと実家にパラサイト。ところが。死刑囚と獄中結婚なんかしてさ。ほんと、なに考えてんだか、全然分からない。相変わらず、変な子よ」

……そう、私はずっと、クラスメイトから「変な子」と言われ続けていた。それを悲しんだり、抗議しようとしたりはしなかった。なぜなら、家族からも「変な子」と言われ続けていたからだ。それが、自分に与えられた当たり前の称号だと思っていたからだ。

でも、変ってなに？　私から言わせれば、世間のほうが、よほど「変」だ。

「エイコも、全然変わってないね」

礼子は、負けじと言った。

もちろん、外見はまるっきり変わった。いや、悪い部分が強調されてしまったと言ったほうがいいかもしれない。性格の悪そうなへの字の眉毛はさらに鋭角になり、鼻の右横にある黒子（ほくろ）はさらに大きくなった。その黄色い歯も、さらに黄色くなっている。

「うそー、あたし、変わったよー」なのに、エイコはあっさり否定した。「だって、あたし、整形したもん」

「整形？」

「うん。二重（ふたえ）にしたの。ほら、分からない？」

エイコは自身の瞼（まぶた）を指さした。その出来の悪いネイルアートの先は、なるほど確かに二重だ。が、生まれ持った脂肪にはかなわないとばかりに、あつぼったい瞼で覆われつつある。きっと、数年後には元の目に戻っているのだろう。

「ほら、分からない？」しつこく訊いてくるエイコに、

「……うん、きれいな二重。どこでしたの？」

「いやだー、ちんちゃんもする気？　ダメだよ、したって、無理。整形って、誰もかれも美人になるってもんじゃないんだよねー。やっぱり、元々もっていた土台がよくないと、美人にはならないんだよー。悪いけど、ちんちゃんは――」

「………」

「でも、ちんちゃん、肌はきれいだと思うよ。うらやましいよー。ちんちゃん、肌だけは昔からきれいだったよねー。でも、ちんちゃんはさ――」

ちんちゃん、ちんちゃんって。そのあだ名で呼ぶの、やめて。あんたがつけたあだ名のせいで、どれほど恥ずかしい思いをしたか。男子まで真似して、しかも「ちんちん」と呼ばれる始末。そもそも、なんで、「ちんちゃん」なのよ。いったい、そんなあだ名、どこから出てきたのよ。

「――悪いこと言わないから、整形はやめときなね。ちんちゃんの顔、愛嬌があると思うよ。まさに、狆」

狆？　犬の狆？　あのへちゃむくれの顔が浮かんできて、礼子は唖然とした。まさか、あだ名の由来は、「狆」なの？

「狆顔って、老けないっていうじゃん？　私なんか、お公家顔だからさ、割と老けやすいんだよね。ほんと、ほんと、ちんちゃんが、うらやましいよー」

ほんと、この人は変わってない。誉めているようで、実はとことん貶している。自虐しているようで、自慢している。小学校のときも、その性格のせいで、随分とクラスに波乱を与えたよね。そういえば、離婚したんだって？　それもきっと、その性格が仇になったのよ。

「あああ！」エイコが、突然、わざとらしく声をあげた。そして、礼子の左薬指を指さすと、「ちんちゃん、結婚してんだ！」

エイコが指さしたそこには、金の指輪。結婚を示す指輪だが、自分で買った。……だって、獄中の彼が買えるわけもない。でも、この指輪を選んだのは、彼だ。

君のそのきれいな指には、ブルガリの指輪が似合うと思うよ。

そう言われて、その足で、新宿の百貨店に足を運んだ。

「もしかして、ブルガリ？」

エイコが、アイスカフェラテを啜りながら、下劣な視線を飛ばしながら言った。

「まあ、……そうだけど」

「へー。……結婚しているんだ」エイコは、自身の左薬指をさすりながら言った。そして、

「あたしも、結婚していたんだけどさ。……逃げて来ちゃった」

「逃げてきた？」

弓枝からは、旦那の浮気が原因で離婚したって、聞いたけど……。

「そう、逃げてきたの。東京に男ができてね。それで、家を出たんだ」

「………」

「十五歳年下の人」

十五歳年下？　なら、今、二十六歳？

「若いんだけど、いっぱしの社長なの。青年実業家ってやつ。で、私に会社を手伝ってほしいって」

「それで、離婚したの？」

「そう。悪い？」

「悪くはないけど。……でも、子供は？」

「うん、娘二人。二人とも、つれてきた。……芸能プロダクションに入りたいっていうからさ」

「芸能プロダクション？」

「アイドルになりたいんだって」

「アイドル……」

そういえば、エイコの夢はアイドルだった。アイドルになって有名人と結婚する。卒業アルバムにも、そう書いてあったのをよく覚えている。

「二人とも、結構いい線いってんだよね。芸能プロダクションからも、いくつかスカウトされているし」

「……そうなんだ。すごいね」

「で、ちんちゃんの旦那さんは、どんな人？」

「え？」

エイコの作り物の二重が、一瞬、深くなる。それは、障子を破るように相手の心の中をぐりぐりとこじ開けて、そしてその奥底まで覗いてやる、というはしたない意志にも見えた。それとも、エイコはすべてを知っていて、それをあえて言わせようとしているのか。なにしろ、エイコは弓枝とつながっている。私のことも時折話題にしていたはずだ。

いずれにしても。隠すことではない。彼は、私の自慢の夫だ。有名人だ。アイドルになって有名人と結婚するのが夢だったエイコにとっては、この上ない憧れに違いない。よし。エイコのその作り物の二重を、羨望の眼差しとやらにしてやろう。

「大渕秀行」

礼子は、言った。

エイコの偽物の二重が、ますます深くなる。と、瞳孔もきゅっと、縮まった。

「おおぶち……ひでゆき？」

が、エイコはその名前を知らないようだった。

「知らない？　大渕秀行よ」

「えっと。……私の知っている人？　もしかして、小学校の頃のクラスメイト？」

「違う」

「ごめん、わかんない。おおぶちひでゆきって誰？」

羨ましすぎて知らないふりをしているのか、エイコはわざとらしく笑った。その偽物の二重も、厚ぼったい瞼に隠された。

「ああ、ごめん。そろそろ、帰らなきゃ。彼が帰ってくる」

エイコは、唐突に袖をちらりとめくると、腕時計を見た。……なに、どうしたの？　その手首。思えば、その首筋の赤い斑点もずっと気になっていた。キスマークかと思ったから、あえて視線をそらしていたが。

礼子は、改めて、エイコの姿を見た。

二重にばかり気を取られていたが、どうやら、鼻も整形しているようだ。不自然な形をしている。いや、そんなことより、その髪。ぼさぼさで、まるでトウモロコシの穂。肌もぼろぼろで、ところどころかさぶたができている。

この人、本当にエイコ？

「ちんちゃんは、ゆっくりしていってよ。じゃ、私はこれで」

そう一方的に言い残すと、エイコは、逃げるようにその場を立ち去った。

「え？」

エイコが、代金を置いていかなかったことに気が付いたのは、それから一分ほどしてからだ。礼子は、伝票を見ながら、呻いた。

「うそでしょう？」

トロピカルパフェとアイスカフェラテ。しめて、二千円。

「あのパフェ、千四百円もするんだ……。アイスカフェラテも六百円」

礼子は、自身の紅茶を改めて見た。四百五十円。メニューから一番安いものを選択した。

なのに、エイコの分まで、支払わなくてはならないの？

なんで⁉

ああ、やっぱり、エイコはエイコだ。どんなに整形しても、その中身はさっぱり変わらない。小学校の頃もそれで喧嘩したんだった。「貸して」と言われたから貸した、手鏡。それが一向に返ってこない。痺れを切らして「返して」と言ったところ、逆ギレされた。

「あれ、あたしにくれたんじゃないの？　誕生日プレゼントだって言って」

は？　なに言ってんの？　そもそも、あんたの誕生日は、もっと先じゃない！　そう反論したら、エイコはわめきだした。そして、先生にまでこんな嘘をついたのだ。

「ちんちゃんは、うそつきです！　あたし、騙されました！」

この事件を機に、礼子は孤立した。思えば、あの事件を機に、人生そのものが転調したような気がする。まったく、あの子は、相変わらず疫病神だ！

あんな子と同じ街に住んでいるなんて。また、どこかで会うかもしれないなんて。

ああ、なんて、ついてない。もっと違う場所に引っ越そうか？　そもそも、あの部屋に越してきて数日経つのに、未だに愛着が湧かない。だから、住所もなかなか覚えられない。きっと、相性が悪いんだ。

でも、すぐに引っ越しだなんて。さすがに、それはできない。引っ越し費用だってかかる。無駄遣いはできない。

そうよ。無駄遣いなんて、してられないのよ。なのに、エイコときたら！　こんな高いものを私に押しつけて！　今度会ったら、絶対に請求してやる。……いや、もう会いたくない。あの子との縁はここまでにしたい。だから、これは手切れ金よ。あなたの分まで払うわよ！

と、財布を探しているときだった。

下ろしたばかりのお金がないことに、礼子は気が付いた。銀行の封筒に入れたおいた、五十万円。封筒はあるものの、その中身は、空。

うそ、なんで？

体が、一瞬で冷たくなる。

うそ、なんで？　どこかで落とした？

フル回転で、記憶を辿る。

思い出した。このカフェについてすぐに、エイコはトイレに立った。そして席に戻ると、「ちんちゃんもトイレは？　今だったら、あいてるよ」

特に、行きたくはなかったが、「今がチャンスだよ」とまで言われて、なんとなく行かないと損なような気がして、トイレに立った。しかも、「荷物、私が見てるから」と、エイコ。礼子は、カバンをそのままに、トイレに立った。

「やられた……」

そうか。エイコは、私がＡＴＭでお金を下ろしていたところを見ていたんだ。それで、声をかけたんだ。

お金を取るのが目的で！

＋

「でも、掏摸(すり)とかひったくりとかじゃなくてよかったじゃない」

弓枝は、のんきにそんなことを言った。

その夜、弓枝から電話があった。ことの経緯を説明すると、弓枝はどこか楽しそうに言うのだった。

「掏摸とかひったくりだったら、財布ごと盗まれて、大事(おおごと)だったわよ。クレジットカードもキャッシュカードもぱぁ。でも、カード類は無事だったんでしょ？」

「まあ、それはそうだけど。幸い、財布の中身はそのままだった」

「不幸中の幸いじゃない」

「幸いなはず、ない。五十万円よ、五十万円」

礼子がきつく言うと、弓枝は申し訳なさそうに声のトーンを落とした。

「ごめん。……もう少し早く、言ってあげればよかったね」

「え？」

「実は、あのあと、エイコから連絡があってね。それで、うっかり、『礼子、大塚に住んでるみたいよ』って。言ったあと、あ、これはやばいと思って、あなたに電話しようと思ったんだけど、いろいろと仕事が立て込んでいて、こんな時間になったの」

「どういうこと？」

「エイコ、小学校から高校までのクラスメイトを片っ端からたずねていって、寸借詐欺のようなことをしているのよ」

「寸借詐欺？」

「そ。娘が不治の病で、治療費が払えない……とかなんとか言って――」

「娘が不治の病？　でも、芸能プロダクションに入れるとかなんとか」

「だから嘘よ、嘘。……で、娘が病気だから苦しいとか嘘を言って、五千円、一万円と見舞金をくすねているらしいのよ。少額だから、みんな被害届は出してないみたいだけどね」

「弓枝もやられたの？」

「うん。前にうちの事務所に来たことがあって。そのときに、財布の中身を抜かれた」

「弓枝も、現金をとられたの？」

「そ。二万円ぐらいかな。……礼子の五十万円に比べれば少額だけど、給料日前だったから、ほんと、大ピンチだった」

「……二万円だって、大金だよ」

「ほんと、エイコらしいよ。あの子の窃盗癖は病気だから。もう、治らないよ。小学校の頃、それで私とも喧嘩したんだよ。あの子に、給食費を何度も盗まれてさ。そのたんびに自分の貯金で補塡してたんだけど、さすがに四度目のときに、言ったんだよね。給食費、返してって。そしたら、泣きだしてさ。私はやってないって。担任なんか、まんまとその涙に騙されて。私のほうが叱られたわよ」

「あの担任、エイコをえこひいきしてたからね」

「エイコ、大人に取り入るのが天才的に上手だったから。先生なんて、みんなエイコの味方。……いずれにしても、あの子は相変わらず。今回、離婚したのだって、旦那の浮気が原因って私は聞いたけど、本当はあの子の窃盗癖が原因なのよ」

「そうなの？　でも、私が聞いたのは、年下の彼ができたとかなんとか」

「年下の男は本当。その男に貢ぐため、嫁ぎ先の先祖代々の土地を売っぱらったのよ。権利書とかを盗み出してね。それで、離婚。でも、エイコはそれでもしらを切ってね、私はやってないって。そもそも夫が不倫したから悪いんだ。離婚するなら、慰謝料が欲しいって、私のところに相談のメールが来たのよ。弁護士を紹介してって」

「それで、エイコとメールのやりとりを？」

「そ。冗談じゃない……とは思ったんだけど、一応、うちの先生を紹介して。でも、その弁護費用を見て、びびっちゃったみたいで、そのままとんずらよ。相談料の一万円を未払いのまま。仕方ないから、それは、私が補填しておいたけど。ほんと、あの子は相変わらず。死んでも治らないと思うよ、あの病気は」

「だからって。このままにしておくのは、なんかしゃくに障る。だって、五十万円、抜かれたんだよ？」

「警察には行ったの？」

「……うん」

「なに？　行ってないの？」

「なんか、警察沙汰にはしたくないって」

「なんで？」

「騒ぎになったら、なんか、悪いかな……って」

「悪い？　誰に悪いの？」

「大渕に――」

「は？」

「だって、大渕は、今、再審請求の大事なときで、そんなときに妻である私が警察沙汰になったら」

「なに言ってんの。警察沙汰といっても、礼子は被害者なのよ？」

「それでも、あんまり騒ぎにはしたくない。だって、どこでマスコミの目が光っているか」

「マスコミ？」

「だって。青田彩也子を使って、事件の記事を書かせている媒体もあるぐらいなのよ？　大渕の周辺だって、嗅ぎ回っているに違いない」

「……まあ、その可能性はゼロではないけど」

「だから、警察沙汰にはしたくないのよ。よくよく考えれば、私にも落ち度はあった。カバンをそのままにして、トイレに立った私も悪かった」

「じゃ、その五十万円、諦めるの？」

「うん。……勉強料だと思って」

「なに、勉強料って」

「社会勉強。私、今まで、ずっと実家暮らしで、世間の荒波ってやつとは無縁だったでしょう？　だから、ちょっと、人を信用しすぎてしまうところがあったんだけど」

「そうね、礼子は、ちょっと、人を安易に信用しすぎなところがあるわね」

「今回のことで、社会がどれほど物騒なのか、人間がどれだけ信用ならないものか、よくよく勉強させてもらった。だから、その代金だと思って、五十万円は諦める」

「それでいいの？」

「うん」

「……でも、うちの支払いだってあるよ？　今月分だって――」

「それは大丈夫。それは、ちゃんと支払う。口座にはまだお金はあるし」

そう。盗まれたのは、下ろしたばかりの五十万円だけ。財布の中身はもちろんのこと、カードも無事だ。確かに、弓枝の言うとおりかもしれない。「不幸中の幸い」だった。

「それに、弓枝だって、財布の中身を抜かれても被害届は出してないんでしょ？」

「まあ、私の場合は、二万円だから」

「それでも、泣き寝入りしたんでしょう？」

「泣き寝入りというか。……恵んであげたというか。だって、やっぱり、元クラスメイトを警察に突き出すのは、ためらっちゃうよ」

「私も同じよ」

「でも、額が違うわよ。あなたの場合、五十万円よ、五十万円」

「よく考えたら、五十万円もなかったかも」

「え?」

「五万円だったかも」

「……礼子」

「ああ、ごめん。こんな時間。私、仕事しなくちゃ」

礼子は、思い出したように、時計を見た。もう、午後九時を過ぎている。

「今から、仕事?」

「うん。イラストの仕事。私、これでも本業はイラストレーターよ」

「そうか、ごめん、仕事の邪魔をして」

「ううん。心配してくれてありがとう」

「でも、本当にいいの? エイコのこと」

「忘れて。私も忘れるから。お願いね」

そして、礼子は電話を切った。

ひとつため息をつくと、デスクの上をぼんやりと眺(なが)める。仕事の締め切りがあるというのは、ただの言い訳ではない。本当に、差し迫っている。引っ越しだなんだで後回しにしていたが、締め切りは、三日後。学習参考書の挿し絵を、合計百カット、描き上げなくてはならない。

はぁ。

ため息をつきつつも、礼子は、デスクに向かった。

＋

誰？　……エイコ？

うそ。なんで、エイコがここにいるの？

ここは、私の部屋よ？

なんで？

「エイコ！」

礼子は、自分の声に起こされる形で、目を開けた。

いけない、いけない。うたた寝をしてしまった。

締め切りまで、あと二日。

エイコ？　だから、なんで、エイコがここにいるの？

ここは、私の部屋よ？

なんで？

「エイコ！」

礼子は、またもや自分の声に起こされる形で、目を開けた。

いけない、いけない。うたた寝をしてしまった。

締め切りまで、あと一日。

「はぁ、間に合った」

礼子は、朝日を浴びながら、ゆっくりと体をほぐした。

この三日間、ほぼ不眠不休で仕上げたイラストを、たった今、クライアントに送ったところだった。

ああ、お腹が空いた。この三日間、ナッツとシリアルと牛乳だけで過ごしたが、さすがに限界だ。

今日はご褒美に、ちょっと贅沢をしよう。池袋まで出て、デパートのレストランに行こうか。それとも、ホテルのダイニング？


……と、大塚駅前のＡＴＭで十万円を下ろそうとしたときだった。

うそ。なんで？　なんで、残高がないの？

カバンの中から通帳を取り出して、記帳してみる。その残高を見て、礼子の体が一瞬にしてかちんこちんに凍った。

残高、「５３，７８２円」。

五万三千七百八十二円!?

とても信じられなくて、改めて、ゆっくりと、通帳の印字を追っていくと。

二日前に九百万円が下ろされている！

礼子の全身が、がくがくと震えだす。

うそよ。私、下ろしてない！　私が下ろしたのは三日前で、五十万円だ。そもそも、ＡＴＭで、五十万円以上が下ろせるはずもない。

これは、なにかの間違いだ。機械的なトラブルがあったに違いない。

礼子は深呼吸すると、記帳されたその印字をさらに追った。すると、どうやら銀行窓口で下ろしたことになっている。

なんで？　なんで、銀行窓口？　銀行窓口で下ろすときは、通帳と届印と、場合によっては身分証明書が必要だよね。なんで？

あ。

礼子は、ようやくそのことを思い出した。エイコが、部屋にいた夢を。

……あれ、夢じゃなかったんだ。

現実だったんだ。なるほど、そうか。

三日前、エイコとカフェでお茶をしたときに、彼女は私のカバンの中を見て、通帳とハンコと、さらに健康保険証を見つけたに違いない。そして別れたあと、密かに私を尾行して、部屋を突き止めたエイコは、その夜、私の部屋に忍び込み、通帳とハンコと健康保険証を盗んだんだ。ご丁寧に、それを戻すために、また部屋に忍び込んだ。

なんて、バカなの！

礼子は、場所も考えず、頭を抱えた。

なんで、私、部屋のロックをしなかったの？

だって、徹夜続きだったから、意識がそこまで回らなかった。

なんで、通帳とハンコと健康保険証を同じカバンに入れておいたの？

だって、引っ越しするときに、貴重品をひとつのカバンにまとめておいたほうが安心だと思って。

あああ！

重ね重ね、なんてバカなの！　私ったら、なんて、バカなの！

＋

東京拘置所面会室。

礼子は、夫である大渕秀行となかなか目が合わせられなくて、カバンの持ち手を握りしめた。

「どうしたの？　顔色、悪いね」

「…………」

「喜んでよ。いいニュースがあるんだ」

「……なんですか？」

「松川凜子（まつかわりんこ）って弁護士、知ってるだろう？　テレビにもよく出ている、超有名弁護士」

「はい。……もちろん知ってます」

「ダメもとで、彼女に手紙を送り続けていたんだよ。そしたら、ようやく返事がきた。弁護人を引き受けてもいいって」

「え？　でも」

「今の弁護士は、全然だめ、頼りにならない。そもそも、全然有名じゃないじゃん。おまえには悪いけどさ、解雇する。その代わりに、松川弁護士に任せる」

「…………」

「松川弁護士、言ってくれたんだよ。金に糸目をつけなければ、必ず、俺を無罪にしてくれるって。だから、俺もこう返事を出したんだ。金に糸目はつけません。だから、お願いします……って」

「…………」

「お金、大丈夫だよね？」

「…………」

「頼むよ、奥さん。ここが、妻の腕の見せ所だよ。お金の工面、頼んだよ？」

「…………」

「どうしたの？」

「お金……どのぐらいかかるんでしょうか？」

「なんで？　なんで、そんなこと、訊くの？」

「…………」

「まさか、お金、ないの？」

「…………」

「分かった。じゃ、離婚しよう」

「え？」

「これ以上、君の負担にはなりたくないよ。だから、離婚しよう」

「私は、もう用済みということですか？」

「そうじゃないよ」大渕秀行は、これ見よがしなため息を吐き出すと、言った。「……もう十分理解していると思うけど、裁判にはとてつもなくお金がかかる。これからだって、いくらかかるか分からない。これ以上は、君には無理だと思うんだ。だから——」

「私を捨てて、他の金蔓(かねづる)と結婚するんですか？」

礼子は、ここでようやく、視線を大渕秀行に合わせた。

大渕秀行が、顔を歪(ゆが)ませてこちらを見ている。が、その瞳(ひとみ)には自分の姿なんか映り込んでいないような気がして、礼子は語気を強めた。

「分かっているんです。私なんかただの金蔓だってことは。あなたに愛されているわけではないって」

「そんなことはないよ」

「嘘です。そもそも、手紙でやりとりしていただけの相手を本気で愛せるわけありません」

「そんなことはないよ。手紙だけでも愛は生まれるもんだよ。そして、愛がなければ、さすがの俺だって結婚なんかしなかったよ」

「でも」

「俺は、そもそも独身主義者だったんだ。両親の惨状を見ているからね。物心付いた頃から、人間の不幸を生み出すのは結婚なんじゃないかって、うすうす感じていた。だから、自分は絶対に結婚なんかするもんか……ってね。彩也子とだって、結婚しようとは一度も考えなかった。あいつがどれだけ懇願してきても俺は結婚だけはしたくないと思っていた」

「……彼女は、結婚を迫ったんですか？」

「ああ、そうだよ。ときには妊娠したなんて嘘までついてさ」

「……妊娠？」

「嘘だよ。嘘に決まっている。本当だとしても、俺の子か分かったもんじゃない。事実、あいつはすでに堕胎の経験があったしね」

「………」

「あいつは、そもそもが尻軽だったんだ。どんな男とだって寝る女なんだ。生まれながらの、淫乱なんだよ」

「………」

「そのくせ、結婚に対しては変に美化した憧れを持っていた。結婚したら郊外の小さな一軒家に住みたいねーとか、子供は女の子と男の子の二人欲しいねーとか、犬も飼いたいねーとか。どこぞの昭和歌謡のようなことをのたまっていた。子供と犬の名前まで勝手に考えてさ」

「ナナとジュンと、モモ？」

「うん、それ。……あれ？　でも、なんで？」

「彼女の裁判で、飼っていた三匹の金魚の名前が出てきて……」

「ああ。金魚すくいでとったやつか。俺が、すくってやったんだよ。小さな出目金、三匹」

「その三匹のことを、まるで自分の子供のように心配していたのが、とても印象的で。

……あの子たちは、今、どうしているだろうか？　元気だろうか？　……って」

「心配もなにも。あいつが、トイレに流したんだぜ？」

「え？」

「あるとき、ちょっとしたことで喧嘩になったことがあってさ。そしたら、あいつ、いきなり金魚鉢ごとトイレに持って行って、そのまま流しやがった」

「…………」

「あいつは、そういうところがあったんだよ。いきなり、火がつく。まるで、瞬間湯沸かし器。火がついたら最後、もう手が付けられない。……あいつはマジで異常だったよ。怖かったよ。ほんと、別れたかった」

「…………」

「なのに、あいつは絶対別れないって言い張った。なにがなんでも結婚するんだって。何度も何度も結婚を迫られたっけ。……ああ、思い出した。金魚をトイレに流したのも、それがきっかけだ。あいつが結婚を迫ってきて、面倒くさいから、ぶっ殺すぞ！　と脅したら、あいつは金魚鉢を抱えて、トイレに駆け込んだんだ。そして、金魚を俺が見ている前で、トイレにじゃーって流したんだ。震えたよ、あんときは。こいつ、マジでヤバいって」

「俺ってさ。こう見えて基本は理性的な男だからね。常識の枠(ボーダー)を越えてはいけないという自覚は常にあった。だから、ぶっ殺すなんて言葉を使ったとしても、それはただの飾りだよ、演出だよ。本心からではない。でも、彩也子は違った。枠(ボーダー)の上で綱渡りをしているような危うさがあった。そして、ふとした瞬間に、あっち側にひょいと行ってしまうんだよ。その一例が、金魚。名前までつけてあんなに可愛がっていたのにさ、あっさりと殺してしまうんだよ。……分かる？　それがあいつの恐ろしいところ。だから、あんな事件も起きた。……何度も言うけど、あの事件は、あいつが主導したんだからね。両親を殺したのは、あいつだからね。俺は巻き込まれただけ。なのに、なんで俺が死刑判決で、あいつが無期懲役なわけ？　とても納得がいかない。……ほんと、このまま死刑にされたら、俺、絶対化けて出るからね。世の中を呪(のろ)って呪って、世界中を地獄にしてやるからね？」

「………」

「一方、あいつは無期懲役。運が良ければ三十年ぐらいで出られるっていうじゃない？　ということは、あいつ、あと十二年もすれば晴れて自由の身ってわけだ。ほんと、はらわたが煮えくり返るよ。……俺、思うんだよね。これって、もしかしたら、あいつが書いた壮大なシナリオなんじゃないかって」

「壮大な……シナリオ？」

「あいつは、両親を恨んでいた。離れたがっていた。両親からの呪縛に苦しんでいたんだよ。でも、どうやったって離れられなかった。共依存というやつだ。だからあいつは最後の手段に出た。……金魚をトイレに流したように、両親も消したんだよ。そして、それをすべて俺に擦り付けた。裁判では、男に洗脳されて男の指示で両親殺しを手伝わされたいかにも可哀想な女子高生を演じていたけどね、あれは、仮面だからね。世間は、ああいう仮面にころりと騙されてしまうけど、俺だって騙されてしまったけど、だからって、その代償が死刑というのは、どうしたって納得できないんだよ！」

「………」

「お願いだよ。俺の無念を晴らしてくれよ。でなければ、俺は、なんのために生まれてきたんだよ？　俺にだって、駄目なところはあるよ。それは認める。でもさ、死刑になるほど駄目な人間じゃないよ。俺にだって、ビジョンがあったんだよ。平凡でいいから、俺なりの幸せな人生を送りたいって。若い頃は多少の無茶はするかもしれないけれど、いつかは落ち着いて、あんなに避けていた結婚なんかもして、そして子供に囲まれて、家族のために身を粉にして働くんだろうな……なんて、ぼんやり想像もしていたんだよ。……なのに、二十一歳でこんなところに閉じこめられて、あとは殺されるのを待つだけの人生を押しつけられた。……とてもじゃないけど、納得できないんだよ！」

大渕秀行の目が真っ赤に充血し、涙がいく筋も流れ落ちる。濡れたまつげが、痛々しい。

礼子の胸も、締め付けられるようだった。鼻の奥がじーんと痛くなり、涙がこみ上げてくる。目の前の男を助けたい。この男を助けられるのは、私だけだ。

「大丈夫です。安心してください。私がいます。私が、あなたをここから助け出します」

「……信じていいの？」

「だって、私はあなたの妻ですから。家族を守り助けるのは、家族の役目ですから」

「……本当に、信じていいの？」

「もちろんです」

「じゃ、弁護士の松川凜子に連絡してくれる？」

「もちろんです。早速、これから会いに行ってきます」

「本当に？　でも、お金、かかるよ？」

「心配はいりません。なんとかします」

+

しかし、礼子の足取りは重かった。

はぁ……。はぁ……。はぁ……。ふぅ……。

知らず知らずのうちに、鈍いため息が立て続けに出てしまう。

たった今、西新宿にある松川凜子の事務所に行ったところだった。テレビ出演があるとかで松川凜子本人は不在で、アシスタントの女性が対応してくれたのだが、これがまた信じられないぐらい慇懃無礼な小娘で、彼女が提示した料金もこれまた信じられない額だった。その額に打ちのめされながらも、小娘の傲慢な態度に屈してはいけないという妙な闘争心から、礼子はその場で契約してしまった。

着手金として、今週末までに二百五十万円振り込まなくてはいけない。

そんなお金なんて、ない。

いや、あったのだ、あの女が現れる前は。

なのに、あの女が……エイコが、それをかすめ取ってしまったのだ。

胸の奥から、吐き気を伴うどろりとした感情がこみ上げてきた。

それは、まぎれもない、殺意。
が、礼子は拳を握りしめて衝動を抑えつけると、とりあえずは新宿駅に向かった。
新宿駅では、しばし、足を止めた。このまま、自宅に戻るか、それとも。
殺気だった往来を眺めながら、礼子は心を決めた。
背に腹は代えられない。
そして、礼子は、中央線のホームに靴を進めた。

一二章　追いつめられて

礼子が、実家の前に到着したのは、午後七時を過ぎた頃だった。

二週間ぶりだったが、ひどく懐かしい気持ちがする。もう、何年も帰っていないような。逃げるように飛び出した家なのに、懐かしくて懐かしくて、喉から声が飛び出してきそうだ。

「ただいま！　帰ったよ！」

小学校に上がったばかりの頃は、そう声を張り上げながら玄関ドアを開けたものだ。今でこそ年季の入った古びたドアだが、当時はぴかぴかの自慢のドアだった。これを見せびらかしたくて、それだけの理由で、わざわざクラスメイトを何人も引き連れて帰宅したこともあった。

「かわいいドアだね！」

友人たちは、口々にそう褒めてくれた。あからさまに羨望の眼差しを向ける子もいた。

「かわいいでしょう？　このドア、私が選んだんだよ」

そう。このドアは、礼子が選んだものだった。

父方の祖父が死に、土地を相続した父がこの地に家を建てようと言い出したのが、礼子が幼稚園児のとき。はじめは引っ越しがいやで頑なに反対した。それまで住んでいた集合住宅には友達もたくさんいたし、その友達と一緒に小学校に上がるのを指折り数えていた。小学校に入ったらあれをしよう、これをしようと、楽しみにしていた。それらを台無しにはしたくない。私は絶対に引っ越さない、ここを出ない、ここで一人で暮らす！　そんな礼子だったが、建築士が持ってきた新しい家の完成予想図に、瞬時で虜になった。なんてかわいい家！　まるで、ドールハウスのよう！　しかも、自分の部屋がこんなに広い！

「礼子ちゃん、玄関ドア、どれがいいと思う？」母が、分厚いカタログをめくりながら、嬉しそうに問う。

「これ、これがいい！」母がめくったページを礼子は指さした。まさにドールハウスにありそうな、アールデコ調の装飾が施されたドア。

「でも、ちょっと乙女チックすぎやしないか？」父はそう言ったが、母は礼子に賛同してくれた。

「いいんじゃない。これにしましょうよ。素敵じゃない」

「言われてみれば、そうだな。これにしよう。礼子の案に決定」

礼子は思う。あの頃は、父も母も優しかった。どんなときでも礼子の意見を尊重し、礼子のことだけを見ていた。

が、この家に越してきて一年ほどが経った頃、まずは母の様子がおかしくなった。いつでも青い顔をして、食べ物を見ては嘔吐き、いらいらと落ち着かない。それまでほとんど怒られたことがなかったのに、一日に何度もヒステリックに怒鳴られた。なんで怒鳴られたのか分からない。だから、なおしようがない。そのうちに、父までよそよそしくなった。母に叱られてめそめそしていると、「もう、子供じゃないんだから、来年にはお姉ちゃんになるんだから、そんなことで泣くな」と叱られた。

お父さんとお母さんが、いつのまにか別人と入れ替わった？

そんなヒーロー特撮番組を見たことがある。地球征服を狙う組織によって本物の父と母は殺され、組織の人間に取って代わられる。

私のお父さんとお母さんも、殺されてしまった？

もしかしたら、お父さんとお母さんだけではなくて、街中の人たちが殺されてしまったんじゃないか。地球を狙う組織によって、体を乗っ取られてしまったんじゃないか。街だけでなくて、学校も乗っ取られてしまったんじゃないか。テレビの中の人たちも。今、自分が見ている人たちは全員、中身は地球征服を狙う何者かなんじゃないか。

そう考え出したら、止まらなくなった。外に出るのが恐ろしくなり、部屋に閉じこもり気味になった。すると、ますます母の機嫌が悪くなる。父の説教もはじまる。

そのたびに、礼子は思った。この人たちはやっぱり本物じゃない。

……本物はどこに行ったの？　お父さん、お母さん、どこに行ったの？

そんなある日。礼子にとっては耐え難い出来事が起きた。見たことも聞いたこともない人間が、いつのまにか家の中心にいる。

そいつはいつでも泣き騒ぎ、お父さんとお母さんの関心を独り占めにした。礼子は思った。今度こそ、本当に、この家が乗っ取られた！

が、世間は、それを礼子の〝弟〟だと言った。

弟？

違う。あんなの弟なんかじゃない。あれは、悪の組織が送りつけた、侵略者だ、エイリアンだ！

事実、あいつがこの家に来てからというもの、お父さんもお母さんも、すっかり変わってしまった。二人とも、まるでこの家には弟しかいないような素振りで、すっかり娘のことを忘れてしまっている。

礼子は思った。もしかしたら、自分は他の人間には見えていないんじゃないか？　地球はとっくの昔に悪の組織に侵略されていて、本物はすっかりいなくなっている。とはいえ、本物は全滅したわけではない。彼らの毒牙から逃れた本物は少なからず存在していて、自分もその少数派の一人だと。でも、本物だと敵に知られたら狙われる。だから、自分の体は、自分を守るために透明になってしまったんじゃないか。防衛本能。そうだ。これは、防衛本能なのだ。敵から身を守るための本能。きっと、他の本物も自身の体を透明にして、敵の目をくらませている。……でも、透明人間同士には分かるのだ。どんなに体を透明にしても、同志であることを、直感で理解する。そしていつか団結し、協力し、この地球を組織から取り戻す！

……そんな妄想に耽っているときだけが、礼子にとって、唯一の、生きているリアルだった。子供なら、多かれ少なかれ、誰にでも経験がある、現実逃避。自分に都合のいい世界を作りだし、その架空の世界に逃げ込む。が、架空の世界はいつしか、風船のようにしぼむものだ。子供時代から決別し、大人という妥協の世界に踏み出したときに。

が、礼子の場合は、その機会はなかなか訪れなかった。透明人間に徹すること、三十数年。家族との間には修復不可能な断絶が広がるばかりだった。ブラックホールのような絶望が日々生まれるばかりだった。もうこれ以上は無理だと思った。だから、礼子は、この家には二度と戻らない決意で一人暮らしをはじめた。逃げるが勝ち。礼子は、その言葉にすがるしかなかった。透明人間を続けていれば、いつしか本物の父と母が復活し、「礼子、ごめんね！　寂しかったでしょう」と、抱き寄せてくれるんじゃないか。そんな淡い希望を持っていたが、三十年以上経って、そんな日は永遠に訪れないことをようやく悟ったのだ。

でも、礼子は、この家に戻ってきてしまった。家を出て、まだ二週間しか経っていないというのに。

我ながら、情けない。きっと、父と母も、あきれた顔で言うのだろう。

「お金は入金した。今更何の用？」

そして、厄介者を見るような視線で娘を見るのだろう。さらには弟も「この穀潰しが」という目で見るのだろう。

それを思うと、礼子の足はすくんだ。やっぱり、だめだ、帰ろう。が、そのとき。

『奥さん、腕の見せ所だよ』

大渕秀行の声が耳の奥に刺さった。

『それとも、離婚する？』

礼子は、かぶりを振った。

離婚なんて、いやです。絶対、あなたを離さない。あなたから離れない。

大渕秀行は、ようやくみつけた同志だ。法廷で彼の姿を初めて見たとき、礼子はこう思った。

「みつけた」

そう、礼子にとって、大渕秀行こそが、ずっとずっと探していた透明人間だった。本物だった。彼もまた、周囲や家族を乗っ取られて、自身を守るために体を透明にするしかなかった「本物」に違いない。

ようやく出会えた、唯一無二の同志。彼と離れたら、もう二度と、同志には巡り合えない。私は、永遠にひとりぼっちだ。偽物が溢(あふ)れる世界で、ひとりぼっちだ。

そうだ。これは、ある意味、戦いなのだ。偽物と本物の戦い。ここで怯(ひる)んだら、自分まで、偽物に取り込まれてしまう。偽物になってしまう。

よし。

足を踏み出したところで、

「あら、礼子ちゃん！」

と、声をかけられた。見ると、街灯の下、見覚えのある顔がぼうっと浮かんでいる。

隣のおばちゃんだ。足下には、チワワ。犬の散歩に出かけるところらしい。

この人が、いつ、ここに越してきたのかはよく覚えていない。が、気がつけば、隣にいた。そして、妙に馴れ馴れしい。礼子にしてみれば、この人もまた、組織が送り込んだ偽物だ。

「ああ、……こんばんは」礼子は、ばつが悪そうに軽く頭を下げた。そしてその場を去ろうとしたが、

「礼子ちゃん、引っ越ししたんじゃなかったの？」と、おばちゃんの声が追いかけてきた。

「ええ、まあ。……ちょっと忘れ物が」しどろもどろで応える、礼子。

「忘れ物？」おばちゃんが、怪訝（けげん）な視線を飛ばしてくる。

「あ、でも、いいんです。特に、急ぎのものではないんで、今、帰るところなんです」

「そうなの？」おばちゃんの視線が、一瞬、宙を彷徨（さまよ）った。

「……ところで、新しい部屋には慣れた？」

「……ええ、まあ」

「大塚ですって？」

「え？」なんで、そんなことまで。身構えていると、

「おたくのお母さんがそう言っていたから」

「そうなんですか」

「ああ、そうそう。ご結婚、おめでとう」

「え？」そんなことまで？　またもや身構えていると、

「弟さん、結婚するんでしょう？」

「え？」

「家を改築して、二世帯住宅にするんだ……って、お母さん、張り切っていたわよ」

「改築……二世帯住宅……」

「だから、礼子ちゃん、家を出たんでしょう？」

「…………」

「あら、違うの？」

「いえ、はい。……そうです」

「ほんと、礼子ちゃんにしてみれば、複雑よね。小さい頃から住んでいた実家なのにね。追い出される形になって」

「いえ、私から、家を出て行ったんです」

「そうなの？　……でも、女って、ほんと、こういうとき損よね。私もね、上の兄が嫁をとるからって、強制的に、家を追い出されたもんよ。そのときで十五歳。学校の寮に入れられたの。そんなことがあったから、今でも実家とは疎遠。盆も正月もずっと帰ってない。だって、帰ったって、兄の嫁が踏ん反り返っているんだもん。私なんか居場所がないわよ」

「……そうですか」

「一方、旦那の実家なんか小姑が幅を利かせていてね。私がいるとあからさまに意地悪するのよ。だから、旦那の実家にもほとんど帰ってない。旦那一人で帰ってもらってる」

「……そうですか」

「今も、うちの旦那、実家に戻っているのよ。マザコンだから、うちの人。家を改築するからって、いろいろと手伝わされているの。ご苦労なことよ」

「……そうですか」

「礼子ちゃんとこも、今頃、家族でどんな家にしようか……って、設計図を広げているところじゃないかしら。昼間、建築士さんがいらしてたみたいだから」

「え？」

「だから、二世帯住宅にするための家族会議。弟さんの婚約者も、さっき訪ねてきたみたいだから、今、全員が揃っているわよ。……礼子ちゃんだって、本当は、そのために帰ってきたんでしょう？」

「……ええ、まあ」

「偉いわね。私にはできない。……ほんと、礼子ちゃんは偉い」

「……………」

「弟さんのお嫁さんになる人、とっても素敵で綺麗な人だったわよ。清楚系女子って感じで。なんでも、大学の後輩なんですって。ということは、T大ってことよね？　すごいわー、頭がいいだけじゃなくて、容姿も端麗なんだもの。いい人を見つけたわよ、弟さん」

「……………」

「それに、いまどき、旦那さんの実家で両親と暮らしてくれるっていうんだから、できた人よ。ほんと、いい人を見つけたわよねー」

「……………」

「礼子ちゃんも、早くいい人を見つけないとね」

「……………」

「ああ、ごめんなさいね、引き止めて。さあ、お家にお入りなさいよ。きっと、みんなお待ちよ。さあ」

礼子は、大きく息を飲み込むと、インターホンのボタンに指を添えた。そして、力を込める。が、反応はない。

「ただいま……」

玄関ドアをそっと開けると、小さくてセンスのいいグレージュのパンプスが、ちょこんと置いてあるのが見えた。

礼子は、自身の足元を見た。24・5のスニーカー。馬鹿の大足と、弟によく揶揄（からか）われた。そして、ふと、青田彩也子の足元も思い出された。それは法廷で見た、彼女の小さなつっかけだった。まるで纏足（てんそく）でもしているような儚（はかな）く弱く小さな足で、自身の足の大きさが恥ずかしくなった。

続けて、「大渕秀行は、こういう足の小さな女が好きなのだろうか？」とも思った。

その瞬間だった。心の中に、なにやら訳のわからないちりちりとした感情が駆け巡った。

そのときのちりちりとした感情が、今、まざまざと蘇（よみがえ）っている。このパンプスは、青田彩也子のものではない。分かっている。でも、どうしても、青田彩也子の小さな足とダブってしまう。

やっぱり、無理だ。帰ろう。そう踵を返したとき、

「え？　もしかして、お義姉さんですか？」

と、声をかけられた。

見ると、小柄な女性が紺色のフレアスカートを翻して、こちらに向かってくる。

青田彩也子？

体が硬直する。

まさか。青田彩也子が、こんなところにいるはずがない。そう言い聞かせ、体の硬直をほどくと、

「……こんばんは」と、礼子はとりあえず、挨拶の言葉を口にした。

「はじめまして。私、…………と申します」

え？　なんて言ったの？　聞き取れない。が、聞き返すのもなにやら失礼だと思って、黙っていると、

「さあさあ、お義姉さん！　上がってください！」と、フレアスカートを翻しながら、そのナントカさんが近寄ってきた。

「今、ローストビーフを切り分けていたところなんです。みんなでいただきましょう」

「……ローストビーフ？」

「お義父さんが作ってくれたんですって。最高級のお肉を使って、昨日から仕込んでいたんですって」

「……そう。あの父が。珍しい」

「お寿司も届いたばかりなんです。チーズケーキもあります。私が焼いたんです。お口に合うかどうか分かりませんが」

「……あなたが、作ったの？」

「はい。お菓子作りが趣味なんです。本当はパティシエになりたかったんです」

「……そう。女子力がすごいね」

つい、嫌味が出る。

「女子力？　本当ですか？　そう言ってもらえると、嬉しいです！」

返しも、さすがだ。

お菓子作りが趣味のT大卒。容姿も端麗。性格も良好で、リアクション力もある。いかにも、世間が好みそうな、ソツのない満点女。出来過ぎだ。

きっと、この人も〝偽物〟に違いない。いつか、化けの皮を剝がしてやる。

「お義姉さんが、お帰りですよ！」

リビングのドアを開けたとたん、場が一気に凍りついたことを、礼子は見逃さなかった。

テーブルには、なにかの生贄のような、巨大な肉の塊。父が作ったというローストビーフだろうか。……でも、全然美味しそうじゃない。というか、グロテスクだ。なのに、家族はそれを囲み、舌なめずりしながら、おのおのナイフを入れている。

「あら、礼子」まずは、母親がぎこちなく反応してみせた。

「礼子、どうした」次に、父親がしらじらしい様子で声をかけてきた。

「…………」そして、弟は、一瞥しただけで、あからさまに体の向きを変えた。

これがお笑い番組なら、「お呼びでない？　こりゃまた失礼いたしました！」と、ボケるところだが、さすがにそんなおとぼけが通用するような場面ではなかった。

長居は無用だ。用件をさっさと済ませて、一刻も早く退散しよう。

「お金を振り込んでください」

礼子は、前置きもなし、単刀直入に言った。

「え？」母が、顔を顰める。その顔は、もう振り込んだわよ？　と言わんばかりだ。

「その話は、あとで」次に父が、面倒を避けるかのように、視線を逸らした。

「…………」弟は相変わらず、無視を決め込んでいる。

その横では、弟の婚約者が、必死に笑顔を取り繕っている。

「いえ、今、話をつけたいんです。とりあえず、二百五十万円、……いいえ三百万円、振り込んでください！」礼子は、恫喝するように言った。

「三百万円……！」

そう小さく叫んだのは、弟の婚約者だった。それまでの清楚なお嬢様風の顔が、途端に意地悪な嫁の顔になる。

「……やめろよ、姉さん」そう言ったのは、弟。が、相変わらず、その体はこちらに向いていない。その様は、まるで汚いゴキブリと対峙したときのようだ。

「やめないわよ。そもそも、私にはその権利がある」

「権利？」

「そう。お父さんとお母さんの遺産を相続する権利。それを生前贈与してもらう代わりに、縁を切ってやるって言ってんのよ」

「何言ってんだよ。手切れ金だったら、もう振り込んでもらっただろう？」

「あれじゃ、足りない、全然、足りない」

「なんで足りないんだよ？　足りないんなら、自分で働けよ」

「働いたって、足りないんだから、仕方ないじゃない！　いい？　裁判てね、お金がかかるものなのよ。とてつもなく、お金がかかるのよ！」

「……あの、横からすみません。裁判って？」弟の婚約者が、もう我慢できないとばかりに、口を挟んできた。「裁判って、なんですか？　手切れ金って？」

「あら、あなた、なんにも聞かされてないの？」礼子は、吐き捨てるように言った。

「……なにを？」

婚約者の顔には、もう、先ほどまでの清楚な表情は微塵(みじん)もなかった。

ほら、ご覧なさいよ。これがこの女の正体よ。やっぱり猫をかぶっていたのよ。〝偽物〟だったのよ。この偽物を、もっともっと驚かせてやる。

「私はね、大渕秀行の妻なの」礼子は、誇らしげに小鼻を蠢(うごめ)かせた。

「……おおぶち？　誰ですか？　それ」

が、女は、特に驚く様子もなく、きょとんとしている。

「っていうか。結婚されていたんですね。なんだ、知りませんでした！　ああ、そうか。もしかして、離婚裁判中とか？　それで、お金が必要なんですね。そうですよね、裁判って、お金かかりますからね」

「離婚？　違うわよ！」

「じゃ、なんで、お金が必要なんですか？　言っておきますが、お義姉さんはもうこの家を出て独立なさっているんですから、お金の工面はご自分でなさったほうがいいと思います。それでなくても、もう生前贈与は受けているって話じゃないですか。これ以上無心するのは、いくらなんでも虫がよすぎませんか？」

「……は？」

「だって、お義姉さんは結婚してこの家を出た身なんですから」

「……は？」

「ご安心ください。この家は、嫁の私が守ります。私が子供を産んで、お義父さんとお義母さんの面倒もみるつもりです。その覚悟で私はこの家に入るんです。でも、お義姉さんは違いますよね？　子供も作らず、両親の面倒もみないおつもりですよね？　なのに、お金だけは無心する。それって、人としてどうなんですか？」

言いながら、女はスマートフォンを取り出すと、なにやら検索をはじめた。しばらく指を画面に滑らせていたが、その指が、ふと止まった。

「まさか。おおぶちって……死刑囚の大渕秀行のこと？」

スマートフォンの画面を見る女の顔が、みるみる歪んでいく。

「まさか、お義姉さん、死刑囚と獄中結婚を？」女の顔が、詐欺被害にあった人のように、強張る。「……そんな話、聞いてない」

「いや、違うんだよ、そうじゃなくて……」まずは、弟が慌てた。

「礼子はちょっと騙されて結婚してしまっただけで、すぐに離婚させるつもりなの」次に、母が言い繕った。

「うん、そうだ、礼子は今、ちょっと精神が不安定で、だから、男に騙されてしまったんだ。でも、近いうちに離婚させるつもりだ。だから、気を悪くしないで欲しい」父も、縋るように、言い訳の言葉を並べた。

「無理です」が、女はすでに帰り支度をはじめていた。そして、きっぱりと言い放った。

「死刑囚と婚姻関係にある親族がいる家庭に、嫁ぐわけにはいきません」

「いや、だから、待ってくれよ。姉は、ちょっと頭がどうかしちゃったんだ」弟が、なおも食いさがる。

「そうなのよ、礼子はちょっと変なのよ。病院に連れて行こうと思っていたところなの。だから、結婚をやめるなんて言わないでちょうだい」母も、なおも懇願する。

「礼子のことはなんとかするから、明日にでも入院させて、離婚もさせるから、今日のところは——」父も、みっともなく追い縋る。

……なにやってんだろう、この人たちは。

礼子は、ローストビーフを囲みながら右往左往する家族を、観客のように眺めた。

偽物たちが、茶番を演じている。偽物のくせに、私のことを変だの頭がおかしいだの言いたい放題。挙句、入院させるって？

やっぱり、こいつらは、世界侵略を狙う組織が送り込んだ、何者かなんだ。

私が本物だということに気がついて、消そうとしている。

そのテーブルのローストビーフだって、本当は、どこかの本物さんなんじゃないの？

そうよ。その肉の塊、よくよく見れば、人間の胴体だ。

そうか、そうやってあなたたちは本物を見つけ出しては、殺して、丸焼きにして、食べてきたのね。

そして、私も食べるつもりなのね。

そんなことはさせない。

消される前に、私が消してやる。

そして礼子は、テーブルの上に置かれたナイフに手を伸ばした。

礼子が握りしめたナイフは、まずは弟の首をかすめた。

噴水のように飛び出す血。たちまち部屋は、鉄の臭(にお)いで覆われる。

……ああ、これって。なんだっけ、この臭い。……ああ、そうだ。あの臭いだ。生理のときのあの臭い。弟が毛嫌いしていたあの臭い。「臭えんだよ」と、弟は、私が生理になるとあからさまにそんなことを口にしていた。そして、「こんな臭いトイレは使いたくない」と、自分専用のトイレを作らせた。最新式の洗浄便座がついたトイレ。……あのトイレ。結局は、私を除く家族全員が使用することになる。……私だけが、もともとこの家にあった古いトイレを使って。お母さんまでもが、こんなことを言いだした。

「礼子の生理は、ちょっと異常ね。私だって、あんなにはならない。毎回、下着は汚すし、シーツも汚すし。……それに、確かに、結構臭うわ」

なんなの？　同じ女性だというのに、どうしてそんなことを言うの？　それでなくても生理の度に、痛みと体調不良でのたうち回っているのに、その上、家族みんなに「臭い、臭い」って。

やっぱり、こいつらは、偽物なんだ。

礼子はナイフを握りなおすと、それを滅茶苦茶に振り回した。今度は、母親の顔をかすめたようだ。

「ひぃぃぃぃぃぃ」

急ブレーキをかけた貨物列車のような悲鳴が、部屋中にこだまする。

礼子は、その悲鳴をふさぐように、母親の口にナイフを滑らせた。

おもしろいように、口が裂けていく。皮膚って、こんなに簡単に裂けるものなのね。

やだ、お母さん、まるで口裂け女じゃない。……そうか。あんたの正体はこれなのね。

やっぱり、偽物だったんだね。母親の皮をかぶった、化け物だったんだね！

「礼子、やめろ！」

後ろで、父親の声がする。が、それは震えていて、弱腰で、なんの制止力もない。

「お願いだ、やめてくれ、やめてくれ……！」

本当のお父さんなら、こんなにびびらないわ。私の本当のお父さんなら、父親らしく威厳をもって、私を止めるはずよ。なのに、なんなの、このザマは？　いやだ。……ちょっと、なによ。おもらし？　みっともない。こんなところでおもらしなんて。本当の私のお父さんなら、こんな恥は晒さないわよ。

私、お父さんのこと、大好きだったのよ。小さい頃は、お父さんと結婚する！　ってよく言っていた。それは、嘘じゃなかった。本当にお父さんのことが大好きだった。優しいお父さん、強いお父さん、ちょっと怖いお父さん。……でも、そのお父さんは今はもういない。今、目の前で腰を抜かしておもらししているのは、偽物のお父さん。……ね、本物のお父さんはどこに行ったの？　ね、お父さんを返して、お父さんを！

「礼子、礼子、礼子！」

私の名前を気安く呼ばないで！

「礼子、礼子、礼子！」

だから、そんな情けない目で私を見ないで！　この偽物が！

そして礼子は、ナイフを父親の右目に突き刺した。

……さあ、これで、偽物は全員、やっつけたわ。

やったわ、私、やったのよ！　正義は勝つのよ！

……あ。

もう一人、いた。

ソファの隅で、がたがたと震えている、ナントカっていう名前の女。弟の婚約者だという、いけすかない女。

「お義姉（ねえ）さん、……やめてください……お願いです……私は、なんの関係もありません……内緒にします、このことは誰にも言いません……だから……」

うるせーんだよ、このバカ女が！

おまえだって、偽物のくせに、偽物のくせに、偽物のくせ――

鼻を突く悪臭に、礼子は、はっと我に返った。

むせかえるような、血の臭い。腐りかけた生レバーと錆(さ)びかけた鉄を同じ密閉容器に入れて、それを数日放置したあと、ふいに蓋(ふた)を開けたときのような強烈な悪臭。

……そう表現したのは、弟だった。礼子が捨てた使用済みナプキンを、弟がサニタリーボックスの中に見つけたときだ。

「最低最悪の悪臭だった。あれがいまだにトラウマだ」と、弟はことあるごとに被害者面をしていたが、こちらのほうが、よほどトラウマだ。使用済みナプキンを見られた上に、それを臭いだのトラウマだの散々罵(ののし)られたのだ。

罵られる度に、小さな殺意がつもっていった。このままでは、いつか弟を殺してしまうかもしれない。……いや、殺してしまった？

礼子は、その悪臭がすぐそこからしていることに、気がついた。

なんだか様子が変だ。体中が鈍い痛さに覆われている。そして、右手が、なにかなま温かい。それが何かを確かめたいが、視界が暗く、ひどく狭い。

礼子は、恐る恐る右手を視界の中に入れてみた。

血。

……血だ。

なんで？　私、やっぱり――

そのとき、けたたましい連続音が襲いかかってきた。目覚まし時計のアラーム？

と、同時に、視界が、突然、開けた。

「あ、私――」

礼子は、その瞬間、すべてを理解した。

ゆっくりとブランケットを剝（は）がすと、案の定、シーツは真っ赤に染まっている。

生理が、来た。

汚れたパジャマと下着とシーツを洗いながら、礼子は、ぼんやりと、昨日のことを思い出していた。

結局は、実家を訪ねることはなかった。その前まで行ったが、隣のおばちゃんに会ったところで、その足は止まった。

おばちゃんは言った。

「今、弟さんの婚約者が見えているわよ」

そう言われたとき、もう自分は、あの家にいてはいけない人間なのだと、理解したのだ。

「今の家を一度取り壊して、二世帯住宅に建て直すんですってね」

聞いてない。そんなこと、ひとつも聞いてない。……ああ、やっぱり、自分はもうこの家の人間だと思われてないんだ。

「だから、礼子ちゃん、家を出たんでしょう？」おばちゃんが、あからさまに同情の視線を飛ばしてくる。「礼子ちゃんも、いい人をみつけな――」

しかし、礼子は、その言葉の途中で、駆けだした。

おばちゃんが連れているチワワが、「もう来るな」とばかりに、吠えている。「もう、この家には戻らない方がいい」という忠告にも聞こえる。

礼子は、その忠告に従うように、走った。走って、走って、走って……。

それから、どうやって、この部屋に戻ってきたのかは、よく覚えていない。

「ああ、そうか。私、お酒を……」

どのぐらい走っただろうか。小さな看板が目に入った。それは、なんとかバルと書かれた看板で、それを見たとき、ひどい喉の渇きを覚えた。焼け付くようだった。とにかく、何か、飲みたい。そして、店内に貼られたメニューを、片っ端から注文して。

最後、お会計のときに、一万円だか、二万円だかを請求されたところで、記憶が途絶えている。

「ああ、私ったら。……なんてことを」

洗濯を中断すると、慌てて、カバンの中を探る。そして財布を引っ張り出すと、中身を確認。案の定、そこには、もうお札は一枚もなかった。

あるのは、くしゃっとまるめられた、レシート。剝がしてみると、小銭が出てきた。レシートはどこぞのタクシーのもので、一万九千五百三十円という数字が見える。たぶん、私は、最後の二万円を支払い、そのお釣りをレシートごと、財布にぶち込んだのだろう。

「ああ、私ったら。……なんてことを」

これが、最後のお金だったのに。それを、訳の分からないうちに、使い果たしてしまった!

「ああ、私ったら。……なんてことを」

お金を無心しにいったというのに、逆にお金を使い果たしてしまうなんて!

「ああ、私ったら。ああ、私ったら。ああ、私ったら。ああ——」

万事休すとは、まさにこのことだ。これじゃ、法律事務所に支払うお金どころか、当面の生活費もない。先日仕上げたイラストの代金が振り込まれるのは、二ヶ月先。

もう一度、実家に行って、頭を下げようか？

だめだ。今度こそ、殺してしまいそうだ。先ほどの夢のように、皆殺しにしてしまいそうだ。

……いっそのこと、殺してしまおうか？

そうだ。あの家には、なんだかんだと、現金がある。節約家の母が、へそくりを隠しているのを知っている。父も父で、へそくりを隠し持っている。弟だって。……いや、手っ取り早く、彼らの財布から、カードを抜き取ればいい。暗証番号なら、見当がつく。あるいは、通帳とハンコを持ち出せばいい。

でも、後始末は？　死体はどうする？　そのままにしておいたら、すぐに足がつく。私はあっというまに、捕まる。それじゃ、元も子もない。大渕の再審請求どころか、私自身が裁判にかけられて、死刑を宣告されてしまう。それは、だめ。絶対、だめ。……じゃ、どうする？　どうやって、お金を？

……そうか。死体は、始末すればいいのよ。バラバラにして、刻んで刻んで刻んで……。

……死体の解体は、それほど難しいことじゃないって、なにかの本で読んだ。素人でもできるって。女一人でもできるって。実際に、女性一人で死体をバラバラにした事件があったはずだ。……でも、その事件は、すぐに犯人が特定されて逮捕されている。

やりかたがよくなかったのよ。もっともっと細かくバラバラにしないと。刻んで刻んで、刻みまくらないと。

刻んだあとは、トイレに流すのよ。あるいは生ゴミに混ぜて少しずつ捨てるか。いずれにしても、証拠をなくせば、事件は発覚しない。……でも、頭部は？　頭部を粉々にするのは、難しいって聞いた。だから、バラバラ殺人が発覚しても、頭部だけそのまま見つかることが多いって。……じゃ、頭部はコンクリートかなにかで固めて。海か山に捨てればいいんじゃない？　そういえば、近くにマンションの工事現場がある。まだ更地だから、そこに埋めてしまえば——。

「私ったら、なんてことを」

我ながらぞっとするような考えに、礼子は、身震いしながら視線を上げた。鏡に映し出されているのは、見たことがないような、恐ろしい顔。……まるで、鬼婆のメイクをしたかのような隈（くま）が、顔中を覆っている。

「……ああ、私ったら、なんてことを！」

頭を激しく振りながら、礼子は思った。

人間って、追いつめられたら、なんでもするんだ。……鬼にもなるんだ。

昔、パチンコをする金欲しさに、祖母を殺して数千円を奪った男の事件の裁判を傍聴したことがある。たった数千円のために、なぜ？　と、そのときは思った。でも、するのだ。

今なら、分かる。

追いつめられたら、人間は、目の前のことしか考えられなくなる。それをすることでどれほどのものを失うかなんて、考える余裕がなくなるのだ。欲望の命じるまま、恐怖に駆られるまま、いとも簡単に残酷で愚かな行為に走るのが、人間という生き物なのだ。

きっと、大渕秀行と青田彩也子もまた、そんな心境に陥ったのだろう。

追いつめられて、追いつめられて。そして、あんな事件を起こしたのか。

では、いったい、二人はなにに追いつめられていたのだろう？　二人を、あのような凶行にいたらしめた、理由とは……？

簡単だ。それは、金だ。裁判でも、「金」のことは散々、語られてきた。

二人は、金に困っていた。だから、金を無心しに、彩也子の実家に行ったに違いない。

そう。昨日の私のように。

私の場合は、幸い、その寸前で踵を返すことができた。あのまま玄関ドアを開けていたら、どうなっていたか。

……間違いなく、先ほどまで見ていた夢のようなことになっていたことだろう。今だって、家族を殺して金を奪う計画に、半ばうっとりした心境で浸っていたではないか。

ああ。

ああああああ！

それから、礼子は、激しい罪悪感ときつい生理痛で、動けずにいた。洗濯も途中で放りだした格好で、床の上で、海老（えび）のように固まっていた。

どのぐらい、そうしていただろうか。

ふと気がつくと、スマートフォンの着信音が鳴っていた。

軟体動物のように体を床に這（は）わせながら、玄関先のカバンを目指す。スマートフォンを引きずり出すと、見知らぬ番号が表示されていた。

そのまま無視してもよかったが、なにか虫の知らせがして、礼子は表示画面をタップした。すると、男の声がした。

「あ、もしもし。轟（とどろき）書房の橋本と申します」

「……とどろき？」一瞬、なにを言われているのか分からなかったが、男の声には聞き覚えがあった。癇（かん）に障る早口。こちらが話し終わらないうちに、次々と言葉をかぶせてくるような、無神経な話し方。

「ああ、轟書房の——」

「はい、そうです、橋本です。先日は、インタビュー、ありがとうございました」

「……いえ」

「遅れましたが、昨日、謝礼金を振り込みましたので、ご確認ください」

「謝礼金?」ああ、そういえば、インタビューのとき、振込口座を聞かれたっけ。

「はい。インタビューのお礼です。些少ですが十万円ほど、振り込ませていただきました」

「十万円……」そんなに?

「あ、すみません。少なかったでしょうか?」

「……いえ」

「よかった。……つきましては、領収書をいただきたく」

「領収書?」

「実は、そのお金、僕のポケットマネーから出したんですよ」

「ポケットマネー?」

「あ、でも、稟議が下りましたので、取材費として計上することができました。なので、領収書をいただければ……と思いまして」

「……振り込んだのはいつですか?」

「ですから、昨日です」

昨日？　ということは、エイコにお金を引き出されたあとだ。

「あ、分かりました」礼子は、声を弾ませた。「入金を確認しましたら、すぐにでも」

「助かります」

「いえ、こちらこそ」ああ、助かった。十万円あれば、当面はしのげる。

「……ところで、あなたは、大渕秀行と獄中結婚をされたんですよね？」

「ええ、まあ」

「厚かましいお願いなんですが、もう一度、インタビューをお願いできないでしょうか？」

「え？」

「どういう経緯で、獄中結婚をするに至ったのか。そして、今、どういう心境なのか」

「……経緯？　……心境？」

「できれば、現在の大渕秀行の様子も、お聞かせいただきたいと」

「……大渕の、様子？」

「再審請求をするんですよね？」

「ええ、まあ」

「再審請求をするぐらいですから、なにかしらの勝算はあるんじゃないかと、思いまして」

「……勝算」

「勝算がなければ、再審請求なんてしませんよね？」

「ええ、そうです。大渕秀行は、無罪です。彼は、事件に巻き込まれただけです。むしろ、被害者です」

「それを証明するような、有力な証拠があるとか？」

「……証拠？」

「ええ、そうです。証拠です」

厚かましいと自分で言っていたが、本当に厚かましい男だ。電話で、重大な証言を得ようとしている。きっと、領収書が欲しいなどというのは口実だろう。大渕秀行の現状と心情を探るのが真の目的なのだ。

「電話では、お話しできませ――」

「なら、会ってくださいますか？　そして」男は、かぶせ気味に、言葉を放った。

「二百五十万円、いただけるなら」だから、礼子も、かぶせ気味に応えた。

自分でも驚いた。二百五十万円。こんな途方もない額が、咄嗟にでるなんて。……二百五十万円。これはまさに、来週までに法律事務所に支払わなくてはならない、着手金だ。

それを、一度しか会ったことがないような男に、請求している。我ながら、なんて大胆な。これじゃ、身代金を要求する誘拐犯のようなものだ。

心臓がばくばくいっている。

一方、電話の向こう側からは、男の荒い息づかい。

重苦しい、沈黙。耐えられない。

ああ、うそです。冗談です。そう言おうとしたとき、

「分かりました。二百五十万円、お支払いいたします。……インタビューを受けてくださるのなら」

うそでしょう？　二百五十万円よ？　いいの？　そんな大金？

「その代わり、お約束してください。これは、我々の独占ということで」

「え？」

「他社からインタビューの要請があっても、断ってください。そうお約束いただければ、お支払いします。二百五十万円」

「……はい。分かりました。でも」他社からのインタビューなんて、そんな話がくるとも思えない。

「確認ですが、もしかして、他社から、もうなにかコンタクトが？」

「え？　……いいえ」

「よかった。うちが一番乗りだ」

「………？」

「たぶん、これから先、あなたにじゃんじゃん電話がきますよ。いろんなメディアから」

「……………？」

「なにしろ、大渕秀行が、獄中から手紙を送っていますからね、各マスコミに。再審請求をする旨と、その窓口としてあなたの携帯番号が記されています。うちにも、届きましてね。それで、慌てて、ご連絡したということです」

「大渕から？」

「はい。弁護士の松川凜子を通じて、各マスコミに送られたんです」

「え？」松川凜子弁護士から？　でも、まだ、着手金は……。そうか。つまり、もう、キャンセルはできないということなのか。あるいは、着手金をとっとと支払えという圧力なのかもしれない。自分はもう、大渕秀行のために働きはじめている。あとには引かせない……と。

「しかし、あの男は、つくづく劇場型ですよね。目立とう根性がすさまじい。……彼が役者志望だったことは、ご存じで？」

「………」

「もちろん、ご存じですよね。なにしろ、あなたは、あの男の妻なんですから」

「………」

「ああ、すみません。話が逸れました。では、早速、明日、お時間、頂けますか？」

「明日？」

「二百五十万円は、必ず振り込みますので」

そんなことを言われたら、断れるはずもない。

「はい、分かりました。……明日の、何時？　場所は？」

「明日の、午後三時はいかがですか？　場所は……赤い屋根の家で」

「赤い屋根の家？　もしかして？」

「はい、そうです。事件現場です」

「………」

「お嫌ですか？」

「いえ。というか。……なぜ、そこで？」

「まあ、いってみれば、これも企画の内でして。事件現場で、事件について語る。……いやいや、趣味のいい企画ではないことは重々承知です。が、読者は、そういうのを好むんですよ。不謹慎だ、悪趣味だといいながら、そういう記事ほど、よく売れるんですよ」

「……………」

「ぜひ、赤い屋根の家で」

「でも。……入れるんですか？」

「はい。それは大丈夫です。あの家を管理している人に、もう了承を得ています」

「……………」

「あの家の前で、明日の午後三時、お待ちしていますので」

「……………」

「二百五十万円は、今すぐにでも、振り込みますので」

男は、〝二百五十万円〟という部分を、いやったらしく強調した。

先に、それを要求したのはこちらだ。が、気がつけば、先方の切り札にされてしまっている。ああ、やっぱり、海千山千のマスコミ人には太刀打ちできない。

礼子は、観念しましたとばかりに、質問を繰り出した。

「……あの。彼女も来ますか？」

「彼女？」

「……えっと。電話でインタビューしてきた女の人」

「ああ、もちろん。連れていきますよ。なにしろ、この企画は、彼女なしでは考えられませんから」

彼女なしでは……考えられない？　やっぱり、あの女は、青田彩也子！

スマートフォンを握りなおすと、礼子は、舌の奥に力を込めた。

「その女の人、なんで、この企画を？」

「ああ。……それは、企業秘密なもので」

「企業秘密？」

「なんていうのは、大袈裟かな。彼女、実は、駆け出しの小説家でしてね。デビューしたはいいが、そのあとは鳴かず飛ばず。それで、心機一転、実際の事件を元にした小説に挑戦しているところなんですよ」

「じゃ、なんで、この事件を？　事件なら、他にも色々とあるでしょう？」

「いや、実は。……この企画は彼女の持ち込みなんですよ」

「彼女からの……持ち込み？」

「なんでも、この事件に〝縁〟を感じるとか」

「縁？」

「彼女、青田彩也子と同い年なんですって」

「…………」

「しかも、誰かに言われたことがあるんだそうです。あなた、青田彩也子に似ているね……って。それで、事件当時の青田彩也子の写真を取り寄せてみたら、確かに、似ていると。……それで、興味を持ったみたいですよ」

男は、早口でまくし立てた。それは、なにか嘘をごまかすための言い訳のようにも聞こえた。

「あの、小耳に挟んだんですけど」礼子は、乾いた唇を舐めた。「……青田彩也子って――」

「え？　なんです？　お声がよく聞こえないんですが？」

「青田彩也子って――」出所しているんですよね？　その小説家こそが、青田彩也子なんですよね？

が、礼子の言葉は、キャッチホンのブザーによってかき消された。

「ああ、キャッチが入りましたね。たぶん、他のメディアからですよ。……ぜひ、お断りくださいね。お願いしますよ」

一三章　坂の上の赤い屋根

橋本が言った通り、あれから、電話がひっきりなしだった。その対応に、昨日一日が潰れた。

今日も、一時間おきに、見知らぬ番号から着信がある。

たった今も、なんとかっていうウェブ新聞から、電話があったところだ。

「なにもお答えできません」

と、定型通りに応えると、礼子は電話を切った。そして、スマートフォンの電源を切る。

礼子は、M谷駅の改札を出たところだった。

この駅に降りるのは、初めてだ。

丸ノ内線内の一等地にあるメトロの駅だが、ランドマークがあるわけでも、大きな商業施設があるわけでもなく、よほどの用事がなければ降りる機会はほとんどない駅だ。だから、知名度も低い。

が、駅前はそこそこの人出だった。午後三時前という時間のせいか、ほとんどが、制服に身を包んだ幼い児童たち。どの子も行儀がよく、どこぞの有名小学校が近くにあるのかもしれない。

「ああ、もしかして、青田彩也子が落ちたという小学校？」

スマートフォンで確認してみようと思ったが、電源を切ったばかりだ。電源を入れたら、また、面倒な電話につかまるだけだろう。断念すると、礼子は、歩を進めた。

赤い屋根の家までの経路は、頭に叩き込んである。ネットの地図で、繰り返し繰り返し、辿ったた。はじめて辿ったのは、大渕秀行の裁判を傍聴したときだ。その前日、事件のあらましを予習しようと、事件現場をネットで検索してみたのだ。それからも、ことあるごとに、赤い屋根の家までの地図を辿っている。地図の上だけで、この街の移り変わりも目撃してきた。小さな住宅が潰され、再開発が行われ、タワーマンションが建ち……。都市部の街にありがちな、変遷だ。

が、それは駅前だけで、一歩道を逸れると、大きな開発は行われていない。大きめの家が小ぶりなマンションに建て替わったぐらいの、変化だ。

駅前エリアを除いて、この街のほとんどが低層住居専用地域だ。たぶん、それが影響しているのだろう。小さめなマンションですら、建てようとすると大規模な反対運動が起こるような土地柄。よそ者を、安易に寄せ付けない頑なさがある。都市部にしては珍しく、土着性が高いのだ。

だからなのかもしれない。赤い屋根の家は、この十八年間、取り壊されることもなく、同じ形でずっとその場所にとどまっているようだった。最新のストリートビューでも確認してみたが、相変わらず、事件当時の姿で、鎮座していた。

まさか、本当に、この土地に来ることになろうとは。

礼子は、小さく肩を震わせた。

地図上では何百回、何千回と行き来した街なのに、実際に足を踏み入れる気にはなかなかなれなかった。行こうと思えば、いつでも行けたのに。……なぜだか、体が拒絶するのだ。いや、こちらが街に拒絶されていたのかもしれない。

いずれにしても。一生、来ることはないだろうと思っていたこの街に、礼子はとうとう、足を踏み入れてしまった。

もう、後戻りはできない。

礼子は、交差点で足を止めた。

あの向こう側。あの向こう側の坂の上に、赤い屋根の家がある。

礼子は、きゅっと、汗ばんだ手でカバンの持ち手を握りしめた。

＋

地図では分からなかったが、実際の坂は、結構な勾配（こうばい）だった。そして、長い。

はぁはぁ息を切らしながら歩を進めていると、坂の上に人影が見えた。

ゆらゆらと、手を振っている。

青田彩也子？

そう思った途端、誰かに足首を摑（つか）まれたように、足が固まった。そして、「逃げろ」という声が聞こえてきた。

その声に従おうと足に力を入れたとたん、礼子はその場で転倒した。

「大丈夫ですか？」

女が駆け寄ってくる。

来ないで。大丈夫だから。私、ちゃんと一人で起きられるから。

「大丈夫ですか？」

女の白い手が伸びてくる。

だから、大丈夫だって言っているじゃないの！　要らぬお節介は迷惑なだけよ！

心の中でそう拒絶しながらも、礼子は、「ありがとうございます……」と、その手を取った。我ながら、バツが悪い。

よろよろと立ち上がると、ふいに、いい匂いがした。甘くてちょっと官能的な匂い。

香水？

そうだ、香水だ。……しかも、男を誘うときの香水だ。

見ると、女があざとい笑みを浮かべている。

はっ。なによ。仕事だっていうのに、その香水は？　非常識すぎる。いったい、なんのために？

……まさか。この女、私と張り合うために？　大渕秀行の妻である私と。

女が、その通りだとばかりに、目を瞬かせた。そして、

「この坂、石畳なのはいいけど、ところどころ石が欠けているんですよね、昔から。ほんと、危ないんです」

昔から？　……ああ、やっぱり、この人は、青田彩也子。

「本当に、大丈夫ですか？　お怪我、してませんか？」

「はい、大丈夫です。ちょっと、すりむいただけですから」

「あ、ストッキング」

女の視線が、礼子の右膝で止まった。「ストッキング、伝線しちゃってますね」

本当だ。一足千円もする、勝負ストッキング。……って、いったい誰と勝負しようというのだろう。青田彩也子と？ だとしたら、これほど惨めなことはない。だって、勝負する前に伝線し、しかも、それを敵に同情されている。

「ストッキングの替え、ありますよ？ 穿き替えられますか？」

「え？」

「私も、よくストッキングを伝線させちゃうんです。だから、替えを必ず用意しているんです」

なんともまあ、女子力の高い。

「私も、替え、ありますんで」礼子は、口から出まかせでそんなことを言った。「だから、大丈夫です。本当に大丈夫です」

「そうですか……？ でも、血も出てますよ？ 絆創膏、ありますよ？」

ああ、本当に面倒くさい女だ。こういう女は、拒否すればするほど、粘つくように絡んでくる。礼子は観念したかのように、

「……ありがとうございます。絆創膏、いただけますか？」

「もちろん！」女は満面の笑みで大げさに頷いた。……勝ち誇ったように。

「じゃ、とりあえず、家に入りましょうか？　ここでは、なんですので」

「家？」

「はい。あの赤い屋根の家に」

「でも」

「……やっぱり、お嫌ですか？」

「っていうか」

「場所を変えますか？」

「はい、そうしてください」と返事をすればいいものを、それはそれで、なにか悔しい。……いったいなんに対して悔しいのかはよく分からないが、とにかく、この女に弱いところは見せたくない。礼子は、きっと視線を上げると、

「大丈夫です。事件現場で取材をするのが、今回の企画だと聞いてますから」

「轟書房の橋本さんに？」

「はい。……そういえば、橋本さんは？」

視線を巡らせてみるが、その姿は認められない。もう、家の中にいるのか？

「今日、彼、来ませんよ」

「え？」

「私、ひとりです」

「……そうなんですか？」

「なんでも、急用ができたって」

急用？　この取材は彼の最優先事項ではないのか？

「彼、本来は文芸部の人間なんですよ。で、今朝、彼が担当している大御所作家に突然呼び出されたそうで。……ゴルフに行っちゃいました」

「ゴルフ……」

「大御所作家が、突然、ゴルフをしたくなったんですって。で、急遽、各社の担当に招集がかかったみたいです」

「……すごいですね、作家って。まさに、鶴の一声」

「ええ。でも、そんな我が儘が許されるのは、一部の……ほんの一握りの作家だけですけどね。私のような泡沫作家なんて、我が儘どころか、正論だって許されません。ただひたすら担当の言うことを聞くのみ。どんな理不尽なことでもね、反論なんてできないんです。でも、いつかは、それを覆したいと思っています。せめて、対等に扱ってもらえるような、いっぱしの作家になりたいって。で、朝から各担当を呼びつけるような、そんな無茶ぶりもしてみたいですね」

「……結構、野心家なんですね」

「ええ。私、こう見えて、野心家なんですよ」

女が、にやりと笑う。

「ああ、こんなところで立ち話していてもなんですから、とにかく、家に入りましょう」

＋

その家は、思ったほど荒廃している様子はなかった。

「一応、手入れはしているんですよ」

女が、慣れた手つきで玄関ドアを解錠しながら、言った。

手入れをしているといっても、ここはかつての殺人事件現場。礼子は身構えた。

ドアが静かに、開かれる。

礼子はさらに身構えたが、空き家独特の濁った臭いはまったくしない。空気もどことなく澄んでいる。なんとなく生活感も漂っている。「いらっしゃいませ」と、奥から誰かがでてきそうな。

「空き家のまま放っておくと、近隣住人からなんだかんだクレームが入りますから。月に一度は換気と掃除をしに通っているんです」

「通っている？　誰が？」

「私が」

「あなたが？」

「まあ、とにかく、上がってください」

女は、我が家に帰ったときのように靴を脱ぐと、スタンドからスリッパを抜いた。そしてまず自分がそれを履き、続いて礼子の分を抜いて、それを式台に置いた。

「ご安心ください。このスリッパ、事件当時のものではないので。先月買ったばかりの新品です」

「……あ、すみません。では、失礼します」

スリッパだけではなかった。壁紙も、どことなく新しい。照明もＬＥＤだ。

「リフォームしたんですよ、去年。といっても、予算の問題で、玄関ホールとリビングだけしかできていませんが。事件現場になった場所だけでも、きれいにしようって」

「事件現場……」

「リビングと玄関ホール、血だらけだったんです。清掃もされないまま、ずっと放置されていて。リフォーム業者もびびってましたっけ」

「あの。……リフォームって、誰が？」

「だから、私ですよ」

「あの。……つかぬことを伺いますが。なぜ、あなたが？」

「だって、ここは、私の家ですから」

それは、まさに、自分は青田彩也子だ……と白状しているようなものだった。でも、

……確か、記憶喪失なのでは？

どう言葉を返せばいいものか。戸惑っていると、

「とにかく、お上がりください。さぁさぁ」

女が、遊女のように手招きする。

礼子は、今度こそ覚悟を決めると、ようやく靴を脱いだ。


「あの、そういえば。あなたのお名前……」

リビングのソファーに恐る恐る体を預けると、礼子は静かに切り出した。

「え？　私の名前？」

「そういえば、前にお会いしたとき、お名前聞いてなかったな……って」

「いやだ、そうでした？」

女が、慌ててバッグを引き寄せた。そして、名刺入れを取り出すと、その中から一枚を抜き出す。

「失礼しました。……改めまして。オグラサナと申します」

言いながら、女は恭しく名刺をガラステーブルに滑らせた。

『作家　小椋沙奈』

これは、ペンネームだろうか。それとも。

「……あの。さきほど、ここは自分の家だっておっしゃいましたが……」

礼子は、とりあえず、一番気になっていることを質問してみた。

「はい。私の家です。私が相続したんです」

「なぜ？」

「なぜって。……相続人だからですよ」

「青田家とはどのようなご関係なんですか？」

「関係？　私もよく分からないんです。あるとき弁護士の人がうちにきて、この家の相続人だって、言われたんです」

「よく分からない……とは？」

「たぶん、他の親戚（しんせき）たちは放棄したんでしょうね。で、私におはちが回ってきたと」

「あなたは、放棄は考えなかったんですか？」

「はじめは、考えました。だって、ここを相続したからといって、得になることはありませんし。だって、殺人現場ですよ？　売りたくても、売れない」

「とはいっても、ここは山手線の内側の高台。いわゆる一等地です。殺人現場とはいえ、欲しいという人はいるんじゃないですか？　取り壊してマンションにしたいっていう業者だって」

「確かに、そうです。でも、この家、少々問題がありまして」

「問題？　殺人現場になったことですか？」

「いえ、それとは別に。……実はここ、登録有形文化財に登録されているんですよ。なんでも、関東大震災のすぐ後に建てられた歴史的建造物らしくて。だから、殺人現場になったからといって、取り壊すわけにはいかないんです」

「登録有形文化財なんですか？」

「そうです。確か、平成十一年に登録されたって聞きました」

「平成十一年……一九九九年ですね。事件の前年」

「ああ、そうなりますね。登録有形文化財に登録されたはいいけど、その翌年にあんな事件が起きて。……それからずっと放置されているんですよね、ここ」

「で、あなたが相続したと」

「はい。去年のことです。……もちろん、悩みましたよ。なによりいわくつきだし、登録有形文化財。取り壊すことができない上に、修繕や補修はこちらもち。まったくのお荷物です。相続税や固定資産税のこともありますし。どう考えても、リスクだらけ。でも、なにかひっかかったんですよね。で、実際にここに来てみて。……なんともいえない気持ちが湧き上がってきたんです。ここに住みたいって。……うまく説明できないんですが。縁のようなものを感じたんです」

「縁ですか」

「まあ、もちろん。もともとは親戚の家ですから、なにかしら縁があるのは当たり前なんですが。……なんていうんでしょう。強い引き寄せを感じたんです。ここだ、ここに住まなくちゃ……って。ここに住んだら、前に進むことができる……って」

「どういう意味ですか？」

「私にもよく分かりません。ただ、事故物件やいわくつきの物件に住むと、成功する場合がある……って聞いたことがあります。たぶん、そういう迷信にすがってしまうほど、心が弱っていたんだと思います。……デビューしたはいいが、二作目以降はまったく出版される見込みがない。もはや、小説家とも呼べない。筆を折っちゃおうかな……って、悩んでいた頃ですから。そんなときにこの家に出会って。これは、もしかしたら最後のチャンスかもしれないって、そう思ったんです。なにより、よりどころができる。それで、相続することを決意したんです」

「よりどころ?」

「……私、今、ボランティアさんのお宅に身を寄せている状態なんです」

「ボランティア?」

「はい。いわゆる、里親さんのような人です。とても親切にしてくれていますし、本当の親のように接してくれていますので、『お父さん、お母さん』とも呼んでいます。居心地もいいんですが、でも、やっぱり、自分の居場所ではないな……って。先方は、いつまでもいていいよって言ってくれるんですが。その言葉に甘え続けていいもんなんだろうか? 早く、独立しないといけないな……って。なにしろ、歳も歳ですしね。いくらなんでも、これ以上パラサイトはできないって。そんなときに、ここを相続する話が回ってきたんです」

「相続税とか、高くありませんでしたか?」

「まあ、そこそこしましたね。でも、賞金を貯金してありましたので、それを充てました」

「賞金？」

「翡翠新人賞の賞金です」

「ああ、あなた、翡翠新人賞を？」

翡翠新人賞は、純文学の賞でありながらその賞金は高額だ。その額、一千万円。一攫千金を狙って応募する人も多い。自分がまさにそうだ。自分も学生時代、一度だけ応募したことがある。一次予選にも引っかからなかったが。

「その一千万円の他に、本の印税が割と入りまして」

「翡翠新人賞の作品は、多めに刷ると聞いたことがあります。新人にしては、破格の部数を」

「はい。私も、初版は三万部でした」

「三万部！　このご時世に、すごいですね」

「しかも、重版が三回かかりまして。……十万部までいきました」

「十万部も！」

「ビギナーズラックというやつですよ。なのに、私ったら、天狗になっちゃって。版元からは早く二作目を……って催促されたんですが、納得がいかないものは出せないって、だらだらと引き延ばしているうちに、気がつけば、書けなくなっていました。簡単にいえば、才能が枯渇したんです。情けない話です」

「それでも、デビュー作が十万部なんて、凄いですよ」

かなりのものだ。一冊千五百円で十パーセントの印税だったとしても、単純計算で一千五百万円。

「賞金と印税で、相続税を払いました。残ったお金でリフォームしようと思ったんですが、……玄関とリビングで予算オーバー。貯金もゼロです。結局、いまだにここに住めていないんですから、ほんと、いやんなっちゃいます」

「そこまでして、ここにこだわったのは？」

「さあ。私にもよく分かりません。繰り返しますが、こうなると〝縁〟としか……」

「縁……」

「でも、この家、かなり素敵じゃないですか？『赤い屋根の洋館』として親しまれてきただけのことはあります。なんとなく、帝国ホテル旧館を思わせるような意匠じゃないですか？」

「……ええ、まあ。確かに、味のある、素敵な洋館だとは思います。どことなく、東洋の雰囲気もあって……」

「でしょう？　事件現場になったとは思えないでしょう？　特に、このリビングの開放感！　まるで、東南アジアのリゾートホテルみたいじゃないですか？」

「ええ、まあ、確かに。……眺めも素晴らしいですね。さすがは、高台です」

「でしょう？　私も、この眺めが気に入ったんです。夕方になったら、さらに素敵ですよ！　東京の街並みが茜色(あかねいろ)に染まるんです。……相続税は高かったんですが、これだけの好立地の家を買うとなったら、一億二億じゃすみませんからね。それこそ、十億円はすると思うんです」

「……まあ、確かに、これだけの敷地ですから。それだけの価値は……」

「ああ、早く、ここに住みたい。早くヒットを出して、この家をまるっとリフォームするのが、私の目下の目標なんです」

「ヒット？　この家で起きたあの事件をネタにした本で？」

「まあ、そうですね。……不謹慎でしょうかね？」

「さあ、どうでしょう。私は、なんとも」

「せっかくこの家を相続したんですもの。ネタにしないのは、逆に、この家に失礼だとは思いませんか？　それに、私は、この家の持ち主だった青田家とは遠い親戚にあたるわけですから。書く権利というか。義務があると思うんです」

「青田家とは？」

「これもよくは分からないんですが。殺害された青田さんの奥さんとうちの父が遠い親戚みたいで」

女の視線が、ふと、逸れた。礼子は、その視線を取り戻すように、質問を続けた。

「あの……ところで、あなたのご両親は？」

「両親ですか？　……亡くなりました。事故だって聞いています」

「事故？」

「私もその事故に巻き込まれてしまったようなんですが、一命はとりとめて。……私だけが生き残って。それで、里親さんに引き取られたんです。……しばらくの間は精神が不安定で。気がつくと、手首を切ったりして、里親さんに随分とご迷惑もかけました」女が、左手首を、右手で隠した。「……ああ、ごめんなさい。昔のことは記憶が曖昧で、よく思い出せないんです。実は、両親のことも、よく覚えていないんです。気が付いたら病院で、その瞬間、それまでの記憶がすべてデリートされてしまって。だから、昔のことはよく覚えてないんです。……ごめんなさい」

「いえ、こちらこそ。根掘り葉掘り訊いてしまって」

「いやだ、なんだかおかしいですね。立場が逆になっちゃって。私のほうが取材する側なのに」

「……ああ、本当ですね。すみません。なんだか、色々と訊いてしまって」

「あ、すみません、お茶も出さないで」女が、私の話はこれでお終いとばかりに、手をぱんと叩く。そして、「煎茶でいいですか？　それとも、コーヒー？」

「どちらでも」

「じゃ、煎茶でいいですか？　虎屋の羊羹を買ってあるんです。……羊羹、お好きですか？」

「はい。嫌いではないです」

「よかった。ちょっとお待ちくださいね」

パタパタとスリッパを鳴らしながら、女がリビングを出て行った。その姿が完全に見えなくなるのを確認すると、

「ああ、やっぱり」

と、礼子はひとりごちた。

「あの人は、青田彩也子に間違いない。刑務所で記憶喪失になり、どこぞのボランティアに引き取られた。そして、嘘の記憶を刷り込まれて、自分が青田彩也子であることも知らずに、この家を相続。さらには、この家で起きた事件をネタにした本で、ヒットを狙って

いる。……それとも、薄々は気がついているのだろうか？　自分が青田彩也子であること
を――」

「なんか、すみません。こんな包丁で」

女が、はにかみながら、三徳包丁で羊羹を器用に切り分けていく。

「キッチンはまだリフォームしてなくて。だから、キッチン用品も揃ってないんです。……あ、安心してください。この包丁、うちから持ってきたもので、事件当時のものではありませんので」

羊羹を切り分けると、女はそれを紙皿に載せた。そして、プラスチック製のフォークを添えると、

「こんなもので、すみません」

言いながら、女がそれを礼子の前に置いた。紙皿とプラスチック製のフォーク。そして、紙コップの煎茶。なんだかまるで、ピクニックのようだ。

「それでは、改めて、お話をお聞かせください」

女……小椋沙奈が、ボイスレコーダーをガラステーブルに置く。

礼子は、口の中をすすぐように、お茶をすすった。

「はい、どうぞ」

「鈴木さんが、大渕と獄中結婚したのは――」

「あ、私、今は鈴木ではないので。〝大渕〟でお願いします」

「あ、そうでしたね。すみません。……でも、それだとちょっとややこしいので、下の名前で呼んでもいいですか？　下のお名前は――」

「レイコです。礼儀の〝礼〟に子供の〝子〟です」

「ああ、そうでした。……では、礼子さん。あなたが獄中結婚したのは――」

「四年前です」

「四年前。大渕の死刑が確定するちょっと前ですね」

「そうです」

「どのような経緯で？」

「彼の裁判を傍聴する機会があって。それで、彼に手紙を出してみたんです」

「なぜ？」

「それこそ〝縁〟を感じたからです。彼に、ひどく惹かれたからです」

「なるほど。……いわゆるプリズン――」

「プリズングルーピーと言われることもあります。そうかもしれません。でも、愛に変わりはありません」

「愛、ですか。……俳優やアイドルに熱を上げるファン心理のようなものでしょうか？」

「それとも違います。なんていうか――」

「確かに、大渕にはカリスマ性がありますからね。あなたのような信者がつくのも、理解はできます」

「信者とも違います」

強く言うと、小椋沙奈は一瞬、たじろいだ。

「あ、すみません。……話を変えます」

「はい。お願いします」

「今、礼子さんは大渕の妻ですが。妻として、青田彩也子のことはどう思いますか？」

「え？」

「言ってみれば、大渕は青田彩也子と出会ったことで大きく運命を変えられています。もしかしたら実業家として大成していたかもしれないのに、今は塀の中。死刑になる運命を背負うことになりました」

「今、再審請求をしようとしているところです。死刑になるとは決まっていません。それに、彼は無実なんです。悪いのは、青田彩也子で――」

「やはり、青田彩也子に対して、いい感情はお持ちではないんですね」

「当たり前です。あなたが言う通り、大渕は青田彩也子によって運命を大きくねじ曲げられてしまった。大渕は死刑囚の汚名を着せられて、一方彼女は無期懲役。しかも――」

「しかも？　しかも、なんですか？」

「いいえ。なんでもありません。……いずれにしても、許せません。彼女だけは、許せません」

「それだけですか？」

「え？」

「青田彩也子に対しての〝許せない〟という感情は、他にもあるんじゃないですか？」

「どういうことですか？」

「嫉妬……とか」

「嫉妬？」

「どちらが殺人を主導したにせよ、二人が共同で行った犯行であることには間違いありません。裁判でも明らかになっていますが、犯行の主な動機は、青田夫妻に交際を邪魔されたこと。つまり、それだけ、大渕は彩也子を愛していたと――」

「違います。それは青田彩也子の主張ですよね？　大渕の主張は、そうではありません」

「確かにそうですね。大渕の主張では、その動機はあくまで〝金〟です」

「そうです。大渕は、青田彩也子に金を無心します。それに応えようと、青田彩也子が両親殺害を計画したんです」

「大渕の主張が正しいとなると、ひどい男ですね」

「は？　大渕は、金を無心しただけで、両親を殺せとまでは言っていません。彼は、ただ巻き込まれただけです。彼が欲しかったのは金だけです。両親を殺すことではありません」

「つまり、青田彩也子は、ただの金蔓だと？」

「そうです。金蔓です。結婚する気もなかったって、言っていました。優しい顔をすればほいほいと金をもってくる、ありがたい存在だったと」

「まるで、ホストと、それに狂った客のような構図ですね」

「そうです。まさに、それです！　大渕は、枕営業をしているにすぎなかったんです。なのに、青田彩也子はどんどん本気になっていって。……青田彩也子に殺されかけたとも聞きました。別れ話を切り出したときです。大切にしていた金魚もトイレに流しちゃったって。……恐ろしい女です。だから、ずるずると関係を続ける羽目になって。……それでも別れたい大渕は、現実的には用意できそうもないお金を無心するようになった。あちらが諦めて離れていくのを期待してのことです。なのに、青田彩也子はそれを真に受けて、両親を殺害して、この家を売り払おうと計画して——」

「それは、大渕の主張ですよね？　それが正しいと？」

「もちろんです。それが真実です」

「でも。私が取材した内容は、それとは少し違うんですよね。当時の二人を知る人たちに聞くと、口を揃えてこう言うんです。『稀に見るバカップル』だったって」

「バカップル？」

「そうです。ラブラブすぎて、端からはバカにしかみえないカップルのことです。特に、大渕のほうが、青田彩也子にのめり込んでいた。青田彩也子が別れ話を切り出しても、大渕がそれを許さなかった。しつこく追いすがっていた。……そんな証言をいくつも拾うことができました」

「違います、そんなの、嘘です！　青田彩也子は、ただの金蔓です！　大渕に利用されていただけです！」

「利用？　利用されているのは、あなたのほうではないですか？」

「は？　何言ってんの？」

「だから、利用されているのは、あなたのほうではないんですかって、言っているんです」

「バカじゃない？　意味が分からない」

「じゃ、もっと嚙み砕いて言いましょう。……大渕には協力者が必要だった。その協力者に、あなたは選ばれただけなんです」

「全然、嚙み砕いてないじゃない！　ますます意味が分からない！」

「落ち着いてください。これから、詳しくお話ししますので」

「落ち着いているわよ。私は、ずっと落ち着いているわよ！」

「分かりました。……まずは、深呼吸してみましょう。さぁ、ゆっくり吐いて……」

「バッカじゃない。もういい、帰る。私、帰りますから！」

礼子の腰が、ソファーから浮く。

が、

「お金、欲しくないんですか？」

「え？」

「ここで帰ったら、取材協力費はお支払いできませんけど？」

しばしの、こう着状態。なんか、カエルと蛇のにらみ合いみたい。礼子は、緊張した空気の中でそんなことをふと思った。思ったら、肩の力が抜けた。そして礼子は、静かに腰をソファーに戻した。

「分かりました。一度受けた取材です。最後まで、お付き合いいたしましょう」

「ありがとうございます。助かります。……羊羹、もっと切りますか？」

「いいえ、結構です。それより、話を進めてください。私が、協力者に選ばれたって、どういうことですか？」

「つまりですね。大渕の目的はひとつ。なにがなんでももう一度、法廷に立つことです」

「ええ、そうでしょうね。彼の目的は、無罪を勝ち取ることですから」

「いいえ、違います。そうではありません。彼の目的は、無罪を勝ち取ることではありません」

「は？」

「大渕の目的は、ただひとつ。青田彩也子ともう一度会うことです」

「は？」礼子の腰が、再び浮いた。が、それを目の前の女が制した。

「とりあえず、最後まで聞いてください。お願いします」

言われて、礼子は、震える体を無理やり、ソファーに戻した。そして、息を大きく吸い込むと、

「大渕の本当の目的は青田彩也子と会うこと？　まあ、それもそうでしょう。大渕にとっ

て青田彩也子は、憎くて憎くて仕方ない仇のようなものですから。もう一度会って、罵声を浴びせたいとは思っているでしょうね。そうでなければ、死んでも死に切れない……と」

「それも、違います」

「え？」

「大渕は、自分の罪は認めていると思います。だから、死刑判決も受け入れていることでしょう。が、心残りがある。それは、このまま青田彩也子と会えないことです」

「なに、言ってんの？」

「だから、大渕は、いまだに青田彩也子に未練があるんですよ。愛しているんですよ。死刑になる前にもう一度、青田彩也子に会いたい。それには、再審しかない。再審の法廷に、青田彩也子を証人として引っ張り出すしかない。彼は、たぶん、そう考えています」

「たぶん？」

「ええ、もちろん、これは私の推測でしかありません。でも、間違いないように思います。でなければ、再審請求なんて馬鹿げたこと、しませんよ。だって、あの事件は、大渕秀行が主導して起きた事件です。青田夫妻から彩也子を取り戻すために、彼が起こした事件です。巻き込まれたのは、青田彩也子のほうです。裁判所もそう認めたからこそ、大渕秀行は死刑、そして青田彩也子には無期懲役の判決を下したんです」

「だから、違うっていっているでしょ！　青田彩也子が主導したのよ！　巻き込まれたのは大渕のほうよ！」

「礼子さん。あなた、すっかり、大渕秀行に言いくるめられて……。目を覚ましてください。あなたは、大渕に利用されているだけなんですよ？　大渕は、あなたのことを愛しているわけではない。手先として利用しているだけなんです」

「違う、違う、違う！」

「あなただって、薄々そう感じているのではないですか？　大渕が本当に愛しているのは青田彩也子だけだって」

「違う、違う、違う、違う！」

「あなたがどんなに否定しても、真実はひとつです。大渕秀行が執着しているのは、今も昔も青田彩也子だけです。青田彩也子だけが、大渕の愛する女なんです。それに、気がついてください」

「違う、違うって言ってんだろう！」

「礼子さん、落ち着いてください、とりあえず、深呼吸を――」

ああ、なにを言っているんだろう？　この女は。まったく意味が分からない。

大渕が今も青田彩也子を愛しているって？　そんなことを言いたいようだけど、まったくの見当違いだ。大渕の妻は、私だ。私こそが、大渕の妻なのだ。それだけが真実だ。

そう。その真実以外は、すべてまやかしだ。偽物だ。

そして、この女もまた、偽物だ。

小椋沙奈なんて名乗っているけど、本当は青田彩也子。

いや、その青田彩也子自身もまた、偽物に違いない。

青田彩也子の皮をかぶり、大渕秀行を誘惑し、そして犯罪に巻き込んだ。挙句、死刑判決。

許せない、許せない、許せない！

この私が化けの皮を剝がしてやる！

「なにしているんですか！　やめてくだ――」

女がなにやら叫んでいる。

なによ、なにをそんなに怖がっているのよ。偽物の皮を剝がされるのが、そんなに嫌？

でも、もうダメよ。逃がさない。剝がしてやる、その皮を、その皮を！　その薄汚れた皮を！

「やめて！　やめて！　痛い、痛い！　ひぃぃぃぃぃぃぃぃぃ——」

耳障りな声が、ようやくおさまった。

礼子の体からも、すぅぅうっと力が抜ける。

「え？」

礼子は、ここでようやく我に返った。

「嘘でしょう？」

見ると、血にまみれた顔が、足元に転がっている。

手から、ぽろりと何かが落ちた。

三徳包丁。

羊羹を切り分けるための、三徳包丁。

が、その包丁にはすでに、羊羹の名残(なごり)はない。

血と、脂と、そして肉片。

「なんで？　なんで、こんなことに？」

礼子は、もう一度、足元を見た。

「あ、ストッキング、伝線してる。そうか、さっき、転んでできたやつか」

ストッキング、穿き替えなくちゃ。

でも、替えのストッキングなんて、持ってない。

どうしよう。

礼子は、途方にくれた。

三部

一四章　真相

「彩也子ちゃん。なぜ？　なぜ、そんなことをするの？」

血塗れの手を床に擦り付けながら、母親が四つん這いでのろのろと逃げまどう。

が、床はすでに、血の海。まるでワックスをぶちまけたあとのように、ぬるぬると思うようにならない。まるで、芸人の罰ゲームみたいだ。

「彩也子ちゃん、彩也子ちゃん、なんで？　……なんで？　お金なの？　お金を上げればいいの？」

母親は、大の字で横たわる惨殺死体を器用に避けながら、みっともなく命乞いを続ける。

惨殺死体は、彩也子の父親だ。

その唇は陸に打ち上げられた鯉のようにぱっかりと開き、ヨダレなのか胃液なのか、なんだかよく分からない気味の悪い液体に覆われている。

その口は、数分前までは活発に動いていた。なにやら鬱陶しい説教をだらだらと垂れ流していた。

「大人を、世間を舐めてはいけない。そんなに甘くはない」だの「今からでも遅くはない。やり直すんだ、ちゃんとした人間になるんだ」だの「そんなことを続けていたら、ろくな大人にならない。自滅する。間違いなく、自滅する」だの「治療だ。君たちには治療が必要なんだ。心の治療が」だの。

イメージ通りだと、秀行は思った。イメージ通りの医者だと。一段上に構え、患者の命を左右するような診断を、慇懃無礼な口調で言い放つ。こういう類の人間は、自分たちが世の中を動かしているとどこかで考えている。

自分たちこそが、神なのだと。

慈善家だとか赤髭だとか言われているような医者ほど、そういう傾向があることを秀行は経験上、知っている。「命を救う」などと言いながら、結局は、自身の欲求を満たしているだけなのだ。下のものに善意を施すことによって、ある種の快感を得ているだけなのだ。

むしろ、金、金と言っている医者のほうが、信用できる。医療だって、所詮は商売だ。金勘定だ。それを隠さない医者のほうが、人間として信用できる。

目の前で、大の字で横たわっている男はどちらだろう？　と秀行は思った。

どちらでもないな。前者にも後者にもなれない、中途半端な存在に違いない。溢れ出す「金銭欲」を上手に隠しながら、「命ほど価値のあるものはない」「患者を救うのが医者の使命」などと言いながら、患者とその家族を散々に振り回す。挙げ句、患者をベッドに縛り付け、チューブだらけにし、その治療費で家族を追いつめる。どう見ても生ける屍と化した患者を前にしても、自ら、決断はくださない。大切なことは、すべて、他者に押し付ける。

「我々は、ご家族の意思を尊重します。さて、どうしますか？」

そんなことを言って、さらに家族を苦しめる。

「無理です。もう見ていられません！　どうか、死なせてやってください」

そう家族が決断しても、

「それでいいんですか？　大切な命です。命ほど大切なものはありませんよ。この患者さんは、まだ生きているんですよ」

そんなことを言って、人の死ぬ権利すら取り上げる。まさに、死神の反対の存在だ。この世でもっともやっかいな存在。

残念なことに、そんな医者が大多数を占めているのは間違いない。

そんな医者の代表格が、まさにこの男なのだろうと、秀行は思った。きっと、世間では

「いい医者」と評判なのだろう。が、その実体は、良心をくすぐる善意の言葉で人を縛り付け、がんじがらめにするだけの、死神以下の存在だ。

その犠牲者のひとりが、彩也子だ。生まれ落ちた瞬間から、彩也子は「善意」の言葉が書かれた札を体中にべたべたと貼られ、あるいはタトゥーのように刻まれてきた。

札を貼ったのは父親で、タトゥーを刻んだのは母親だと、彩也子はよく言っていた。

「父親には、毎日のようにお説教された。その説教の言葉がお札のように、私の体にべたべたと貼り付いていくの。それを剝がそうとすると、母親の登場よ。私の体をさすりながら、なにかブツブツ言うのよ。いい子にしてね、いい子にしてね……って。そして、私の体に爪を立てて、何かを刻み込むのよ。四人の印のタトゥーのようにね。……我慢ならなかった。だって、札を貼り付ける父親も、タトゥーを刻み込む母親も、悪いことをしてるのに。どちらにも、愛人がいるのよ。父親は、どこかのホステスと不倫している。母親は、私の学校の先生とね。……こんな悪人なのに、あいつらは、私だけに〝いい子〟を求めるのよ。……とても我慢ならない」

彩也子は、父親が貼り付けた札を、そして母親が刻み込んだタトゥーを消そうと、ありとあらゆる行為に出た。万引き、売春、堕胎。ありとあらゆる不良行為を試した。

その終着点が、これだ。大の字で横たわる父親の死体だ。

この男を殺ったのは、彩也子だ。とどめをさしたのは、秀行だが、それは成り行きだ。殺意を持って、最初に父親にナイフを突き刺したのは、彩也子だ。秀行はただ、彩也子を助けたかっただけだ。だから、彩也子に協力しただけだ。それで、彩也子の殺意がおさまるのなら。

が、彩也子の殺意は、それで終わることはなかった。いや、むしろ、殺意の炎は勢いを増している。

彩也子の殺意に油を注いだのは、母親の言葉だ。

「お金なの？　お金が欲しいの？」

この母親は、父親よりは人間味があると、秀行は思った。金でたいがいのものは解決すると思っている。それは正しいのだが、すべてではない。金で、すべてが解決するわけではない。

たとえば、このような状況にあっては、金銭欲は二の次に置かれるのが、人間の心理の常だ。

人を殺めてしまった場合、犯人が真っ先に思うのは、犯行の隠蔽だ。それが最重要課題になる。そんな人間に対して、「お金が欲しいの？　お金なら、いくらでも上げる」などと言っても、無駄なのだ。無駄どころか、「目撃者を消さなくては」という心理をさらに強くするだけだ。金で解決しようとする人間は必ず裏切る。だから、この場で消さなくてはならない。……そんな思いを強くするだけだ。

そういう意味では、この母親は頭が悪い。バカだ。……彩也子に似ているところがある。

そう。この母娘（おやこ）は似ていた。ひどく似ていた。似すぎて、彩也子が憎悪するのも理解できる。人間はいつでも、自身の悪いところを消し去りたいと願うものだ。

だから、彩也子がそのナイフを母親の首筋に突き立てたとき、秀行は特段、不思議に思わなかった。なんて残酷な女なのだろうと恐れることもなかった。母親を殺すのは自然な流れだとすら思った。

そう。その状況において、秀行はただの傍観者に過ぎなかった。

傍観者に過ぎなかった――

＋

「ね、お使いしてくれる？」

大渕秀行は、アクリル板の向こう側に座る女弁護士に、命令するように言った。

女弁護士の右の眉毛（まゆげ）が、ひょいと跳ね上がる。顔に出るタイプだなと秀行は思った。こんなんで、弁護士なんかできるのか。やはり、世間の評判はあてにならない。その評判は仕事ぶりに対してではなく、タレントとしての知名度に対してだけなのだろう。

「お使いだよ。買ってきてほしいものがあるんだ」

大渕秀行は、パイプ椅子の背もたれに体をすべて預けると、いかにも不遜そうな態度をとった。

女弁護士の左の眉毛が、ひょいと跳ね上がる。

本当に、分かりやすい。

「類語辞典を買ってきてほしいんだよ」

「類語辞典?」

女弁護士が、静かに眉毛を元の位置に戻した。「類語辞典って。……同じ意味を持つ言葉を調べるときの辞典?」

「そう。国語辞典はあるんだけどさ。類語辞典がなくて。類語辞典、あれ、なかなか便利じゃない?」

「そうですか? 国語辞典で充分じゃないですか?」

「例えば、〝傍観者〟って言葉あるじゃん?」

「傍観者?」

「そう。なんかカッコいい言葉だけど、陳腐って感じもする。だから、同じ意味で他の言葉がないかなって調べたんだけど、国語辞典にはそこまで載ってなくてさ」

「確かに、国語辞典にはそこまでは載ってないかもしれませんね」

「だろう？　ね、傍観者って、他にはどんな言葉があるかな？」

「……そうですね。ニュートラルとか？」

「ニュートラルか。なんか、軽い感じだな。他には？」

「他にですか？　……うーん」

「ほら、ぱっと浮かばないものだろう？」

「そうですね」

「ボキャブラリーを広げるには、やっぱり、類語辞典だよ。表現が豊かになるというか。小説家なんて、国語辞典より類語辞典を愛用しているって聞いたことがあるよ」

「小説家？」

「そう。俺も、小説を書くんでね。豊富なボキャブラリーが必要なんだよ」

「……小説を書くんですか？」

「まあ、小説というか、自叙伝かな？」

「自叙伝を書かれているんですか？」

秀行の言葉に、女弁護士はどう応えればいいのか、少し躊躇(ちゅうちょ)している様子だった。眉毛がひょいひょいと、落ち着かない。

弁護士は、松川凜子といった。世間的には辣腕(らつわん)弁護士と言われているが、秀行はその評価には少々懐疑的だった。事実、彼女は、自分に対してそう興味があるようには見えなかったし、熱心でもなかった。もしかしたら、この女は、弁護士という仕事そのものに対して、興味を失っているのかもしれない。彼女を選んだのは失敗だったか？

「……自叙伝を出版するんですか？」

女弁護士が、少し表現を変えて訊(き)いてきた。「でも、確か、以前にも発表されていますよね、自叙伝」

「ああ、そうだよ。その続編を今、書いているところ。人称にこだわっているんだ。はじめは、〝私〟の一人称で書いていたんだけど、第三者の視点で書いたほうがより事件の真相に迫れると思ってね」

「なるほど」

「あ、ところで。あいつ、行った？　あんたの事務所に」

「あいつ？」

「礼子だよ」

「ああ。……いらっしゃったようです。私は直接は会っていませんが。うちのスタッフが対応しました」

「なんか、暗い女だろう？」

「ですから、私は直接お会いしてませんので」

「でも、これからは会う機会はあるだろう？」

「………」

「ほんと、暗い女なんだよ。常時びくびくしててさ、面会しているときも、きょろきょろと落ち着きがないんだよ。一度、なんでそんなに周りが気になるの？　って訊いたことがあるんだけどさ。誰かに襲われる気がして……って言うんだ。何言ってんだか。ここは、ある意味、世界で一番安全な場所なのにさ。そうだろう？」

「まあ、確かに、ここで誰かに襲われる可能性は極めて低いですね」

「だろう？　なのに、あいつ、毎回毎回、キョロキョロが止まらなくてさ。『危険です、危険です』が口癖でさ。どっちが危険だよ。あいつのほうが、よっぽど危険だよ。あいつといると、こっちまで調子が狂っちゃうんだ。ほんと、ヤバい女だよ」

「………」

「あの手の人間は、なにかやらかす。うん。間違いなく。実際、俺みたいな死刑囚と結婚するんだからさ。バカを通りこして、なんか怖いよ」

「……なら、なぜ、ご結婚を？」

「だって。俺、家族がいないからさ。家族がいないと、なにかと不便なんだよね。塀の外にいたときも不便だったけど、塀の中にはいると、もっと不便。だから、家族がほしいな……と思っていたところに、あいつから手紙がきたというわけ」

「礼子さんの好意を利用したんですか？」

「利用？　やだな。やめてよ。それじゃ、なんか、俺が騙したみたいじゃん」

「違うんですか？」

「違うよ。あいつのほうが、結婚したいって言ってきたんだよ。好きだ好きだ好きだ、あなたこそが本物だ、私ならあなたを守ることができる、私だけがあなたの味方だ、だから、結婚してください……って。そんな手紙が、一日おきにくるんだぜ？　もう、怖くてさ。それで、仕方ないから、結婚したの」

「………」

「一途な女って怖いよな。ありゃ、一歩間違えれば、ストーカーだ。いや、一歩間違えなくても、ストーカーだよ。ストーカーに根負けして結婚するやつがいるとは聞いていたが。まさか、俺がそんな目に遭うなんてさ。でも、俺がラッキーだったのは、塀の中ってことかな。あいつがどんなに迫ってきても、ここまで来ることはできないからね。このアクリル板が守ってくれる。それに、時間も決まっているしね。……これが、塀の外だとしたら。……おおお、怖い」

礼子の暗く澱んだ顔が、浮かんできた。

秀行は頭を激しく振ると、悪魔払いをする霊能者のように、小さくもごもごと唱えはじめた。いつだったか、教誨師に教わったお経だ。が、どういうわけか、これを唱えると、呼吸が荒くなる。リラックスするためのお経だと聞いたのに。

そうだ。礼子だ。礼子のことを考えると、いつもこうなんだ。

「もう、礼子のことはいいよ。できれば、考えたくない！」

秀行は、さらに頭を振ると、深く空気を吸い込んだ。

その空気が、肺全体に行き渡った頃、

「そんなことより――」

と、秀行は、アクリル板に顔を近づけた。

アクリル板の向こう側。大渕秀行の顔が近づいてくる。

松川凜子は少し体を引いた。が、大渕秀行は、凜子を追うように、さらに顔を近づけてくる。

こんな状況でも日々の身だしなみに気を使っているのか、その髭はきれいに剃られている。きっと、カミソリも、いいものを使っているのだろう。

「ね」

大渕秀行の顔が、さらにこちらに向かってくる。

「ね、俺に黙っていることない？」

「黙っていることって？」

「またぁ、惚けてぇ」

大渕秀行が大きく口を開けて、わざとらしく笑う。

その歯も、白くきれいだ。歯磨きにも余念がないのだろう。……再審請求するとはいえ、死刑囚だというのに。なんなんだろう、この男の前向きな生命力は。……この男の生命力を支えているのは、いったい？　凜子が呆れていると、

「彩也子」

「え？」

「……青田彩也子、出所しているでしょ？」

「青田彩也子が……出所？」

「そう。聞いたよ。刑務所内で事故に遭い、記憶を失ったんだろう？　それで、出所したって聞いたけど」

「どなたから、お聞きになったんですか？」

「ネタ元を明かすわけにはいかないな」

「……はい。おっしゃるとおり、青田彩也子は、刑務所内で事故に遭い、頭を激しく殴打。入院しました。二年前のことです」

「やっぱり、そうか」

秀行の表情が、ぱっと明るくなる。……なるほど。この男の生命力の源は、共犯者の青田彩也子か。

「やっぱり、彩也子は出所――」

「ですが、あなたのネタ元の情報は、間違っています。正しく、ありません。それとも、あえて、正しくない情報を吹き込んだのか」

「え？」

「確かに、その事故が原因で、青田彩也子は一時的に記憶を喪失した模様です。事実、青田彩也子が記憶喪失……というニュースが、法曹界、一部のマスコミにも流れました。尾ひれが付いて」

「尾ひれ？」

「記憶喪失になった青田彩也子が、出所したとかなんとか」

「どういうこと？　出所したんだよね？」

「まあ、ある意味、出所したようなものかもしれません。なにしろ、医療刑務所を出て、設備の整った娑婆の病院に転院しましたから」

「転院？」

「はい。……医療刑務所に運ばれた青田彩也子は、その時点では記憶を失っていました。が、それは一時的なもので、すぐに記憶を取り戻したそうです。その過程で、なにか激しい精神の混乱があったのでしょう。彼女は自殺を――」

「自殺!?」秀行の青ざめた顔が、アクリル板に張りつく。

「自殺を試みますが、奇跡的に一命はとりとめました」

「命は、とりとめたんだ――」

秀行の顔が、安堵の色に染まる。

なるほど。この男にとって青田彩也子はただの共犯者ではなくて、もっと特別な存在なのかもしれない。もしかしたら、再審請求を進めているのも、そのためか？　青田彩也子に、法廷で会うためか？

「よかった。命に別状はなくて」

そんなことを呟く秀行の表情は、まさに恋人を思うときのそれだ。

……こういう浮かれた人間を見ると、どういうわけかいたぶりたくなる。凜子は続けた。

「が、青田彩也子は植物状態。意識が戻ることはありませんでした。それで、設備が整った娑婆の病院に転院したのです」

「植物状態？」さきほどまでの浮かれた表情が嘘のように、秀行の視線が大きく揺れる。

「が、その状態も長くは続かず。半年前に、死亡が確認され――」

「嘘だろう？　……」

秀行は、すっかり言葉を失ってしまったようだ。その顔からも色がすっかり抜けてしまっている。こういう人間を前にすると、もっともっと痛めつけたくなる。凜子は続けた。

「本当です。青田彩也子は、死にました。死んだんです」

「うそだ。聖子はそんなことは言っていない！」

「聖子？　……もしかして、市川聖子のことですか？　フリーライターの」

「ああ、そうだよ。その聖子が言ったんだ。青田彩也子は、イイダチヨ……小椋沙奈という名前で、別人として生きているって。小説家として生まれ変わったんだって」

「小椋沙奈？」

「そうだ。今、『週刊トドロキ』で連載をしている小説家だよ。それが、彩也子だ、彩也子なんだよ！」

「あなた、騙されていますよ」

「なに？」

「小椋沙奈は、青田彩也子ではありません。まったくの別人です。あなた、市川聖子に騙されているんですよ」

「違う！　彩也子だ。彩也子は生きている、彩也子に会わせてくれ！」

「ですから、青田彩也子は、死にました。半年前に」

「じゃ、小椋沙奈に会わせてくれ、ここに連れてきてくれ」

「それも、無理です」

「なぜ？　俺が、死刑囚だから？　でも、あんたは、敏腕弁護士なんだろう？　誰よりも悪知恵が働くんだろう？　だったら、なにか方法を考えてよ！　きっと、なにか方法があるはずだよ！」

「だから、無理なんです」

「なぜ！」

「亡くなったからです」

「は？」

「一昨日のことです。小椋沙奈さんは、青田彩也子の実家だった赤い屋根の家で、惨殺死体で発見されました」

「……死体？　惨殺？　誰？　誰？　誰が……誰に……誰を……」混乱を極めているのか、その言葉は、もはや文法をなしてない。

「小椋沙奈を殺した犯人は、あなたの妻である、礼子さんです」

「…………？」

「遺体を解体しているところを近所の人に見つかり、緊急逮捕されました。そして、留置場で自殺しました」

「……自殺……」

「そう。自殺したんです。昨日のことです」

「……自殺……」

「礼子さんも、小椋沙奈さんを青田彩也子と思い込んでいたようです。きっと、誰かにそう吹き込まれたのでしょう。……たぶん、市川聖子。あの女なら、やりかねません。あのフリーライターは、まったく、悪魔のような女です。スクープをとるためには、どんな手段もいといません。私も、過去、あの女には散々、いいように使われました。あの女は、鬼です。スクープの鬼です」

「……自殺……」

「大渕さん、聞いてます？　市川聖子の話をしているんですよ？」

「……聖子……」

「そうです。市川聖子です。彼女は青田彩也子をダシにして、あなたと、礼子さんをいいように操ったんです。そして、事件を起こさせた。……小椋沙奈さん殺しという事件を。それをスクープにして、自分は表舞台に返り咲こうとしているんでしょうね。……まったく、気の毒な話です。そのせいで、小椋沙奈さんは、無惨に殺されてしまった。まったく関係ないというのに。……もっとも、青田家とは遠縁にあたるようですから、まったくの無関係というわけではないのですが。……いずれにしても。小椋沙奈さんも、あの事件に首を突っ込まなかったら、こんなことにはならなかったんでしょうが。まったくもって、あの坂の上の赤い屋根の家は、……罪深い家です」

「…………」

「それで、どうしますか？　再審請求の手続き、続けますか？」

「…………」

「奥さんの礼子さんも自殺し――」

「……自殺……」

「そう、自殺したんです。礼子さんは、もういません。あなたには身内というものがいなくなったんです」

「……自殺……」

「こんなことを訊くのはなんですが。……裁判費用は、どうされるんですか？」

「……自殺……」

「ああ、なるほど。それで、手記ですか。手記を書いて、出版して。その印税で、裁判費用を捻出（ねんしゅつ）しようとお考えで？」

「……自殺……」

「だとしても。お金の管理はどなたが？　弁護費用の着手金は、どなたに請求すれば？」

「……自殺……」

「聞いてますか？　ね、私の声、聞こえてますか？　……ね？　大丈夫ですか？　ね？」

＋

東京拘置所は、「文京区両親強盗殺人事件」で死刑を言い渡されていた大渕秀行が、房内で首をつって自殺を図り、翌日に死亡したと発表した。拘置所によると、シャツを引き裂き窓の鉄格子に結んで、首をつっているのを職員が見つけた。

最終章　（２０１８／12／19）

「こんなことになって。……思惑がはずれた？　それとも、思惑通り？」

轟書房、役員室。

笠原智子は朝刊を乱暴にテーブルに置くと、向こう側の市川聖子に質問を投げかけてみた。

「ね？　聞いている？　思惑がはずれた？　それとも、思惑通り？　……って訊(き)いてるの」

「思惑通りって？」市川聖子が、ゆっくりと視線をこちらに向ける。

「あなたが、こうなるように、誘導したんじゃないの？」

「言っている意味が、分からないわ」

「あなた、私に言ったわよね。青田彩也子が出所して、事件の顛末(てんまつ)を小説にしようとしているって」

「私、そんなこと、言ったかしら？」

「言ったわよ！　私も、まんまと騙されたわよ！　イイダチヨが青田彩也子だって、信じちゃったわよ！」

「仮に、私が言ったとして。そんなの、信じる？　どう考えても、矛盾だらけだし、設定に無理がある。違う？　これが小説なら、校閲(こうえつ)さんに鉛筆指摘されるレベルよ」

「……確かに、ちょっと引っかかったわよ。こんな出来過ぎなことってある？　って。でも、事実は小説よりも奇なり……っていうし。そういうこともあるのかもしれないって」

「まあ、私も人のことは言えないけどね。それを、あの人に初めて聞いたとき、大興奮しちゃったもの。だから、あなたにも言ったし、あの礼子って女にもそう言ったし、大渕秀行にも手紙でそれを伝えちゃったわ」

「よく、大渕秀行に手紙が出せたわね」

「だから、言ったでしょ。私には協力者がいるって。そいつに頼んで、教誨師(きょうかいし)を通じて手紙を渡してもらった。いずれにしても。……今思えば、私も、いいように利用されていたのね」

「利用？」

「そう。私に、イイダチヨが青田彩也子だって吹き込んだ人間に、私は利用されたのよ。

……そう、あの日。紀尾井町のカフェバー。酔っ払った私をタクシーに押し込みながら、あの人は言った。『……イイダチヨは、青田彩也子なんですよって言ったら、信じますか？』って。……まったく、情けない話だわ。〝スクープの鬼〟とまで言われたこの私が、こんなふうに利用されるなんて。焼きが回ったわね」

「いったい、誰に利用されたって？」

「あら」

市川聖子は、小馬鹿にしたように目をぎょろりと一回り大きくすると、言った。

「あなた、まだ、気がついてないの？　それとも、気がついてない振りをしているだけ？」

「焦らさないで。だから、誰？」

「信じられない。あなたほどの人が、こんな簡単なことに気がつかないなんて」

「だから！」

「今回の一連の事件で、一番、得した人は、誰？」

市川聖子は、テーブルに高く積まれた見本誌に視線を投げた。『週刊トドロキ』最新号だ。

その表紙には、『大渕秀行に狂わされた女！　繰り返される惨劇！　呪われた坂の上の赤い屋根！』という文字が大きく躍っている。

「きっと、バカ売れね。だって――」

「……まさか」

「当の大渕秀行は自殺。今日だって、どのマスコミもこの話題でもちきりよ。黙っていても宣伝してくれる。それでなくとも、大渕秀行と獄中結婚した女まで殺人犯になっちゃった上に自殺。話題がてんこ盛りで、ワイドショーも大騒ぎよ。……この一連の出来事を本にしたら、ミリオン行くんじゃない？」

「……まさか」

「そう。今回のことを企画し、編集した人物。そいつが、黒幕よ」

「…………」

「ちなみに、その黒幕は、大渕秀行に手記も書かせている。確か、『早すぎた自叙伝』だったかしら？　あれ、『週刊トドロキ』に掲載されたわよね、何年か前に。そう、大渕秀行の刑が確定する前。確か――」

そのとき、ドアをノックする音が轟（とどろ）いた。

「あら、もしかして、黒幕の登場かしら？」

市川聖子がにやにやと笑う。

智子は、言葉を失った。

回顧（2014／4／1）

「で、どうだった？　自叙伝の反応は？」

アクリル板の向こう側、大渕秀行が無邪気に笑う。

だから、わたしは、言った。

「めちゃくちゃ、話題になっています。掲載された『週刊トドロキ』も、飛ぶように売れて。今、雑誌では異例の三刷りまでいきました」

「へー、三刷り。で、累計部数は？」

「百五十万部、超えました」

「すごいじゃん。このご時世にさ」

「あなたのおかげです」

「でも、どんなに売れても、原稿料だけなんだよね？　俺の懐に入るのは」

「そうですね。……雑誌ですので」

「ね、原稿料、もっと上げてくれない？」

原稿用紙換算百枚弱の原稿に、三百万円をすでに支払っている。が、それでも足りないらしい。

「うーん」即答しないでいると、

「原稿料上げないと、秘密、バラしちゃうよ？」

「秘密？」

「そう。あの原稿を書いたのは、ゴーストライターだって」

「…………」

「だって、俺が書いた原稿と、違うじゃん」

「申し訳ありません。少々、リライトさせていただきました」

「リライトってレベルじゃないと思うけど。特に、冒頭。なんか、安っぽい私小説みたいじゃん。俺、あんなに痛くないぜ？」

「……わかりました、あと、百万円、お支払いいたします」

「ほんと？　助かった。なにしろ、弁護士費用が想像以上に高額でさ。参っちゃってんだよ」

「弁護士も、あなたの無罪を勝ち取るために、いろいろと骨を折っておられるのでしょう」

「……無罪って、高いんだね」

大渕秀行が、意味ありげに笑う。

無罪なんてことがあるはずもない。こいつは、根っからの殺人犯だ。

なぜなら、こいつは、十一歳の頃、わたしの姉を殺そうとした。姉を執拗にいじめ、怪我をさせ、病院送りにしただけでなく——。

それを知ったのは、大渕秀行の原稿を読んだときだ。

全身に戦慄が走った。

頭のいい姉だった。優しい姉だった。家族の期待の星だった。

特に母は姉に期待を寄せ、文京区の公立小学校に入れるためにわざわざ学区内に部屋を借りたほどだ。でも、それが裏目に出た。大渕秀行と出会うはめになったからだ。素直に地元の公立小学校に入っていれば、あんなことにはならなかっただろうに。

姉が死んで、家族の心はばらばらになった。わたしという存在があったからなんとか家族の体裁を保ってはいたが、父も母も、その心は冷え冷えとしていた。そして、離婚。

その元凶を作った犯人と、まさかこんな形で出会うとは思っていなかった。

「でもさ。なんで、〝蒸しパン〟なの?」

アクリル板の向こう側、大渕秀行が無表情で言った。

「確かに、俺は、あの女子……えっと、ミチルとかいう名前だったかな。そう、ミチルだ。……彼女のことが嫌いだったよ。……いや、もしかしたら好きだったのかもしれない。好きだったから、いろいろとちょっかいを出してしまったのかもしれない。あのとき、お見舞いに行ったときもそう。ちょっと笑わせようと思ってさ。そこにあったティッシュを二、三枚引き抜いて、ミチルの口にそっと押し込んでみただけだよ。本当に、そっとだよ。そして俺は、『ばーか』とかなんとか言いながら、帰ったんだけどさ。……翌日、担任に『ミチルさんは亡くなりました』って告げられたとき、めちゃ、驚いたんだよね。もしかして、俺のティッシュが原因か？　って」

「………」

「そのことがずっと引っかかっていて。だから、原稿にも書いたんだけどさ。……なんで、〝蒸しパン〟に変わっちゃったの？　原稿には、〝ティッシュ〟って書いたはずなんだけど」

「………」

「それも、リライトの一環？　それは、ちょっとやりすぎだと思うよ？」

大渕秀行の視線が、痛い。

わたしは、思わず、目を逸らした。

「ね、答えてよ。どうして、〝蒸しパン〟なんだよ?」

その視線に耐え切れず、わたしは思わず言った。

「〝蒸しパン〟を突っ込んだのは、わたしなんですよ」

「は?」

「ミチルは、わたしの姉なんです」

「……は?」

「わたしは、ミチルのことが大嫌いでした。母はミチルにつきっきり。出来の悪いわたしのことはほったらかしで、ミチルの世話ばかり。しかも、別に部屋を借りてミチルと暮らしたりして。わたしが母と会えるのは、土日だけ」

「……なに言ってんの?」

「姉が入院したときもそう。わたしは店であまった蒸しパンだけを与えられ、ずっと留守番。悔しかったですよ、寂しかったですよ、悲しかったですよ。だから、あの日、わたしは姉のいる病室に行き、わたしに与えられた蒸しパンを……腐った蒸しパンを引きちぎって、寝ている姉の口に詰め込んでみたのです。はじめは、冗談のつもりで。でも、一つ、二つ、三つ……と詰め込んでも姉は起きない。で、五つ目のとき、姉は苦しみ出して。

……そして、死にました」

「……マジで、なに言ってんの？」

大渕秀行が、馬鹿面でこちらを見つめている。その顔があまりに面白くて、わたしは、もっと面白い顔にしてやろうと、言った。

「……なんてね。嘘ですよ」

「は？」

「だって、今日は、四月一日。エイプリルフールですから」

大渕秀行の顔が、破顔した。

「あー、びっくりした。冗談はやめてよ、涼くん。……橋本涼くん」

馴れ馴れしく名前を呼ばれて、わたしの中に憎悪が巡った。

「それにしてもさ、涼くん。またちょっと、太ったんじゃない？　少しはダイエットしたら？　それじゃ、女にモテないよ？」

「…………」

「まさかと思うけど、涼くん、童貞？」

「…………」

「あー、やっぱり童貞なんだ！　俺なんて、獄中にいてもモテモテだよ？　結婚したいっていう女から手紙が何通も届くんだよ？　特にさ、自称『法廷画家』の女がやばいんだよ。めっちゃ汚い字でさ、一目惚れです、愛しています、運命の人です……ってさ。俺のことを思って自慰してますって。……やばくない？」

「…………」

「なのに、涼くんは、娑婆にいるくせに童貞なんだ？」

「…………」

「俺が娑婆に出たら、いい女、何人か見繕うか？」

「…………」

「だから、涼くんも全力で応援しろよな。俺が無罪を勝ち取るまで」

もう我慢ならない。こんな虫けら、とっとと死刑になればいい。

……いや、ただでは、死なせない。たっぷりと利用させてもらうよ。たっぷりと、わたしの出世の手伝いをしてもらうよ。

「ええ、もちろん、全力で応援します」

右の眉毛を人差し指で撫でながら、わたしは言った。

それから二年後の二〇一六年。

青田彩也子が出所したという噂を耳にした。記憶喪失だとも。

わたしの中に、もやもやとした企み（たくら）が生まれる。

さらに二年後の二〇一八年。

今度はあの女が現れた。小椋沙奈。翡翠新人賞を受賞したはいいが、鳴かず飛ばず。このまま消えると思っていたが、彼女は必死の形相で、わたしにこう言った。

「橋本さん。私、『文京区両親強盗殺人事件』をモデルに、小説を書いたんです」

「どうして？」

「私、犯人のあの女と同じ歳（とし）なんです」

「へー、タメなんだ」

「それに、あの女にちょっと似ているって、言われたこともあって。……そのせいか、なんだかずっと気になっていたんです。それで、いろいろと調べて――」

たしかに、その顔。彼女に似ている。

青田彩也子に。

わたしの中のぼんやりとした企みが、完全な形となった。それは、考えただけでゾクゾクするような、素晴らしく刺激的な企みだった。

「いいじゃない！　その小説、絶対に成功させようよ！　なら、さっそく、原稿を見せてくれないかな？」

わたしは、早口で言った。


それから数日後。わたしは、東京地裁に向かった。鈴木礼子というバカな法廷画家が、大渕秀行と獄中結婚したと聞いたことがある。その女なら、使えるかもしれない。証言者として。……女はすぐにみつかった。

「お話、いいですか？」声をかけると、おどおどと、女はこちらを見た。

冴えない女だった。大渕秀行のやつ、こんな女と結婚したのか。笑いが出そうになったが、ぐっと堪え、

「わたし、轟書房の者です。お話、いいですか？」

「…………」

「わたし、昔、あなたに会っているかもしれません」

嘘だった。が、女は信じたようだった。その細い目がぎらりと光る。

「……高校生のときに、裁判を傍聴したんです。そのときに、真剣な眼差しの法廷画家を見ました。心打たれました。……それは、もしかしたらあなただったかもしれません」

女の唇が、ようやく緩んだ。

よっしゃ。摑みはＯＫ。

わたしは、矢継ぎ早に質問をはじめた。

〈参考資料〉

「法廷画家のお仕事」　http://yoshitakaworks.com/houteigaka/
「それでも永山則夫が好きだ（スピンオフ）」　https://blog.goo.ne.jp/nagayama_norio_sonogo/e/b001eab9d58c4a061ae5823acf690794
「新潮45」編集部 編『殺人者はそこにいる――逃げ切れない狂気、非情の13事件』（新潮文庫）

この作品は2019年11月徳間書店より刊行されました。
なお、本作品はフィクションであり実在の個人・団体などとは一切関係がありません。

徳間文庫

坂の上の赤い屋根

2022年7月15日 初刷

著者 真梨幸子
発行者 小宮英行
発行所 株式会社徳間書店
東京都品川区上大崎三―一―一
目黒セントラルスクエア 〒141―8202
電話 編集〇三(五四〇三)四三四九
販売〇四九(二九三)五五二一
振替 〇〇一四〇―〇―四四三九二
印刷 大日本印刷株式会社
製本

ISBN978-4-19-894758-3 （乱丁、落丁本はお取りかえいたします）